ギレアド

GILEAD

Marilynne Robinson

マリリン・ロビンソン［著］
宇野 元［訳］

新教出版社

Gilead
by Marilynne Robinson

Japanese translation rights
arranged with Trident Media Group, LLC
through Japan Uni Agency, Inc., Tokyo

Translated by Hajime Uno
Published by Shinkyo Shuppansha, Tokyo
2017

目次

ギレアド

昨晩君に言った。いつかぼくは行くだろう。君はきいた。どこへ？　イエス様といっしょの所さ。どうして行くの？　年をとったからだよ。君は、そうは思わないと言った。そして手をぼくの手のひらに重ねて、パパはそんなに年をとっていない、と言った。これで一件落着、というふうに。ぼくは言った。君の人生はぼくの人生とはずいぶんちがうものになるだろうな。ぼくといっしょに過ごした日々ともちがうものになるだろう。このことはすてきなことだと思うよ、よい人生にはいろんなありかたがあるからね。ママからきいて知っているよ。君はそう言うと、笑わないで！　と言った。ぼくがばかにして笑ったと思ったんだ。君は背伸びして、指先でぼくの唇を押さえ、キッとにらんだ。それとおなじ目の持ち主はママ以外に会ったことがない。猛々しく熱烈できびしい目だ。こんな目にみつめられてよく眉毛が焦げてしまわないものだと、いつも思うよ。そんな君の目をみなくなるのは淋しいことだろう。

死者が淋しがると思うなんておかしいね。君が大人になってこの手紙を読むなら――それがこれを書く目的だが――ぼくはとっくに行っていて、死について知るべきことはあらかた知っているだろう。でもたぶん内緒にしておく。まあ、そういうきまりじゃないか。

　死ぬってどういうことですかと、何度きかれたかわからない。しかも、たった一時間か二時間前にこの問題に直面した人たちから、よくそう尋ねられたものだ。うんと若かったころも、今のぼくとおなじくらいの高齢者たちがぼくに答えをせがんだ。ぼくの手を取って。白濁した目でぼくをみつめて。この男は死について詳しいはずだから、口を割らせてみせる、まるでそんなふうに。ぼくはいつもこう説明した。死は家に帰るようなことです。この世に家はありません。それからこの昔ながらの場所に歩いて戻り、一杯の珈琲を沸かし、目玉焼きサンドイッチをつくり、たまたまやっているラジオ番組に耳を傾けた。たいてい、暗がりのなかでね。君はこの家をおぼえているだろうか？　きっといくらかおぼえているだろう。ぼくは牧師館で育った。人生の大半をこの家ですごしてきた。また多くの牧師館に滞在した。おやじの友だちや、親戚の大部分が牧師館で暮らしていたからだ。当時、そんなにしょっちゅうというわけではなかったが、牧師館について考えると、この家はいちばんのオンボロで、いちばん隙間風が入り、いちばんわびしかった。まあ、当時はそう思っていた。この古い家は最高だ。でも、ぼくはひとりで住んでいたから、どこかしっくり行かなかった。実際の話、この世にあることを格別いごこちよく感じていなかったんだ。今は格別だよ。

　だが、ぼくの心臓は弱ってきているそうだ。医者は、医学用語で、エンジャイナ・ペクトレスと言った。狭心症の意味だ。神学用語に似た響きがするね、憐れみをミザリコーディアと言うような。まあ、この年齢になれば驚くことじゃない。おやじは老齢で亡くなったが、おやじの妹たちはあまり長く生きられなかった。だから感謝しなくてはならない。ただ、君とママにほとんど何も遺してやれないことを悔やんでいる。わずかにある古本は誰もほしがらないだろう。儲けになるようなことは一度もしたことがないし、自分のお金に気を配ることもなかった。妻と子をあとにのこすようになるなんて夢にも思わなかったんだ。信じてくれるね。もしわかっていたら、もっとよい父親になっていただろう。ふたりのためにきちんと蓄えただろう。

君とママは困難な時を乗り越えてゆかなければならない。力になってあげられず、ほんとうにすまない。このことを君にいちばん伝えたいと思っている。ただひとつぼくにできることは祈ることだ。いつも祈っているよ。ぼくは生きているあいだそうしたし、もし天国でも祈るものだとしたら、君がこれを読む今もそうしているだろう。

君とママの話し声がきこえる。君がなにかたずね、ママが答えている。言葉ははっきりしないが、君たちの声の響きがきこえる。君はなかなか眠りたがらない。それで毎晩、ママはやさしく説得しなければならないんだ。ママが歌うのを夜だけ聴くことができる。隣の部屋で、ママが君を寝かしつけようとするときにね。なんの歌かはわからない。ママの声は深いアルトだ。ぼくは美しいと思う。けれども、それを言うとママは笑う。

「美しさ」を説明することはぼくの手に余る。先日、たまたまふたりの若者に会った。よく知っている連中で、ガソリンスタンドで働いている。教会には来ない。どちらもやんちゃで、しじゅう駄洒落を飛ばしている。そのとき彼らは日向の壁に寄り掛かって、煙草に火をつけていた。彼らはいつもグリースの汚れで真っ黒、おまけにガソリンのにおいが染みついている。燃えてしまわないのが不思議なくらいだよ。彼らはいつものように荒っぽい言葉を投げ合い、笑い転げていた。ぼくは美しいと思った。人々が笑うのをみる、ぷっと吹き出す姿をみるのはすてきなことだ。ときどき、人々はこみあがる笑いの力と文字どおり格闘する。よく教会でそんな様子をみかけるよ。この力はなんだろう？　どこから生まれるのだろう？　そして勢いが収まるまでに、人間の内部でなにが消費されるのだろう？　涙がこぼれるのと似ていると思う。笑いのほうがずっと軽やかだという点はちがうが。

　ぼくが近づくのに気づくと、もちろん、冗談はやんだ。しかし彼らはまだニヤニヤしていた。あぶないところで年寄りの牧師の耳に入らずにすんだ、と思って。

「わたしも冗談はわかります、みなさんとおんなじですよ。」ぼくはそう言いたいと思った。そう言いたいと思うときがこれまで何度もあったよ。でも、それは世間がぜったいに認めようとしないことだ。人々はすこし壁があることを望んでいる。こう言いたいところだった。「わたしは長くありません。ですから、少なくともこの世で笑える機会はもうそんなにないんです。」しかし、彼らをしらけさせるだけだったろう。ぼくはできるだけ自分の状態を口外しないようにしている。長くないにしては状態はわりといい。これは祝福だ。もちろん、ママはぼくの病気を知っている。ママが言うには、調子がいいとすれば、お医者の診断がはずれたのかもしれない。でもぼくの年齢を考えれば、大きくはずれてはいないだろう。

ぼくの人生、牧師であるってことはヘンなものだ。牧師が来るのをみると、人々は話題をかえる。ところが時折、そのおなじ人たちが牧師の書斎を訪れ、とても興味深い話をしてくれる。周知のように、人生は一歩なかに入ると、いろいろなものがいっぱいある。大量の悪意、不安、負い目がある。また、深い孤独がある。そんなふうにはぜんぜんみえない人生のなかにも。

おふくろの父親は牧師だった。おやじの父親もそうだった。そしてその前の父親も。その人については誰も知らないが、やっぱりそうだったと断言できるだろう。そう生きることは、彼らにとっては第二の天性だった。まさにぼくの場合もおなじだ。彼らは高潔な人たちだった。けれども、ぼくが彼らから学ぶべきだったこと、しかし学ばなかったことがひとつあるとしたら、それは癇癪を抑えることだ。これを早い時期に身につけていたら賢明だった。今も、胸の不規則な鼓動に世の終わりを思うこのごろでさえ、カッカしている自分に出会う。引き出しが動かないとか、眼鏡がみつからないとき……　このおしゃべりが君の参考になればと思う。

しょっちゅう、あるいは、物事がうまくゆかないときに、すこし腹を立てすぎる。このことはぼくらが想像する以上に破壊的なことでありうる。何より言葉に気をつけなさい。「ごらんなさい。どんなに小さな火でも大きい森を燃やしてしまう。舌は火です。」まったくそのとおりだ。おやじは晩年、ぼくに寄越した手紙のなかに、まさに聖書が言っているような言葉を書いた。あろうことか、ぼくはその手紙を燃やしてしまった。暖炉にほうりこんだんだ。おやじの言葉は、いま振り返って思うよりはるかに思いがけないものだったんだ。

隠さずに、正直に語ろう。そして、できるかぎり敬意を込めて。おやじは、彼自身そう言っていたように、原則にのっとって行動する人だった。彼なりの見方で、正しいと思うことに忠実だった。けれども、そうやって懸命に努力するなかで、ときどき失望感を味わっていた。ぼくに対してだけじゃなく。大切に育ててくれたにもかかわらずこれを記す。ぼくはおやじに深く感謝している。おやじはうなずいてくれないかもしれないが。おやじの魂に幸いあれ、ぼくがおやじを失望させたのは疑いえないことだ。なんともふしぎなことだと思う。お互い、悪気などなかった。

ちょうど、主がこう言われるような具合かな。「見るには見るが、認めず、聞くには聞くが、理解できず」。この御言葉について、よくわかっているとは言えない。何度も聞いたし、説教もしたが。この言葉は、ミステリアスな深い事実をはっきり示している。表も裏も知り尽くしていながら、実はまったくわかっていないということがあるだろう。ぼくらは自分の父親のことはわかる。また息子のことはわかる。それでもなお、相手を愛する思いがあり、力になりたい気持ちがあるだけで、すれちがっているのかもしれない。

言いたいのは、要するにこういうことだ。相手に対してなにかしら後ろめたい思いを感じている人は、相手は怒っていると思うだろう。相手がすることのなかに怒りを見るだろう。当人にしてみれば、みずから選んだ人生を地道に歩んでいるだけだとしても。また、そのように見られる側は、自分を疑うようになり、ときに内心の葛藤が生まれ、多くの時間を失うだろう。このことをもっと早く知っていたらよかったよ。考えるとすこしイライラする。いらだちは怒りのひとつのかたち。みとめるよ。

宗教にたずさわることの大きな利点は、この職業は「集中」を助けてくれることだ。求められていることと、ほうっておいていいことを識別するセンスが与えられる。ぼくに取り柄となるような知恵があるとしたら、これが大きいだろう。

七年近くのあいだ、しかも経済的にかなり苦しい時期に、ぼくの最晩年に、君はぼくらの家の祝福になっている。君たちふたりのために何もしてやれないが、君たちのよい将来を思い、祈っている。このことがぼくの心にある。それを君に知ってほしい。

すばらしい春だ。そしてきょうもとてもすばらしい一日だ。君はもう少しで学校に遅れるところだった。ぼくらは君を椅子に座らせ、君はジャムを塗ったトーストを食べた。そのあいだにママは君の靴をみがき、ぼくは君の髪の毛を櫛でとかした。昨晩中にすませるべき算数の宿題が残っていて、なかなか終わらなかったんだ。なんとかしてすべての数をきちんと合わせようとしていた。君はママに似て、何に対してもとても真剣だ。老人たちは君のことを「執事」と呼んでいる。けれども、君の真剣さはエイムズ家の血筋によるだけではない。ぼくはそれと同じものを、ママと出会うまでいちども見たことがないよ。まあ、おじいちゃんをのぞいてね。悲しみと、激しい怒りが相半ばするようにみえた。いったい、どんな体験が彼女の目にそのような表情を与えたのだろう、とぼくは思った。それから、君が三歳のころ、まだほんの幼いヤツだったころ、朝、子ども部屋に入ると、陽光が当たる床にパジャマ姿の君がいて、一本の折れたクレヨンを元に戻そうと一所懸命だった。そしてぼくを見上げた。それはまさにママの目だった。よくあの瞬間を思い出すよ。ときどき、まるで君自身が君の人生を次々にふりかえるかのような思いになる。そして君が体験しないようぼくが祈っているいろいろな困難について、君自身がじっくり考え、ぼくに求めているかのようだ。よく理解できるように話してくれ、と。

「あなたは聖書のなかの昔の人々にそっくりね。」そうママが言うよ。そうかもしれない。もしぼくが百二十年も生きられたら、そして牛の群れや、男女のしもべたちの持ち主だったらね。おやじがぼくにひとつの職業を残してくれた。それがたまたまぼくの天職になった。しかしじっさい、この職業はぼくの第二の天性だった。ぼくは子どものときからこの職業に親しんできた。君の場合はまた別だろう。

シャボン玉がひとつ、書斎の窓のむこうに浮かんでいるのがみえた。厚いふくらみが揺れ、ぎらつく青色に熟してはじけた。庭に目をやると、君たちがいた。君とママが。シャボン玉をさかんに猫に吹きかけていた。かわいそうに、猫は連続射撃を浴びて、我を忘れてぴょんぴょん飛び跳ねていた。ソーピーは気楽なやつだよ。シャボン玉の一群が木立の枝をさまよい、梢の上までのぼっていった。君らふたりは脇目も振らず猫に集中していた。だから、君たちの地上的な企てから天的な結果が生まれているのに気づくはずもなかった。とてもきれいだった。ママは青いワンピース姿、君は赤いワイシャツ、いっしょに地面に膝をつき、ソーピーが君らのあいだにいた。そして上昇するシャボン玉のえもいわれぬ輝き。はじける笑い声。ああ、この人生、この世界。

ママは君に言ったものだ、「パパが書いているのはお前の系図なんだよ」と。それをきいて、君はとても喜んでいるようだった。そうだな、君のために何を記録したらいいだろう？私、ジョン・エイムズは、主の一八八〇年にカンザス州で生まれた。ジョン・エイムズと、マーサ・ターナー・エイムズの息子、ジョン・エイムズと、マーガレット・トッド・エイムズの孫である。これを書きだす時点で七十六年生きている。そのうち七十四年は、大学と神学校での学びの期間はのぞいて、ここアイオワ州ギレアドで暮らしている。

さて、ほかに何を君に伝えようか？

ぼくが十二歳のとき、おやじはぼくをおじいちゃんの墓に連れて行った。そのころ、家族はギレアドに住むようになって十年くらいで、おやじはここの教会で奉仕していた。おじいちゃんはメイン州の生まれで、一八三〇年代にカンザス州に移った。そして退職後、何年間かぼくらと一緒にすごしたんだ。それからおじいちゃんは去り、まあ、言ってみれば巡回説教師になった。あるいは、ぼくらはそう思っていた。おじいちゃんはカンザス州で亡くなり、埋葬された。過疎の町の近くに。旱魃《かんばつ》が、その町の住民、鉄道沿いの町々にまだ移っていなかった人々の大半を追いやった。たしかに、あの土地にはそもそも町はひとつしかなかった。なにしろカンザス州だからね。町をつくった人々は、フリー・ソイラーと呼ばれた人々だった。彼らは長期的な計画はもっていなかった。ぼくはやたらに「落莫《らくばく》の感」なんて言いはしないが、あの土地をふりかえると、ふとそんな言葉が浮かぶよ。おやじはおじいちゃんの死に場所をみつけるのに何カ月もかかった。情報を求める手紙を教会や新聞社にたくさん送った。おやじはそのためにずいぶん骨折った。ついにある人から返信があり、小包が送られてきた。そのなかにはおじいちゃんの腕時計、使い古した聖書、それから何通かの手紙があった。それらの手紙は、あとで知ったわけだが、おやじが送った手紙の一部だった。人々がおじいちゃんに渡してくれたにちがいない。家に帰らせようと思って。

おやじがおじいちゃんに語った最後の言葉は、ひどい怒りの言葉だった。そしてこの世でふたりは和解することができなかった。それがおやじの心に痛みを与えた。大まかに言って、おやじはおじいちゃんを心から尊敬していたから、ふたりの関係がそんなふうに終わってしまったという事実をなかなか受け入れられなかった。

一八九二年のことだから、旅はたいへんだった。ぼくらは行けるところまで鉄道を使い、あとはおやじが四輪荷馬車と馬たちを借りた。物々しすぎたが、それしかみつからなかったんだ。何度も方向を誤り、道に迷った。しかも馬たちに水をやるのは非常な手間だった。ぼくらは馬たちをある農場に預け、残りの行程は歩くことにした。とにかくひどい道だった。人々の往来のあるところでは土ぼこりに包まれ、人通りが絶えると今度は轍の底までカラカラだった。おやじは南京袋のなかに、お墓を多少とも修復できるよう道具をいくつか入れていた。ぼくは食品類を背負っていた。乾パンや、ジャーキー、それから、道々摘み取った小さな黄リンゴがすこし。また、シャツと靴下のかえも持参していたが、その頃にはぜんぶ汚れていた。

じっさい、当時、おやじは旅に出るだけのお金をもっていなかった。しかし思いがそちらに引かれて、お金が貯まるのを待てなかった。ぼくはおやじに言った、ぼくも行かなくちゃ、と。するとおやじは喜んでくれた。ぼくがいっしょだと面倒なことが増えるにもかかわらず。おふくろは、西の地方がひどい旱魃に見舞われているというニュースを何度も読んでいた。

だからおやじがぼくを連れてゆこうと思うと言ったときは、喜ぶどころじゃなかった。おやじはおふくろに、きっといい経験になるよと言った。たしかにそうだったな。おやじはどんなに苦労しても墓をみつけるつもりだった。もういちど飲み水にありつけるだろうかと心配したことは、それ以前にはなかった。またそれ以後もなかったのを、ぼくは祝福のひとつに数えている。何回か、方角を見失っているんじゃないか、死んでしまう、とほんとうに思うときがあった。いちど、おやじが薪用の枝をかき集めて、ぼくに抱えさせながらこう言った。「なんだか、モリアの山にゆくアブラハムとイサクみたいだね。」こちらもおなじことを思っていたよ。

ひどい所で、ぼくらは食糧を買うこともできなかった。ある農場に寄り、女の人に、食べ物を売ってくれないかと言った。すると、彼女は食器棚から小さな包みを持ってきて、いくらかのコインとお札があるのをみせて言った。「これが南軍のお金だったらいいんだけどね。」雑貨店は店を閉じてしまい、彼女は塩も、砂糖も、小麦粉も買えなかったんだ。ぼくらは持参していた貧弱なジャーキーいくつかを（あのジャーキーはもうこりごりだな）、ゆでた卵とジャガイモ二個ずつと交換してもらった。卵とジャガイモは塩なしでもとてもおいしかったよ。

おやじはおじいちゃんのことを尋ねた。すると彼女は言った。「そうねえ、この近くにいたわ。」彼女はおじいちゃんが死んだことは知らなかった。でもたぶんあそこに埋められただろうと言い、消えかかった道に案内してくれた。「この道をまっすぐ行けば着くはずよ。ここから三マイルかからないわ。」道には草木がはびこっていた。それでも車輪の跡をみとめることができた。藪はそんなに高く茂っていなかった。地面が踏み固められていたからだ。ぼくらは二回、墓地を通りすぎてしまった。墓石が二つか三つ転がっているのがみえるだけで、雑草が一面を覆っていたんだ。三回目にようやくおやじが垣根の支柱に気づき、ぼくらはその所に入って行った。するとみつけたのさ、いくつかの墓を。七つか八つぐらいが一列に並んでいた。そしてもっと低い位置にもう一列、こちらは茶色い枯れ草で埋め尽くされていた。そのさびれた様子は悲しげにみえた。二列目のなかに、ひとつの墓標をみつけた。誰かが木の皮を剥いで、それに釘を途中まで打ちつけ、残りの部分を折り曲げて文字の形にしたもので、REV AMES エイムズ牧師、と読めた。RはAみたいだったし、SはZになっていたが、まちがいなかった。

もう日が暮れだしていたので、ぼくらは女性の農場に引き返した。彼女の貯水槽で汚れを洗い落とし、水をたっぷり飲んだ。それから干し草置き場で眠った。彼女は夕食にトウモロコシの粥を持ってきてくれた。まるで第二のおふくろのように感じたよ。涙が出るほどうれしかった。ぼくらは日の出前に起きて、牛の乳しぼりをし、薪を割り、バケツに水を汲み上げた。彼女は玄関口にきて、朝食をくれた。ブラックベリーとジャムを混ぜた、揚げジャガイモの粥だった。それにスプーン一杯の極上のミルクがかかっていた。ぼくらは玄関の階段に立ったまま食べた。まわりはひんやりとして暗かった。最高だった。

そのあと、ふたたび墓地にむかった。それは小さな区画で、朽ちかかった垣根で囲われ、門がひとつあった。門は鈴を重りにした一本の鎖に繋がれていた。おやじとぼくは垣根をできるかぎり修復した。おやじはおじいちゃんの墓を覆っている土をジャックナイフで崩していたが、作業の効率をよくするためにもういちど農場に戻って鍬を二本借りてくることにした。おやじは言った、「そうすれば、ほかのお墓の世話もできるよ。」女性はシロインゲンマメの御馳走を用意して待ってくれていた。彼女の名前は忘れてしまった。とても残念だ。彼女の片方の人差し指は、第一関節から上の部分がなかった。それから発音のしかたに癖があった。そのころのぼくにはとても老けてみえたが、生活のスタイルを守り、心つよく生き抜こうとしている、典型的な田舎の女性だったと思う。疲れ切っていて、ひとりぼっちだったが。おやじは、彼女はメイン州の人間みたいな話し方をすると言った。でも彼女に確かめはしなかった。別れるとき、彼女は涙を流し、エプロンで顔を拭いた。持っていってほしい手紙や、伝えてほしい伝言はないか、とおやじが尋ねた。ない、と彼女は言った。いっしょに行く気はないか？　彼女は、ありがとうと言い、首を振った。「牛がいます。雨が降ればよくなるわ。」

あの墓地より寂しい場所は想像できないぐらいだ。自然の状態に戻りつつあったと言えば、生命の力がその場を支配していたかのようだろう。しかし、土地は干上がり、草は強い日差しに打たれていた。これがもとは緑色をしていたなんて信じられないと思ったよ。足を踏み入れると、至るところ、小さなバッタがたくさん飛びだしてくる。パチンパチンと、マッチを擦るような音を立ててね。おやじは両手をポケットに入れてまわりを見回し、首を振った。それから、持参していた鎌を使って茂みを刈りはじめた。ぼくらは倒れていた墓標を起こした。ほとんどの墓が、墓石によってかろうじてそれとわかるだけで、名前や、日付や、手がかりとなるしるしはすべて失われていた。おやじはぼくに、注意して歩けと言った。あちこちに小さな墓があり、最初は目にとまらないか、そもそもなんであるのかよくわからなくなっているからだ。お墓は踏みたくないが、おやじが雑草を刈り取るとはじめて識別できた。そして墓を踏んでいたことに気づいてびくっとした。あのような罪悪感と心の痛みを感じたのは子どものころだけだったな。今も当時の夢をみるよ。人が亡くなると、おやじはよく言っていた。体は、擦り切れた服のようになった、魂はもうそれを必要としていないんだ、と。だが、あのときぼくらは懸命にひとつの墓を捜していた。足を置く場所についてできるかぎり用心深く。

墓場の修復にかなり時間を費やした。暑かった。例のバッタの音、それから風にゆれる枯れ草のガサガサという音がきこえていた。次に、ぼくらは花の種をまいた。ハッカ、ハンゴンソウ、ヒマワリ、ヤグルマギク、スイートピー。これらはギレアドの家の庭で育てているものだった。作業がおわると、おやじはおじいちゃんの墓の横に腰をおろした。そしてながいあいだそこに座ったまま、取り残した枯れ草をむしったり、帽子で自分をあおいだりしていた。やることがなくなってしまい、ものたりない気持ちだったのだろう。ようやくおやじは立ちあがり、ほこりを払い落した。ぼくらは汗まみれの服、よごれた手で、並んで立っていた。最初のコオロギがギイギイ音をたて、蠅がうるさくつきまといだした。夜の支度をする鳥たちが大声で鳴いていた。おやじはうつむいて祈りはじめた。おじいちゃんをよろしくお願いします、と神に呼びかけ、自分をゆるしてください、と祈った。おじいちゃんについても神のゆるしを願った。ぼくはおじいちゃんがいないことをとても悲しく思い、ぼくも神のゆるしが必要だと感じた。それにしても、ずいぶん長いお祈りだったな。

あの年頃のぼくには、ひとつひとつの祈りの内容がながく感じられたんだ。それにひどく疲れていた。目を閉じていようと努力したが、ちょっとするとがまんできなくなって薄目でまわりをみた。すると、あれはすばらしかったなあ。今もありありとおぼえている。最初、太陽が東に沈んでゆくのを見ているのだと思った。どこが東かはわかっていた。朝そこに来たとき、太陽が地平線のすぐ上にあったからだ。ほどなく、満月が昇ろうとしているところだと気づいた。そして反対側では、ちょうど太陽が沈もうとしていた。ふたつの天体が、それぞれ地平線の上にあり、両者のあいだにえもいわれぬ光が輝いていた。その光は、手で触れることができるかのようだった。冴えた光の流れが交流しているようでもあり、太い光のロープが両側からぴんと張られているようでもあった。ぼくはその光景をおやじにも見せたいと思った。しかし祈っているおやじをおどかすことになってはいけない、どうしたらいちばんよいだろうと考え、おやじの手をとり、そこにキスをした。そして、「月を見て」と言った。おやじはそうした。太陽が沈み、月が高くのぼるまで、ぼくらは立ちつくしていた。ふたつの天体はかなりながく地平線上に浮かんでいるようにみえた。たぶん、どちらも明るすぎて正視できなかったからだろう。おじいちゃんの墓と、おやじと、ぼくは、ふたつの天体のちょうど真ん中にいた。ぼくはただ目を丸くしていた。当時は地平線について思考をめぐらすなんてことはしなかったからね。

おやじが言った。「この場所がこんなに美しいとは思わなかったな、それがわかってよかった。」

ようやく家にたどりついたとき、ぼくらは惨憺たる状態だった。おふくろはぼくらの姿を見るなり、わっと泣きだした。ふたりとも痩せこけて、服はボロボロになっていた。ぜんぶで一ヵ月に満たない旅だったが、ずっと納屋や小屋で寝ていた。道に迷った一週間ほどのあいだは地べたに横になった。ふりかえると大冒険だった。そのときのとんでもない体験は、おやじとぼくの笑い話の種になったものだ。いちどなどは、老人に鉄砲をぶっぱなされた。ある庭の横を通ったとき、おやじは伸びすぎたニンジンを二つ三つ、当時のおやじの愛用表現によれば、落ち穂拾いさせてもらうつもりだった。おやじは必ずわずかなお金を玄関の前に置いたものだ、これは失敬できると思ったもののお礼として。空腹を満たすにはとてもじゅうぶんじゃなかったけれどね。ワイシャツ姿のおやじが、ニンジンの一束を片手にぐらぐらする古い垣根にまたがっているのはおもしろい眺めだった。するとその背後に、銃口を向けている男がいたんだ。ぼくらは一目散に灌木の茂みのなかに隠れた。しばらくして、もう大丈夫だろうと思うと、ぼくらは地面に座った。おやじはナイフでニンジンの土の汚れをこすり落とし、細かく切り分けた。そしてテーブル代わりに帽子を置いて、そのうえにニンジンを配置した。それから食前の祈りをはじめた。それはおやじがぜったいに欠かさないことだった。「感謝します、いただきます全てのものを」という言葉に思わずぼくらは吹き出した。しまいには涙がこぼれたよ。でもいまはよくわかる、おやじは食糧をえるために必死だった。限界状況のなかで犯罪すれすれのことをするまで追い込まれていたんだ。ニンジンは大きく、古くて、硬かったから、細かく刻まなければならなかった。小枝をかじっているようだった。おまけに、汚れを落とす水なんかなかった。

あとになってようやく気づいたよ、もしおやじが撃たれていたら、死んでしまったら、そして右も左もわからないままひとり残されたとしたら、いったいぼくはどうなっていたろう。今もそのときの夢をみる。おやじは、とんでもない冒険に乗りだしてしまった、と後悔していたんじゃないかと思う。それでもお墓をみつけることに執心していた。

若くて、頭がやわらかいうちにうんと勉強するようにと、おじいちゃんがこんな話をしてくれたことがあった。おじいちゃんがはじめてカンザスに行ったとき、赴任したての牧師と知り合った。「そいつはヘブライ語の力に自信がなくて、ひとつの聖書箇所の意味を解明するのに、真冬の大草原を二十キロ以上歩いた。そいつが頭のなかで思いめぐらしていたことをしゃべれるようになるまで、みんなで暖めてやらなきゃならなかったよ。」おやじは笑って、おかしな話だけど、ありそうなことだね、と言った。道中、ぼくはこの話を思い出していた。それとそっくりなことをしているような気がしたんだ。

おやじは「落ち穂拾い」をあきらめ、ふたたび人家の戸をノックすることにした。ほんとうはそうしたくなかった。人々はおやじが牧師だとわかると、自分たちが食べる分まで持たせようとする。まあ、おやじはそう思っていた。じっさい、わずかの間の「荒れ野の旅」(そうおやじは言っていた)で、むさ苦しい姿になっていたにもかかわらず、人々は見抜いた。ぼくらは家の戸口で申し出た。食べ物をいただくかわりになにか仕事をさせてください。しかし人々は言うんだ。聖書をすこし読んでくださるか、お祈りを捧げてくれませんか。おやじはしきりに考え込んでいた。なんで知っているんだ、どうしてわかるんだろう。がっしりした両手、余分な贅肉のない体が自慢なのに。ぼくも、おやじとおなじ体験を何度もした。そしてやっぱり不思議に思ったものだよ。まあ、ともかく、何日も生死の境をさまよったあのときの体験は、のちのちまでぼくらの笑いの種になった。深刻だったことほど、ゲラゲラ笑った。おふくろには癪の種だったが、いいかげんにしてちょうだい、と言うぐらいで大目に見てくれた。

多くの点で、おふくろはとてもまめやかな母親、いじらしい女性だった。ぼくはある意味で彼女の独り子だった。ぼくが生まれる前に、彼女は最新の家庭医学書を買った。あれはぶ厚く、値段の張る本だった。そしてレビ記よりも詳細なものだった。おふくろはその本の権威ある叙述に忠実に、夕食後一時間は脳を活動させないようにさせ、足が冷えているときはほんのすこしの読書も許可しなかった。血液の循環が乱れないようにするというのがその考え方だった。いちど、おじいちゃんがおふくろに言った。足が冷えたら読書はだめだというんなら、メイン州に教養のある人間はいなくなるよ。でもおふくろはまっしぐらだったから、ムッとさせるだけだった。おふくろは言い返した。「メイン州じゃ、みんな栄養失調だからおなじことですよ。」おふくろはぼくが帰宅すると、ぼくのからだを上から下までごしごし洗ってベッドに寝かせた。そして一日に六回か七回、食事をさせた。そうして食事のたびに頭を休ませなければならなかったわけだ。かなり退屈だね。

あの旅は、ぼくにとって大きな祝福だった。ふりかえると、あのときのおやじはほんとうに若かった。四十五か四十六、それより上ではなかった。おやじは高齢にいたるまで元気な人だった。ぼくらは夕方、夕食後にキャッチボールをした。何年もやった。日が沈んでボールが見えなくなるまで。おやじは、家に子どもがいる、息子がいる、そのことを心から喜んでいたと思う。そうだなあ、ぼくも最近まで元気な老人だった。

君は知っていると思う。ぼくは若いころに結婚している。妻とは幼なじみだった。ぼくが神学生だった最後の年にぼくらは結婚した。それから帰郷し、おやじが留守にするとき説教させてもらった。おやじとおふくろは、おふくろの療養のために二、三カ月、南の地方へ出かけることがあった。ぼくの妻は出産のときに亡くなった。子どもも彼女といっしょに死んだ。妻と子どもの名は、ルイーザと、エンジェリーン。ぼくは赤ん坊の臨終に間に合い、数分間抱いた。それは祝福だった。バウトンが彼女に洗礼をさずけ、エンジェリーンという名をつけてくれた。その日、――出産予定日は六週さきだった――、ぼくはテイバーに出かけていて、ぼくらが決めていた名前をバウトンに伝えられる者がいなかったために。彼女の名はレベッカになるはずだった。でも、エンジェリーンもすてきな名前だ。

このまえの日曜日、バウトンの家で夕食を御馳走になったとき、君がバウトンの手を見つめているのに気づいたよ。彼の手は関節炎で、皮膚と指の付け根が腫れている。年老いた人、と思うだろう。ぼくよりも年下なんだ。彼はぼくの最初の結婚式では付添人をつとめてくれたし、ママとの結婚式では司式をしてくれた。現在は娘のグローリーが彼といっしょに暮らしている。グローリーの結婚は失敗した。悲しいことだ。それでも、バウトンにとっては彼女がいてくれるのは祝福だ。先日、雑誌を手渡しにぼくの家に立ち寄った折、彼女は「ジャックも帰ってくるみたい」と言った。ぼくは彼を思い浮かべるのにすこし時間がかかった。

バウトンじいさんのことは、たぶん君はあまりおぼえていないだろうね。彼はときどき気難しくなる。でも彼の心身の苦しさを思えば無理もない。彼のそんな様子が君の記憶に残ったとしたら残念だ。全盛期の彼は、ぼくが知っているなかで最高の説教者だった。

おやじはいつもメモを使って説教した。ぼくは語る言葉をぜんぶ書いた。屋根裏部屋に、説教原稿を納めた箱がいくつもある。最近のものはクローゼットのなかに積み重ねている。それらを再読したことはいちどもない。それらにどんな価値があるか、じっさい何を語ったか、たしかめていない。ぼくのほぼ一生ぶんの仕事が屋根裏部屋の箱のなかにある。おどろくべきことだね。それらに目をとおすなら、君にあげたくなるものもいくらかあるかもしれない。箱をあけるのはすこし不安だ。説教づくりに打ち込んできたのは、ただ自分を忙しくするためだったのかもしれない、とも思う。訪ねてきた人は、ぼくが執筆中なのを知ると、急ぎの用事でなければたいていそっと帰っていった。かぐわしい乳香のように、ひとりでいることが孤独を和らげる。うまく説明はできないが、あの当時のぼくにはそうだった。常に。人々もここ二階の書斎での刻苦の時を尊重してくれた。また、ぼく宛に郵送されてくる書物を価値あるものと思ってくれた。それらの書籍の数は、じっさいはそれほど多くはなかった。それでもぼくの財布の余裕ぶんより多かった。貯めておけるはずのかなりの額が本代に消えた。

もちろん、机に向かうのにはもっと深い意味がある。ぼくにとって、書くことはいつだって祈ることに似ている。しばしば、祈りは記さなかったし、それで満足できたが。誰かが問近にいるという気がすることがあるよね。今、ぼくは君を間近に感じている。いま君がまだほんの少年であるにせよ、君が成人になり、この手紙になんの興味も起こらない、そういうことがあるとしてもだ。あるいは、いろいろな理由でこの手紙が君のもとに届かない、そういうことがあるとしても。いずれにせよ、将来、君が経験する悲しみのひとつひとつに、いまぼくの心は痛み、君が味わうだろうよいことひとつひとつに、心が躍る。つまり、君の幸いを祈っている。そして祈りにおける深いふれあいがある。ほんとうに。

ママも、ぼくがこの二階の書斎で過ごすときを重んじてくれている。ママはぼくの蔵書が自慢だ。説教原稿と祈りの言葉を納めたたくさんの箱のことを思い出させてくれたのはママだ。そうだなあ、一年に五十の説教原稿、それが四十五年ぶん、かなりの数になる葬儀その他の折のものを別にして。合計二千二百五十。ひとつが平均して三十ページだとすると、六万七千五百ページ。合っているよね？　まちがいじゃないだろう。そのうえ、すでに君が気づいているように、ぼくの字は小さい。まあ、三百ページあれば立派な本だ。すると二百二十五冊の本を著したことになる。アウグスティヌスや、カルヴァンと量の点で肩が並ぶ。驚くべきことだ。ぼくはいつも、心から望み、信じていることを書いた。着想を飾にかけ、言葉を選んだ。真実を語ろうと努めた。てらいなく言って、それはすばらしいことだった。あの暗い年月は贈りものだった。あとからふりかえれば、聞き届けられるまでつづく、ながい、骨の折れる祈りのようだったわけだが。ママは礼拝の祈りのときに教会に入ってきた。雨宿りするため――あのとき、ぼくはそう思った。外はどしゃぶりだったんだ。ママはぼくをみつめた。とても真剣な目で。ママにむかって話すのにドキドキした。バウトンがよく言うように、自分の言葉は貧しいと思った。

ふだんの日曜日の、おだやかな雰囲気が好きだ。つよい愛着をおぼえるときもある。それは、あたたかい雨のあとの、種をまいたばかりの庭にいるようだ。静けさと、目に見えない命を感じることができる。そっと、正当な注意を払いさえすればいい。あの日もそんな静かな日曜日だった。雨が屋根に落ち、窓に当たっていた。みんな喜んでいた。この地方ではまとまった雨は僥倖だからだ。そんな日曜日には、聴衆が説教を聞いていなくても気にしない。人々の思いがわかっているからね。そんなときに、よそからやってきた人がいれば、このおだやかさは、眠気をさそうマンネリズムという印象を与えるかもしれない。彼女にもそう思われやしないかと不安になるところだね。

レベッカが生きていたら五十一歳になる。ママよりも十歳年上だ。ながいあいだ、ぼくはよく考えたものだ。もしレベッカが礼拝室に入ってきたら、気後れしないで語れるだろうかと。すべてが知られている場所から彼女が戻ってくる。真理にじかにふれている、こちらの理解の足りなさをすっかり見とおしている、そんな彼女が、望みや、推測をたどたどしく語る言葉に耳をむける。いつもそういう状況を想像してみたんだ。それは自分自身をいわばトリックにかけて、教理や神学的議論に熱中しすぎないようにするためだった。当時、ぼくはたくさん本をよみ、いつも頭のなかで、この考え、あの考えと格闘していた。もちろん、それらの議論をやたらに説教のなかに持ち込むほど未熟じゃなかったと思う。でもね、いつレベッカがドアをあけて入ってこないともかぎらない、そう考えながら説教をしていたのは、多少とも、ママが入ってくるときの備えになったんじゃないかと思う。いかにも、レベッカより若かった。けれども、ぼくの想像のなかのレベッカとそんなにちがっていなかった。礼拝室に入ってきたときの外見がそうだというより、印象――この土地の人間にみえず、ぼくらこの土地の者たちのなかにまじらない感じが重なったんだ。

そう言うのは、ママにひたむきな感じがあったからだ。怒っているようにみえるほどだった。ママはこう言おうとしているかのようだった。「わたしは隔絶した所から、未知の世界から来たのよ、ただあなたの祈りをかなえてあげようと思って。さあ、なにかつまらない話をしてみてちょうだい。」ぼくの説教の言葉は口から出るまえに灰のようになった。原稿を整えていなかったからではない。ぼくは説教準備に手を抜いたことはない。よくおぼえている、その礼拝で、ぼくはふたりの幼児に洗礼を授けた。ママが食い入るようにみつめているのが感じられた。水に浸した手を彼らの頭にあてたとき、ふたりとも泣き声をあげた。ぼくは顔を上げた、するとママの表情に厳粛なおどろきの色がありありと浮かんでいた。ぼくは顔を上げるまえからそれを感じていた。そして彼女に大真面目にこう語りかけるような心持ちだった。「もっと上手なやりかたを知っているなら、教えてくれたらありがたいよ。」それからわずか六カ月後に、ぼくは彼女に洗礼を授けた。彼女に問いかけるような思いだった。「ぼくはなにをしたんだろう？　このことはどういう意味をもつんだろう？」これは、ぼくがたびたび自問せずにおれない問いだった。自分が重大なことをしているのがわからなくなるからではない。どんなに思索しても、どんなに本を読んでも、どんなに祈っても、洗礼の神秘の外側にいるという感じがしたからだ。ママの目から涙が流れおちた。いとおしいママ。ぼくはそのときのことを決して忘れないだろう。老人によく見受けられるようにすべてのことを忘れてしまうことでもなければね。少なくとも、いま残っている記憶を忘れるほど長くは生きないと思う。けっこう残っているよ。ぼくは洗礼についてずっと思いめぐらしてきた。バウトンとしょっちゅうディスカッションしたな。

この重要な主題に照らして、以下に記すことは取るに足りない印象を与えるかもしれないが、ぼく自身はそんなことはないと思っている。ぼくらはまあ敬虔な町の、敬虔な家庭の、敬虔な子どもだった。そのことはぼくらの行動様式にかなりの影響をおよぼしていた。あるとき、ぼくらは子猫たちに洗礼を授けた。いっしょに生まれた、よちよち歩きの野良猫の子たちだった。無名の生を送り、ねずみを取る、人間どもにはなんの用もないボヘミアンの子たちだった。人間にはせいぜい近づかないよう用心するだけ。けれども子猫たちは社交的なようだ。母親は彼らをどこか壁の隙間に隠しておこうとするが、ぼくら人間の子どもが遊ぼうとするのとまったくおなじように、そこから出てくる。ぼくらは新しい子猫たちがうろついているのをみかけるたびに喜んだ。女の子のなかに、子猫に人形のドレスを着せてやる、というアイデアを思いついたのがいた。でもひとつしかなかった。運がいい。猫たちにしてみればとてもがまんできなかっただろう。それに、どっちみち洗礼がおわったらすぐ取ってやらなければならなかったはずだ。ぼくは猫たちの額を水にぬらした手でさわった。そして、父と子と聖霊の三位一体の名によって洗礼を授けます、という洗礼式の言葉をそのまま真似て言った。

　曲がったしっぽの、ムッツリした母猫が、ぼくらが小川で儀式をしているのをみつけ、赤ちゃんたちの奪還にとりかかった。一匹ずつ、うなじをくわえて。ぼくらはどの猫がどれだか識別できなくなってしまった。しかし連れ戻されたうちの何匹かは異教徒の暗闇のなかにとどまると思い、とても心配になった。それでしまいにはおやじにおうかがいをたてた。できるだけさりげないふうを装って、猫はどうなるんだろ、もし、そうだね、洗礼を授けられたら、と。おやじはこう言った。聖礼典《サクラメント》は、つねに大きな敬いの心をもってとり扱うものだ。質問にきちんと答えていない。聖礼典を敬う心はあったが、あの猫たちのことが気掛かりだったんだ。それでも、おやじが伝えようとしたことはよくわかった。もう洗礼は執行しなかったよ、按手を受けるまでね。

女の子たちは子猫のうちの二、三匹を持ち帰り、まずまずの飼い猫に仕立てた。ルイーザは黄色いのを持って帰った。そいつはぼくらが結婚したときもいた。ほかの猫たちは野良猫の生涯を送ったわけだ。異教徒としてか、クリスチャンとしてかは誰にもわからないね。ルイーザは自分の猫を「きらきら」と名づけた。額に星形の白い班があったからだ。きらきらは結局いなくなった。ウサギを盗もうとしてつかまったんじゃないかな。それはあのクリスチャンの猫が、老いてもやめられない悪癖だった。男の子のひとりが、その猫の名は「ぱら」がよかったんじゃないか、と言った。彼はバプテストで、全身を水につからせるのが洗礼、そのほうが猫たちはありがたいと思うはずだ、とかたく信じていた。彼は、お前らのやりかたじゃ効き目はない、と主張した。ぼくらは論破できなかった。ソーピーはあの猫たちとどこかで血がつながっているはずだ。

手のひらに感じた、あの小さな額のぬくもりをいまもおぼえている。みんな猫をなでたり、さすったりする。だが、あんなふうに、純粋に祝福する心で手をふれるのはそれとはまったく別のことだ。あのときのことは忘れないよ。ぼくらはながいあいだ、自分たちがしたことは包括的観点からみてなんだったんだろうと考えた。ぼくにとって、いまでもそれは意味のある問いに思える。祝福——ぼくは洗礼もそのひとつだと考えている——、それはすばらしい現実だ。祝福の行為は、神聖さを増し加えはしない。それは神聖さをみとめることだ。そしてふしぎな力にふれることだ。ぼくはそのふしぎな力が、いわば全身を通過するのを感じた。それは、命あるものの根本を認識する驚きだ。つまり、それは命あるものの神秘にふれる驚きであり、同時に自分自身の存在の神秘を発見する驚きだ。ぼくは君も牧師になれと無理強いする気はない。でも、牧師の働きにはいいところもある。記しておけば考える参考になるだろう。牧師がすべてじゃないが、君がいつのまにかここにみちびかれることも大いにありうる。人々はそれを期待しているよ。牧師の召しのこの面を語る本がほとんどないのはどうしてだろう。

洗礼について、ルートヴィヒ・フォイエルバッハがうまいことを言っているよ。その言葉にぼくは線を引いている。引用しよう。「水は、最も純粋な、最も透明な液体だ。この性質によって聖霊のきよさを象徴するものとなる。つまり、水は、水であることそれ自体が意味をもっていて、その自然の特質によって、聖霊を表すものとして聖別されるのだ。だから、自然の美しく深い含蓄が洗礼の根底に流れている。」フォイエルバッハは有名な無神論者だが、宗教の魅力的側面にたいするセンスは他にひけをとらない。そして彼はこの世界を愛している。たしかに、宗教がわきに退いているほうが人間の喜びは曇りのないもの、偽りのないものになると、彼は考えている。それは彼の重大なあやまりだ。しかし、喜び、そして喜びの宗教的表現形式がテーマになるとき、彼は見事なセンスを発揮する。

バウトンは、フォイエルバッハは多くの人の信仰を動揺させた、だから受け入れられないと思っている。しかし、ぼくはその多くの人たちといつもおなじ意見ではない。フォイエルバッハに対してそうであるように。人々のなかには、自分の信仰を揺さぶってもらいたくてあちこちうろついている人もいるんじゃないか。過去百年ぐらい、そういうありかたがトレンドになっている。ぼくの兄エドワードが、ぼくにフォイエルバッハの『キリスト教の本質』をくれた。ぼくにショックを与えて、素朴な信仰から脱皮させてやろうともくろんだんだ。ぼくはそれに気づいていた。この本はひそかに読まなければならない、少なくともそう思った。それでビスケットの缶に入れて、一本の樹木のなかに隠した。わかるよね、こういう状況によってこの読書はゾクゾクする体験になった。そしてぼくは、エドワードを畏れ崇めていた。エドワードはドイツの大学で学んでいた。

いま気がついた、エドワードのことをまだ話していなかった。ぼくにはとても重要な人だったのに。いまもそうだ。神が彼の魂に安息を与えてくださるように。ときどき、彼をまるで理解していなかったような気がするよ。その一方で、ずっと彼と対話してきたような気がする。彼は親切心から、アメリカ中西部の田舎っぽさをすこしばかり払い落してくれようとしたんだ。ヨーロッパ仕込みでね。けれどもぼくはここにいて、彼が変わらなくちゃいけないよ、と言った生活を最後まで送ってきた。しかも、この生活におおかた満足している。にもかかわらず、田舎者の偏狭さがテーマになると過敏になるのを自覚している。

エドワードは、ゲッティンゲンで勉強した。秀才だった。ぼくより十歳近く年上だったから、少年時代の彼のことはじっさいあまり知らない。彼とのあいだに、姉が二人、兄が一人いた。三人ともジフテリアで亡くなった。二カ月たらずの期間に。エドワードは三人のことをよく知っていた。もちろん、ぼくの記憶にはない。このことも、ぼくとエドワードの大きなちがいだ。三人のことはめったに話題にならなかった。しかし、ぼくはいつも思ったものだ。明るい、賑やかな日々があった、亡くなった三人はその日々を記憶していたが、自分は知らない、と。ともかく、エドワードは十六歳のとき家を出て大学に行った。そして十九歳で古代言語の学びを修了して、そのままヨーロッパへ旅立ったんだ。ぼくら家族は何年も彼と会わなかった。音信も多くなかった。

そうして彼は帰ってきた。ステッキを片手に、大きな口髭をはやして。博士になって。二十七、八になっていたはずだ。薄いドイツ語の本、フォイエルバッハに関する論文を出版していた。才気にあふれていたよ。おやじの、彼を自慢に思う気持ちには不安がまじっていた。それはエドワードが幼いころからおやじが抱いていた感情だったと思う。両親は彼の話をいろいろぼくにきかせた。彼は手にとれる本は残らず読んだとか、ロングフェローの詩をぜんぶそらんじたとか、ヨーロッパとアジアの地図をそっくり書いてみせたとか、町や川の名をみなおぼえてしまったとか。両親がサムエル少年のような息子を育てていると思ったのはもっともなことだった。みんながそう思っていた。両親は本や、絵具や、虫眼鏡、それから思いついたもの、手に入ったものはなんでも彼に提供した。あの子には家の手伝いをあまりさせなかった、と、ときどきおふくろは後悔していたよ。そしてもちろん、おなじ失敗をぼくには繰り返さなかったわけさ。とにかく、彼のような非凡な子どもはめったにいないだろう。エドワードは立派な説教者になるだろう、みんながそう信じていた。だから教会の人たちは学資を集めて彼を大学に入れ、ドイツにまで送金してくれたんだ。そして、――エドワードは帰国したとき、無神論者になっていた。彼はこの立場を厳格に貫いた。

彼はローレンスにあるカンザス州立大学の、ドイツ文学、および哲学教授のポストに就き、亡くなるまでその地に留まった。インディアナポリス出身のドイツ系女性と結婚し、亜麻色の髪をした子どもを六人もうけた。小さかったあの子たちはいまはみんな中年になっている。エドワードとは数百マイルの距離があり、ぼくらはめったに顔を合せなかった。彼は人々の援助に恩返しするために教会に献金を送ってきた。彼の存命中、毎年、一月一日付けの小切手が届いた。実直な男だった。

兄が帰宅したその日の晩、夕食のとき、兄とおやじは口論になった。おやじは兄に、食前の感謝の祈りをしてくれと言った。エドワードは咳払いをしてこう答えた。「悪いけど、心からすることができない。」おやじの顔が蒼白になった。何通か、ぼくには内容をきかせてもらえなかったドイツからの便りがあった。そして両親が気遣わしげな言葉を交わすのをきいていた。両親がおそれていたことが現実になってしまったんだ。おやじが言った。「お前はこの家で育った。これは家族が大切にしていることだよな。みとめることはできるだろ。」するとエドワードが答えた。あまりに素っ気なかった。「幼子だったとき、わたしは幼子のように考えていた。成人した今、幼子のことを棄てた。」おやじは席を立ち、出ていった。おふくろはじっと動かなかった。涙がほおを伝い落ちていた。エドワードはぼくにジャガイモの皿をさし出した。ぼくはどう振る舞うのがいいかわからないままいくつか取った。エドワードはソースをさし出した。しばらくぼくらは、しかめっ面で感謝のない食事をつづけ、それから家を出た。ぼくは旅館まで兄のお供をした。

その道すがら、エドワードは言った。「ジョン、びっくりしなくていいよ。いずれお前もわかるよ。ここは遅れた所だ、気づいているだろう。ここを出てゆくことは、催眠状態から目をさますようなものさ。」近所の人が目撃している、とぼくは思った。ぼくらが家を出るのを、それも最初の日の夕食どきに。――ほら、みろよ！　エドワードが片手を背中にまわして、すこし前かがみに歩いている。ステッキを勿体ぶって振り回して。物思いに耽っている感じで。外国語で七面倒臭いことを思いめぐらしているんじゃないか。もし人々が見ていたとしたら、前から気になっていたんだ、やっぱりそうだったのか、とすぐに思っただろう。そして察したことだろう、おふくろが憤激をこらえられず、台所でわっと泣き崩れるのを。おやじが屋根裏か、薪小屋か、どこか奥まった所で跪き、このことのみこころはなんですかと神にたずねているのを。そして弟がエドワードといっしょにいて、彼のあとをついてゆく。牧師夫婦にとって追い打ちだ、人々はそう思っただろう。

フォイエルバッハの本のほかに、エドワードはぼくに小さな絵をくれた。市場の絵で、階段のところに掛かっているやつだ。ママにかならず伝えておかなくちゃ。あれはぼくの持ち物で、牧師館の備品ではない。とくに価値はないと思うが、ママは持っていたいと思うかもしれない。

君のために取っておくようママに言付ける書籍リストに、フォイエルバッハの本も入れておこう。いつか読んでくれたらうれしい。ぼくの考えでは、この本には危険な要素はみじんもない。はじめのうちは、布団をかぶったり、小川のほとりに行ったりして読んだ。エドワードとはもうつきあってはならない、とおふくろに言われたからだ。ぼくは彼がくれた無神論の本も読んじゃいけないんだ、と察したんだ。お前もあんなことを言ったら、おとうさんは死んじゃうよ、おふくろはそう言った。じっさい、ぼくはいつもおやじの側に立っていたと思う。

フォイエルバッハの本の余白には、ところどころにぼくの書きこみがある。君の参考になれば幸いだ。

フォイエルバッハと「喜び」について書いていたら、数年前の早朝の出来事を思い出した。ぼくは教会にゆく途中だった。ぼくのすこしまえに、散歩している若いカップルがいた。大雨のあと、強い日の光が差し、たっぷり濡れた木々がきらめいていた。なんの心のはずみか、単純に幸せいっぱいだったんだろう、男の子が飛び上がって枝の一つを掴んだ。するとふたりの頭のうえに輝く滝がおちた。彼らは歓声をあげ、走って逃げた。女の子は髪と服にかかった雨滴を拭いた。イヤねぇ！　というふうに。でもほんとは嫌じゃないんだ。まるで神話の一場面をみているような美しい情景だった。どうしていまそれを思いだしたのだろう。たぶん、あのような瞬間に出会うとき、たしかに水というものは、祝福にいちばん向いている、野菜の栽培や洗濯に使うのは二次的な用途だと、すっと納得できるからだ。この点をもっと自覚していたらよかったよ。ぼくの後悔のリストは風変わりなものに思われるかもしれないけれども、ナンセンスなものとはいえないはずだ。この地球は興味深い惑星だよ。心から注目するに値する。

このことを書いていて気づいた。ある種の言葉を連発しないように苦労している。「じつに」「まさに」、そういう言葉を思い浮かべている。こう記したいところなんだ。太陽は輝き、木々はきらめいていた、水がなだれ落ちた、女の子が笑い声をあげた、じつに！　まさに！　そう書けば、力がこもり、勢いが生まれる。途方もないもの——いわば、純粋なもの、有り余るほど豊かなもの、ごくありふれたものでもその程度において並みでないものにみんなの注意を向けたいとき、人はそういう言い方をするのだと、いましみじみ思う。通常の言葉の枠を超える現実、じつに！　まさに！　と言うことで伝えられる現実がある。そういう言い方にブレーキを掛けなければならないのは残念だ。語りたいことが半分抜け落ちてしまう。また、ぼくの文章にはどうしても懐古的な調子がでてしまう。しばしばそれは感傷と関係しているだろう。バウトンじいさん、みすぼらしい古い町、そう記すのは、ぼくにとっていとおしくてならない存在だからだ。

ぼくはしゃべるようには書いていない。もっとましなことは書けないのかと思わないでほしい。また、説教壇で語るように書いていない。できるかぎり。手紙でもそんなふうだったらおかしいだろう。ぼくは思考の流れにしたがって書こうと努めている。とはいえ、もちろん、思考はいったん言葉にすると、ぜんぜんちがうものになってしまう。しかも思考の流れに忠実であろうとすると、説教のようになってしまう。これはどうも避けられない。それでも、極力説教ふうを避けるつもりだ。

バウトンを訪問し、どんな具合か見てきた。彼はひどく機嫌が悪かった。きのうは彼の五十四回目の結婚記念日だった。彼は言った。「じっさい、ひとりでぼうっとしているのはもううんざりだよ。」グローリーがなにくれとなく世話を焼いてくれている。それでも彼は不機嫌に暮らしている。「俺たちが若かったころ、結婚には意味があった。家族には意味があった。いまはまったく変わってしまったよ！」そうこぼす彼をジロリとみつめて、グローリーが言った。「ジャックからしばらく便りがないのよ。わたしたち、それがちょっと気になっているの。」

バウトンは言った。「グローリー、どうしていつもそうなんだ？　俺のことを言っているんだろ、どうして『わたしたち』なんだ？」

グローリーは言った。「パパ、わたしに言わせてもらえば、ジャックはそうすぐには来られないのよ。」

「ま、気になるのは当然、俺は謝らないよ。」

「わたしにブツブツ言うのも当然だと思う。でも、そうされていい気持ちにはなれないわ。」

そんな会話がつづくのでぼくは家に帰った。

バウトンはいつもやさしい男だった。だが、苦しみに蝕まれている。このごろでは口に出すべきではないことを言う。本来の彼とは別人になっている。


君がひとりなのを申し訳なく思っている。君はまじめな子だ。仲間とくすくす笑ったり、いたずらをしたりすることはあまりない。ほかの子どもたちと交わるのは苦手だ。君が庭のブランコのうえに立って、通りにいるおなじ年頃の男の子たちを眺めているのがみえる。大きな子が、がたのきた古自転車をテストしている。君は彼らのことを知っているはずなのに、話しかけないでいる。もし彼らが君に気づいたら、おそらく家のなかにひっこんでしまう。

シャイなところはママそっくりだ。ぼくは自覚しているよ、ママを苦労の多い生活にひっぱりこんでしまった。その一端を君も感じているだろう。ママは牧師夫人らしくはなれないだろう。ママ自身、そう言っている。それでも気丈に牧師の妻として生きている。マグダラのマリアも、キャセロール料理を――古代の、それとおなじようなもの、「一皿のあつもの」のようなものをときどき作っただろう。

ぼくはこれを敬意をこめて言っている。イエスが自分のかたわらにある者として選び、すぎゆく地上の時を共にされた人物と、ママが、ぼくの心のなかでいつも重なるんだ。いまどき、こういう連想は一風変わっているね。思うに、人がみずから獲得するイノセンスというものがある。それは子どものイノセンスとおなじように称賛すべきものだ。ぼくはこのことについて説教で語りたいと思うことがよくあった。いや、ぼくはずっとこのことを語ってきたんだ。これら小さな者のひとりのようになれ、と言われるとき、主はこうおっしゃっていると思う。すなわち、うぬぼれや、見せかけや、どうでもいいこと、そうした付着物をぜんぶ片づけなさい。「私は母の胎から裸で出てきた」、云々。このことをアドベントの説教のテーマにしようと思う。そのためのメモをつけよう。以前語った記憶がぼくにないなら、みんなもおぼえていないだろう。イエスはまた、ぼくのおじいちゃんの友になってくださり、おじいちゃんに朝食のベーコンをさっと炒めてくれる、おじいちゃんと徹底的に論じ合ってくださる、そんな情景も思い浮かべることができるよ。じっさい、おじいちゃんはまさにそんな体験をいくつか話してくれたんだ。ぼく自身についてはこういうことは言えない。いつかそんな強みを得られるかどうかあやしい。そんなことをときおりふっと思うようになった。どう解釈したらよいか、よくわからないが。
つかの間であれ、ママはこの世にあることをいごこちよく感じている、そう思うとうれしい。「平安にすごしている」と表現するほうがいいだろう。ママは、この世というものをぼくよりも熟知しているにちがいないからだ。君が知ることになる貧しさを——それは主がみずから、言葉と実際の行いによって祝福されたものだが、いくらかでも軽くしてあげられたらどんなにいいだろう。いちどこの思いをママに漏らしたらこう言われた。わたしが貧しさを知らないと思っているの？　ずっとそれを味わってきたわ。しかし、それでも、君とママを寄る辺ない境遇に置いてゆくと思うとつらい。愛する主よ、どうかこの祝福は免じてください、そう思う。

ぼくは「聖なる貧しさ」と呼べるものをいくらか知っている。おじいちゃんは、なんにも残さなかった。おふくろがそう言っていた。おじいちゃんは物干しロープの衣類をすべてかっさらっていった。「泥棒よりひどい、家が火事にあうよりひどい、きっと中西部のどの町でもあたしが継ぎ当てしたズボンで歩いている人をみかけるだろうよ。」おじいちゃんはいくぶん聖者のような人だったと言えるだろう。おじいちゃんは南北戦争で片目を失っている。

誰かがその話をしたとき、おじいちゃんはこう言った。まだ片目があるよ、そのことをおぼえたいよ。おふくろが言った。おじいちゃんにも残っているものがあったのね、ありがたいことね。ウィルソンズ・クリークの戦いのとき、ライアン将軍が死んだ日に負傷したんだ、とおじいちゃんからきいたことがある。「そりゃ、痛い体験だったさ。」

おじいちゃんが家を出てゆくと、ぼくら家族はおじいちゃんの不在を痛切に感じた。困り者だったにもかかわらず。おじいちゃんにはイノセンスなところがあった。こらえ性のない人だったが、聖書のきびしい戒めについての平明な解釈を体現していた。とくに、求める者には与えよという戒めについての。

君がぼくのおじいちゃんのことを知っていたらと思う。誰かがこう言うのをきいたことがある、あのひとの片目は十の目のようだと。一般的に言って、両目がそろっていたら、凝視する視線はいくらか弱まるだろう。しかし、おじいちゃんに見つめられると、まるで棒で突かれるような気がしたものだよ。おじいちゃん自身はぜんぜん悪気はなかったんだけどね。年来の確信が燃え盛って辛抱できなかったんだ。平穏な日々も、体の衰えも、すべてを優しく包む健忘症も薬にならなかった。人はみな全力疾走で生きるべきだというのがおじいちゃんの信条だった。それがまちがいだったとは言わない。そんなことを言うのは、洗礼者ヨハネに異を唱えるようなものだろう。

ほんとうに、なんでもただであげてしまう人だった。おやじはノコギリとか、釘をいれた箱だとかを探し回ったものだ。どこかへいってしまうんだ。おふくろは、手持ちのお金を、ハンカチでくるんでベストのなかにしまっていた。ある時期、おふくろはニワトリのシチューや、卵を売っていた。とても苦しい時代だった。（そのころ、この家のまわりには小さな土地があり、納屋、牧草地、ニワトリ小屋、植林地、薪小屋、それから小ぢんまりした果樹園、葡萄を絡めた棚があった。しかし時代とともに、教会はそれらすべてを売却してゆかなければならなかった。つぎにオークションにかけられるのは地下室か、屋根か、そう腹をくくっていたよ。）ともかく、きびしい時代だったうえに、おふくろはむずかしい老人とうまくやってゆかなければならなかった。じっさい、おじいちゃんは自分の寝床の毛布まで人にあげてしまうんだ。おじいちゃんは何度もそれをくりかえし、そのたびにおふくろはたいへんな苦労をして別のものを用意しなければならなかった。おじいちゃんに取られないようにと、日曜日の晴着をいつも着せられていた時期があった。そしていつも監視されていたよ。おふくろは、ぼくが姿を消して晴着のまま野球をするのがわかっていたんだ。もちろん、そうしたさ。

こんなことがあったなあ。ある日おじいちゃんが台所にやってくると、おふくろはアイロン掛けをしていた。おじいちゃんが言った、たすけてほしいと言っている人たちが来ているんだ。

おふくろは言った。「そう。すこし待ってくれない。アイロンが冷めるまで待ってくれない。」数分後、おふくろはアイロンをストーブのうえに置いて、台所の納戸に行き、ベーキング・パウダーの缶を持ってきた。そしてフォークで缶のなかを丹念にかきまわし、二十五セント硬貨をすくいあげた。さらに、十セント硬貨が二枚、テーブルのうえに転がるまでくりかえした。おふくろは硬貨についているパウダーをエプロンの端でこすりおとしておじいちゃんにさし出した。おじいちゃんは受けとった。四十五セント。当時は卵をどっさり買えたよ。おふくろはケチじゃなかった。おじいちゃんは受けとった。しかし、もっとある、と見透かしている様子がありありと感じ取れた。（おじいちゃんは台所の納戸のなかで、空の缶のなかにお金が隠されているのを発見したことがあるんだ。ふとその缶を手に取ったら、ジャラジャラ音がしたのさ。それでときどき納戸に行くようになった。ほかにも音が鳴る缶をみつけようとして。そこで、おふくろはお金を洗ってラードのなかに埋め込んだり、砂糖のなかにしのばせたりした。ところが、ときどき、ありえないところから小銭が出てくることがあった。食卓の砂糖壺や、フライド・マッシュのなかから。）一部を納戸に隠しておけば、お金はぜんぶそこにあると敵は思い込む、たぶんおふくろはそう考えていた。

しかし、おじいちゃんは簡単にだまされるひとじゃなかった。そのころのおじいちゃんは、精神的にいささか安定を欠いていたけれど、人の心や物事の本質を見抜く力があったと思う。ただ、おふくろが言っていたように、飲兵衛や、怠け者を判別できなかった。しかしそれも百パーセント真実ではない。おじいちゃんは、裁いちゃいけないよ、といつも言っていた。それはもちろん聖書から来る言葉で、反論するのはむずかしい。

しかし補足しておきたい。おふくろは家族の世話をするのが生きがいだったんだ。当時、それはとても骨の折れる仕事だった。とりわけ、鈍痛を抱えていたおふくろには困難なことだった。おふくろはリューマチの痛み止めに、ウイスキーを一瓶、台所の納戸に置いていた。「隠さなくていいただひとつのものよ」と言っていた。赤カブの酢漬けの壺は取られちゃったが。でもあの日、おじいちゃんは老いたひからびた手で硬貨三枚を握り、例の恐ろしい目でおふくろをみつめた。おふくろは腕組みしていた。ハンカチにくるんだお金のうえで。おじいちゃんはお見通しだったが、おふくろはまっすぐ見つめ返していた。ついにおじいちゃんが折れた。「よし、主がお前を祝福し、守ってくださるように。」そして出ていった。

にらみつけてやった！　とおふくろは言った。われながら信じられないというふうだった。さきにもふれたが、おふくろはおじいちゃんをとても尊敬していた。おじいちゃんはいつもおふくろに言っていた。俺が物惜しみしないからって、心配しなさんな。主がちゃんと備えてくださるよ。するとおふくろはこう答えたものだ。「シャツや、靴下のことでこんなにたいへんじゃなかったら、ときにはケーキとか、パイを下さる余裕もできるかもしれませんね。」そんな具合だったが、おじいちゃんがいなくなるとおふくろは悲しんだ。ぼくらみんながそうだった。

これまで書いたことをふりかえると、ぼくは晩年のおじいちゃんをもっぱら変人として描いてしまっているようだ。ハタ迷惑な存在だったが、それでもぼくらは尊敬していた、またお互いに愛し、愛されていた、そんな人として語ってきただろう。事実、そのとおりだ。しかし、それだけでなく、ぼくら家族は感じ取っていたはずだ、おじいちゃんの数々の奇行は、挫折した情熱のあらわれだった。そしておじいちゃんの胸のうちには怒りが巣食っていた。とくに、ぼくらにたいする怒りが。そして晩年の揺れは、いくぶんかは鬱積した悲しみの表現だった。おやじの側にも怒りがあったと思う。おじいちゃんの落ち着かない行動、ひっきりなしの略奪行為のうちには無言の非難が込められている、そう受けとって。クリスチャンのゆるしの精神のうちに――それは聖職者や、父親と息子に、まことに似つかわしいものだが――、ふたりは自分たちの不和を覆っていた。しかし、つけ加えておかなければならないが、ふたりはそれを深く覆ってはいなかった。火をもみ消すというより、灰をかぶせた程度だったといえば、より正確だろう。

年来のわだかまりが噴き出しそうになるときの、ふたりの決まった言い方があった。

「先生、なにか悪かったか？」そうおやじが尋ねる。

「先生、悪いことはないよ、なんにも。」そうおじいちゃんが言う。

するとおふくろが言う。「ふたりとも、やめてちょうだい。」

おふくろはニワトリが大の自慢だった。とりわけ、老人がいなくなり、略奪されなくなってから。賢明な配慮によって群れは栄え、おどろくほどたくさんの卵をもたらした。ところが、ある日の午後、雷雨が近づき、突風がニワトリ小屋を打ちたたいた。屋根が吹っ飛んで、ニワトリたちが飛び出してくる。突風に煽られたんだろう。そしてニワトリらしく振舞いだした。おふくろとぼくはこの出来事をいっしょにみていた。雨の気配に気づいたおふくろが、洗濯物を取りこむのにぼくを呼んだんだ。

よくある災難だった。屋根がフェンスにぶつかった。フェンスといっても、それはいくつかの柱に釘で留められた六角形の目の金網で、クモの巣のようにきゃしゃだった。牧場にむかって飛び立つものたちがいた。通りにむかって飛び立つものたちがいた。また、なんの考えもなく、ただニワトリらしくしているものたちがいた。そこに近所の犬たちが襲い掛かってきた。つづいてうちの犬たちも。そのとき、雨が本降りになった。ぼくらはうちの犬たちさえ止められなかった。彼らの悦びにはかすかに含羞の色が浮かんでいたな。ほかの犬たちはぼくらに目もくれず夢中になっていた。

みてられない、とおふくろは言った。ぼくは彼女について台所に行った。ぼくらは椅子に座って、外の修羅場の物音、風の音、雨の音をきいていた。しばらくしておふくろが、洗濯物！　と言った。ぼくらはすっかり忘れていたんだ。「シーツは重いから、物干し綱が切れなくても泥だらけになっちゃう。」彼女の一日の仕事が無になった、ニワトリたちのことは言うまでもなく。おふくろは片目をつぶり、ぼくをみつめて、言った。「このことにもきっと祝福があるサ。」おじいちゃんが部屋にいないとき、ぼくらはよく彼の口まねをして面白がったものだ。それでも驚いた。おじいちゃんがいなくなってだいぶたつのに、開けっぴろげにふざけてみせたんだ。おふくろはいつもぼくを笑わせるのが好きだった。

戦争がおわり、おじいちゃんをマウント・プレザントで発見したとき、その痛々しい姿におやじはショックを受けた。ほんとうに、言葉が出ないほどだった。おじいちゃんが息子に最初に言った言葉はこうだった。「このことにも大きな祝福があるのがわかるだろう、そうかたく信じているよ。」おじいちゃんは人生の残りの日々のあいだ、多少とも深刻な事が身に降りかかったときには、決まってこの言葉を口にした。すくなくとも、二回の手首の捻挫と、肋骨にひびを入れたときのことが思いだされる。おじいちゃんからこう教えられたことがある。「祝福されるというのは、血を流すことだ。」英語では、語源的にも正しい。blessはbloodと関係する。しかし、聖書の原語であるギリシャ語、またヘブライ語には当てはまらない。こういう説明は、どんなにもっともらしいものでも聖書に裏づけられていない。こんなこじつけをするのはおじいちゃんらしくなかった。自説を正当化したかったんだろう。たいていの牧師がこの穴に落ちる。

ともかく、おじいちゃんにとっては、そう思っていることは重要だったようだ。おじいちゃんはいつも人の力になろうとしていた。子牛の出産やら、枝払いやら、人々が願う願わないにかかわらずね。おじいちゃんは幸薄い教会員たちに対して申しわけない気持ちでいっぱいだった。いくら体を痛めたところで、何も持っていなかったからだ。そして、二年ほどのあいだに、次々に友人が亡くなっていった。とても淋しい思いだったろう。おじいちゃんがカンザスへ飛び出したのは、それが大きかったと思う。それから黒人教会の火事。いや、火事というのは適切じゃない。誰かが教会のうしろの壁のところに小枝を積み、マッチで火をつけた。別の人が煙に気づいて、シャベルで炎を消した。(黒人教会が建っていた所には、いまはアイスクリーム・パーラーがある。店は閉じているそうだが。何年かまえ、教会の建物はすべて売却され、残っていた教会員たちはシカゴに移住した。そのころには、三つか四つの家族しかいなかった。そこの牧師が花の包みをもって立ち寄った。教会の表階段のまわりから掘り起こしたもので、おもな花はユリだった。彼はぼくがよろこぶかもしれないと思ったんだ。それらの花はいまもぼくらの教会の前に植わっている。間引きをしてやらなきゃ。執事の人たちに、それらの花の由来を伝えておこう。そうすれば大切に思い、建物を取り壊すときには保護してくれるだろう。ぼくはその牧師のことをあまり知らなかったが、彼は、自分の父親とおじいちゃんは知り合いだったと言った。そして、去らなければならないのは残念だ、わたしたちにとってこの町はとても大きな意味があったから、と言った。)

君は学校で知り合ったアイツとつきあいをはじめた。ルター派の家庭の子、そばかすのあるトビアス君。気立てのいい子だ。君は一日の半分は彼の家に入り浸っているようだ。君にとってとてもよいことだとぼくらは思っている。でも、君がいないとすごく淋しい。君は今晩、彼の家の庭でキャンプをしている。ちょうど、通りのむこう側の、人家のまばらな場所だ。君がいない夕食はわびしいよ。

明け方、君はトビアスといっしょに戻ってきて、君の寝室の床に寝袋をひろげてお昼まで眠った。（茂みのなかから動物が唸るような声がきこえたんだ。トビアスには兄弟たちがいる。）ママは、居間で本をひざの上に置いてうたた寝している。ぼくはトーストしたチーズサンドイッチを作った。ちょっと焼き加減をまちがえた。そこで君が大好きな話をした。「ぼくのおかあさんは、キッチンストーブの横で、揺り椅子に座っているといい気持ちになった。ぼくらのごちそうは煙を出し、ブツブツ音をたてた。神様に受け入れていただけない生贄《いけにえ》のように。」君たちはサンドイッチを食べてくれた。焼け焦げだったが、たぶん、すこしたのしい気分で。それから、白い糖衣をたらしたチョコレートケーキをあげた。ぼくはこのお菓子をママ用に買ってくる。ママの好物なんだ。それなのに自分では買おうとしないからだ。ママは昨晩、一睡もできなかったんだろう。われながらあきれるが、ぼくはぐっすり眠れた。そして他愛ない夢から目をさました。知らない人たちとなにやらおしゃべりしている夢だった。君が家に戻ったので、とても幸せだったよ。

ニワトリ小屋のことを考えていた。ニワトリ小屋は、ちょうど庭のむこうにあった。いまミュラーさんの家が建っているあたりだ。バウトンとぼくはよくその屋根に登った。そこから近所の庭や畑を見晴らした。また、サンドイッチを持参してそこでほおばったものだ。ぼくは竹馬をもっていた。むかしエドワードがこしらえたものだった。とても背の高い竹馬で、それに乗るのにベランダの手すりを利用しなければならなかった。バウトン（当時の呼び名はボビー）も、おやじさんに竹馬を作ってもらった。ぼくらは何年か、夏は竹馬のうえで暮らしたと言っていいほどだった。小道や、固い地面に苦労したが、上達してどんなところも悠々と歩けるようになった。お茶の子さいさい、というふうにね。樹の枝のうえに上手に腰掛けることができたよ。ときどき、スズメバチや、蚊に悩まされた。たまに転落もしたが、それもスリルがあった。ぼくらは巨人だった。勇敢なヒーローだった。そのころは、ニワトリ小屋があんな具合につぶれてしまうなんて夢にも思わなかった。ニワトリ小屋の屋根は、粗いタール紙で保護されていて、寒い日も暖かく、ぼくらはそこに仰向けに寝ころんだものだ。そうすると風からも守られた。ごろんと横になってダべった。思い出すよ、バウトンはそのころから自分は牧師になれるだろうかと悩んでいた。なれないかもしれない、と心配していた。なれなかったら、ほかの生き方をみつけなければならない。でも、見当もつかなかった。ぼくらはほかの可能性を検討してみたが、思いつくものは多くはなかった。

バウトンは背が伸びるのが遅かった。束の間の少年時代がすぎ去ると、ぼくを追い越し、以後四十年ほど彼のほうが高かった。今の彼は背が曲がってしまった。君にはどのくらいの背丈にみえるだろうか。彼はこう言っている。背骨が石になっちまった。関節がみんなひん曲がって、いうことをきかないんだ。現在の彼の姿からは昔の彼を想像できないだろう。彼は小学生のころから、神学生時代まで、つねに盗塁の名人だった。

先日、バウトンに、ニワトリ小屋の屋根でいっしょに雲を眺めていたとき、彼が口にしたことを言ってみた。天使に会ったら、どうする？ 正直いって心配なんだ、オレは逃げだしちゃうんじゃないか、そう言ったのをおぼえているか。バウトンじいさんは笑って、まあ、いまだって逃げだしたくなるかもしれないなあ、と言った。「もうじきわかるよ。どういうことになるか。」


ぼくはいつもまわりのみんなより背が高く、大柄だった。血筋だ。子どものころ、実際よりも年上にみられ、持っている以上のもの——たいていの場合、持っている以上の常識を期待された。おかげで知ったかぶりするのが上手になった。この取り柄にずっと助けられてきたよ。こんなことを言うのは、ぼくが決して聖者ではないことを君に知ってもらいたいからだ。ぼくの一生は、おじいちゃんとはくらべられない。ぼくは実際以上に買いかぶられている。おおかたは無害と言えるだろう。人々は牧師を尊敬したい。その思いにわざわざこちらから水をさす気はない。ぼくは知恵者だとみられている。とても読み切れない量の書物を取り寄せ、愚にもつかない本を漁ったからだ。それでも学べることが一つあった。なんと多くの紳士たちが不毛な本を書いていることか。これはとくに新しい洞察ではないが、体験すればこそよくわかる真理だ。

しかし、もちろん、神に感謝しているよ。それらすべての本についてね。そして読書のふしぎな時について。それはぼくの人生の大きな部分を占めている。ぼくは孤独を紛らわすために本をひらいた。つまらない仲間でも、仲間がいないよりましだった。出来の悪い本も、その不幸、その仰々しさ、その厚かましさをいとおしむことができる。なんでもいいから人間的なものに触れたいときにはね。君はそんな飢えと無縁であるようにと、心から思う。「飽き足りている人はミツバチも踏みつける。飢えている人には苦いものも甘い。」自分からはぜったいに望まない所にも、幸せは転がっている。いかにも父親が言いそうなことだ。でも、神の真理でもある。それをぼくは自分自身のながい体験から学んだ。

ぼくの書斎に夜更けまで灯が点っているのがみかけられても、なんてことはない、それはたいてい、椅子に座ったまま眠ってしまったということだった。ぼくの評判は、おおかたは教会員の心優しい創作による。それをぶち壊そうとは思わない。ひとつには、真実のうちにペーソスのたぐいが含まれていて、その痛ましさが同情を生んだだろうからだ。まあ、ぼくの生活は教会のみんなが知っていた。重要なポイントはぜんぶ。そして彼らは思いやりがあった。ぼくは人生の大部分を、気落ちしている人の慰め手として生きてきた。しかし、自分に人の慰めが必要だという考えは、とうてい受け入れられなかった。ただ一人、バウトンじいさんを除いてね。彼はいつも口数少なく受けとめてくれた。あの日々、すばらしい友、よきたすけになってくれた。往時の彼がどんなにいい奴だったか、すこしでも君にわかってもらえるといいんだが。彼の説教は非凡だった。しかし彼はきちんとした原稿を書いたことがない。メモも保管していない。だからなにも残っていないんだ。彼一流の言い回しを思い出すよ。ぼくは毎日、自分の説教を読み返してみたらどうだろうと考えている。ひとつかふたつ、いつか君に読んでもらいたいと思うものがあるかもしれない。でもあまりにも量が多い。しかもそのほとんどにつまらないと思ってしまうかもしれない。なによりもそれが不安だ。それらは焼却するのがいちばんいいかもしれない。しかしそうしたらママはショックを受けるだろう。ママはぼくの過去の説教原稿を、ぼく自身が評価する以上に高く買ってくれている。でもそれは量が多いからだろう。ママはそれらを読んだことはないんだ。君はたぶんおぼえているだろう、屋根裏部屋への階段は、梯子のようになっている。そして屋根裏部屋はひどく寒いか、めちゃくちゃに暑い。

あの山積みの箱を下におろすことは、自分の人生をまな板にのせることだろう。アウグスティヌスほどにたくさん書きながら、すべてを灰にするしかないとすれば、嘆かわしいことだ。どの原稿にもそのときの思いが込められている。もし時間があれば、ぼくは五十年間の、みずからの最も深い心の軌跡を辿ることができるだろう。なんて空恐ろしい考えだ。仮にぼくが焼き捨てないとしても、いつかほかの人がそうするなら、やはり嘆かわしい。書くことがぼくの性分になっている。それはじゅうぶんにわかってくれるだろう。この果てしない手紙が君の手元に届いたなら。この手紙がなくなったり、暖炉に捨てられないなら。

階上の古箱に詰めた説教原稿に思いがゆくのはどうしようもない。それらはなんといってもぼくの人生の証しであり、最後の審判の場に立つ気分を前もって味わわせてくれるものだ。だから無関心にはなれない。ぼくはここで牧師として生きてきた。ながく、何百もの人の心を気遣ってきた。しっかり相手の心に語ることができていたなら幸いだ。ふりかえると、自分を相手にしていただけだったような気がするときがある。いまでも夜中に目がさめ、何年も前の会話を思い出して、こう言えばよかったのに！　とか、ああ、あの人が言いたかったのはそれだったんだ！　と思う。もうこの世を去って久しい人たちもいる。いまごろ気づいても遅い。そこで、まさにふさわしい問いにはちがいないが、集中が足りなかったんじゃないかと自問せずにおれなくなる。

屋根裏部屋にない説教原稿がひとつある。説教する前の夜にほんとうに焼いてしまったんだ。スペイン風邪のことはもうあまり話題にされなくなったが、悲惨な出来事だった。それは第一次世界大戦のさなかに、アメリカが参戦したちょうどその時期に襲いかかり、何千もの兵士たち、健康な、花ざかりの年頃の青年たちの命を奪った。そしてさらにまわりにひろがった。戦争のようだった。いや、まさに戦争だった。ここアイオワで次々に葬儀がおこなわれた。おびただしい数の若者が亡くなった。それでも予想したより軽かったんだ。人々は教会に来てもマスクをしたままだった。互いにできるだけ離れて席についた。これはドイツの秘密兵器によるものだといううわさが囁かれた。みんなそれを信じたかったんじゃないかな。この災いの意味をそれ以上考えなくてすむのだから。

　あの若い兵士たちの親がぼくのところに来て、よくこう尋ねた。神様はどうしてこんなひどいことを許されたのかと。――神様は許可していません。神様に何をしてもらったら、それがわかるのでしょう？　そう問い返したいところだった。しかし、それはやめて、彼らを慰めた。ぼくはこう言った、息子さんたちはもっとつらい目に遭わずにすんだのかもしれませんよ。彼らは塹壕や、毒ガスを免れた。ぼくの言葉はたいていそういうふうに受けとられた。しかし、ぼくが思っていたのは、彼らは人殺しをするのを免れたということだった。あの出来事は、まさに聖書に出てくる災いのようだった。聖書に出てくる災いそのものだった。ぼくはセナケリブのことを思い浮かべた。

　めずらしい病気だった。ぼくはフォートライリーで見た。青年たちは、自分の血の中で溺死した。喉から血があふれて、ものが言えなかった。わずかのあいだにあまりにもたくさん亡くなるため、遺体を安置する場所がなくなってしまった。それで人々は遺体を校庭に積み重ねた。ぼくは手伝いに出かけ、この目で目撃したわけだ。青年たちは大学で徴兵を受けた。そこにインフルエンザがあっという間にひろがった。大学は閉鎖され、建物は簡易ベッドで一杯、まるで病院のようだった。そしてここアイオワが、おそろしい死の場所になった。さて、これが「しるし」でないなら、いったい何がしるしだろう。そこで、この出来事を主題に、説教を書いた。ぼくはこういう内容を言葉にした。あるいは、少なくとも言葉にしようとした。すなわち、この死の出来事は、愚かな若者たちを、みずからの無知と荒ぶる心がもたらすものから救った。神は、彼らを集めて、彼らが飛び出していって兄弟たちを殺戮するのを防いでくれた。そして、彼らの死は、われわれ残された者への警告だ。戦争願望は、戦争の必然的結果をもたらす。なぜなら、われわれが神の思いと恵みをあなどり、鋤を剣にし、剪定鎌を槍に打ち直すとき、どんな大海も神の裁きからわれわれを守れるほど大きくはないからだ。

よい説教だったと思う。執筆中、おやじはよろこぶだろうな、と思った。でも、気持ちがなくなった。礼拝に来る一握りの人々は、お年寄りの女性たちで、もうこれ以上耐えられないほど打ちのめされていた。彼女たちは、ぼくとおなじように戦争に反対だったし、ぼくが感染しているおそれがあるのに礼拝を欠席しないでいた。そんなところに説教壇から雷を落とすなんてばかげていると思ったんだ。それで、原稿を暖炉に投げ入れ、いなくなった羊のたとえについて説教した。とっておけばよかったな。あの原稿に書いた言葉は、ぜんぶ真剣だった。きっと、天国でよろこんで報告できる唯一の説教だったろう。それを焼いてしまった。しかし、ミラベル・マーサーさんはピラトじゃなかった。またウッドロウ・ウィルソンでもなかった。

君があの説教をぼくの書類のなかにみつけて読んだら、なんて勇ましい、と思うんじゃないかな。別の時代を理解するのは困難だ。がらんとした教会。マスクを隠そうとして重いヴェールを被った女性たちが少し。そして男たちが二人か三人。そんな光景は想像できないだろう。一年以上ものあいだ、ぼくは口をスカーフで覆って説教した。みんな玉ネギ臭かった。インフルエンザの病原菌に効き目があると世間でいわれていたんだ。また、タバコの葉を体にこすりつけたりした。

あの当時、通りの角には樽が置いてあって、お国の戦いのために桃の種をせっせと投げ入れた。軍が桃の種を炭にして、ガスマスクのフィルター用資材にする、ということだった。何百も集めて、ようやくフィルター一個分になった。ぼくらはみんな、愛国心から桃を食べた。すると桃も一味ちがう味わいがしたよ。雑誌には、ガスマスクをつけた兵士たちの姿があふれていた。ぼくらの格好以上に奇妙な格好にみえた。奇妙な時代だった。

青年たちはおしなべて戦争に気負い立っていた。おそらく、ぼくがこれを書いたあとにも新たな戦争がはじまるだろう。そして君の目に男らしいことのように映るだろう。また戦争が起こるにちがいない。あの伝染病の流行は、ぼくらにたいする大きなしるしだったとぼくは信じている。しかし、ぼくらはそのしるしから目をそむけ、その意味を理解しようとしなかった。だからそれ以後、ぼくらはたえず戦争している。

百パーセントそう確信しているとはいえない。バウトンがよく言っていた。「それは説教壇での話。」そのようなものかな。もっとも、彼がどういう意味で言っていたか知らないが。

暗がりの時代、そう自分で呼んでいる。孤独な時代。それはさきにふれたように、ぼくの人生の大半を占めている。これについて語らなければ、ぼくの人生をちゃんと伝えられない。孤独な時は、毎年やってくる冬がおなじ冬であり、春がおなじ春であるように、ふしぎなしかたで経過していった。そして、いつも野球があった。ラジオでおそらく何千回も実況中継をきいただろう。ときどき、かろうじて聞きとれる音に耳を澄ました。するとシーンと静まり、ややあって観客のどよめきがきこえた。それも浅い、かすかな響きだった。貝殻のなかの空ろな海鳴りのような。よかったよ、想像力が掻き立てられた。複雑な謎解きをするよう、たとえば、惑星の動きを計算するようだった。球がレフトの方向に飛ぶ。一塁と三塁にランナーがいる。すると——ぼくの頭のなかでランナーたちがいっせいに走る、キャッチャーが構える、ショートが中継ぎをする。理屈ぬきでたのしんだ。

また、よく人々との会話をふりかえったが、じっさい、それらは野球に似ていたよ。ぼくの仕事の大部分は、人の話をきくことだ。とりわけ、人が罪の告白をするとき、あるいは、少なくとも心を打ち明けるときの真剣な、内々の会話の場において。ぼくはこの仕事をとても興味深く思っている。そこでなされる会話を、試合のように考えているわけではない。そういうことを言おうとしているわけじゃない。しかし、もし、ぼくらがある試合を抽象的に眺めるとしたら、どうだろう。力点はどこにかかっている？　どんな戦術がとられている？というふうに。両陣営が全力でぶつかる、互いを求め合う、そこに命が——いちばん肝心なものが——あらわれる。もし、それを見ることだけに関心をむけるなら、どうだろう。ぼくが言う「命」は、「エネルギー」（科学用語の）のようなもの、あるいは「ヴァイタリティ」のようなものであり、しかもそれらとまったく別のもののことだ。人が、なんの話かはともかく、ぼくのところに話をしに来る。すると、ぼくは人の内に充満するマグマに心打たれる。ぼくにむかって話す「私」は、好きです、とか、こわいんです、とか、願っています、とか言う。誰かある人を指して、あるいは漠然と、そう言う。けれどもそれはどうでもいい。話す「私」のまわりに、ろうそくの芯のまわりに炎が揺れるようなものがある。悲しみ、罪の意識、喜び、またなんであれ、内側から現われ出るものがある。すばやく、熱烈に、変幻自在に。そこにすばらしさがある。めったに言及されないが、命のこの面にふれるのは牧師職の特権だ。

よい説教は、情熱的な会話のひとつのかたちだ。またそういうふうに聞くべきものだ。この「会話」にかかわるのは、もちろん三人。これは、きわめて個人的な思索についても言えることだが、まず、思索をもたらす者、そしてそれを受けとめ、なんらかのしかたで応答する者、そして、主が耳を傾けていらっしゃる。銘記すべきことだ。

これまでいちども表現しなかったことを、なんとか言葉にしようと努めている。なかなかしんどいものだね。

ある日、野球の実況中継に耳を澄ましていたら、月が動いている様子がありありと心に浮かんだ。月が、螺旋状に動いてゆく——月は地球のまわりを回転しているが、地球は太陽のまわりを回っていて、月はその軌道につき従っているのだから。わかりきったことだが、そう思うとワクワクした。窓の外には満月が出ていた。青い空に、氷のように透明に。そしてカブスがシンシナティ・レッズと対戦していた。

貝殻の音をたとえに記したら、以前つくった詩の一部を思い出した。

巻貝の殻をこじあけて　みことばを見いだせ
それは敬虔な囁きのうしろに隠れている

とくに思い出すほどのものでもない。バウトンの息子のひとりが地中海地方にゆく用事があり、お土産に大きな貝を送ってきた。それがいつもぼくの机の上にある。ながいあいだ、ぼくはこの「囁き」という言葉が好きだった。それに、ほかの単語は思いつかなかった。加えて、その頃のぼくは「みことば」や、「敬虔」や、「かすかな音」のほかに何を知っていただろう？　ほかに好きなものがあっただろうか？　当時、『田舎司祭の日記』というよく読まれた小説があった。フランスの作家、ベルナノスによるものだ。ぼくは主人公に非常な共感をおぼえた。バウトンは「深酒」と言った。「主は、この働きにもっと適性のある人間を求めているよ。」ぼくはこの本を、ラジオを流しながら徹夜で読んだ。すべてのラジオ放送がおわるまで。さらに、夜が明けるまで。

おじいちゃんがぼくを電車でデモインに連れていってくれたことがある。バド・ファウラーを見るためだった。ファウラーはキーオカックで一、二シーズン、プレイしていた。老人は例の目でぼくをみつめ、世界中で彼ほど俊足、強肩の選手はいないと言った。ぼくは期待に胸を膨らませた。しかしその試合は面白くなかった。あるいは、そうぼくは思った。走塁はなし、ヒットもなし、エラーもなし。第五イニングのとき、午後のあいだ地平線上に見えていた雷雨がやってきて、試合は中止になった。本降りになると、観衆のなかからため息が漏れた。十歳そこらだったぼくはゲームの中止にほっとしていた。ところがおじいちゃんはひどくがっかりしていた。かわいそうに、鬼じいにとってこのことも痛手になったにちがいない。鬼じい、と敬愛をこめて言っている。おやじも、そしておふくろもそう呼んでいた。戦争で片目を失ったおじいちゃんの顔は凄みがあったからね。でもな、とおやじが言った。「おじいちゃんは一昔前のタイプの、なかなかの説教者だったよ。」

あの日、おじいちゃんは飴の袋を持参していた。びっくりした。おじいちゃんが震える手を入れると、袋がパチパチ音をたてた。それが、まるで火が燃える音のようにきこえたんだ。あのときぼくはその異様さに気づいたが、しかし、無理もないと思った。しかも多少ともこんなふうに感じた。雷と稲光によって、いわば、万物がおじいちゃんにお辞儀をしてこう言った。「やァ先生、野球のスタンドでお目にかかれるとは。」あるいはこう言った。「先生、この痛ましい世界のなかで、いったいあなたは何をやっているんですか？　こんなところでスポーツ観戦をして。」おじいちゃんはとんでもない人たちを友だちにしたわ、とおふくろが言ったことがあった。「とんでもない」というのは、もちろん畏敬の念が込められている。おじいちゃんは、若いころ、ジョン・ブラウン、それからジム・レインとも付き合いがあったんだ。この交わりについて、君に詳しく伝えられたらいいな。ぼくら家族には、むかしのカンザスのことや、南北戦争にふれるのをはばかる雰囲気があった。デモイン旅行からしばらくして、ぼくらはおじいちゃんを失った。あるいはおじいちゃんは自分を失った。ともかく、二、三週間ののち、ふらりとカンザスへむかったんだ。

「他との関係のなかに存在していないものは、存在しているとはいえない。」そんな言葉をどこかで読んだことがある。こういう観念的な言葉はむつかしい。たぶん、こちらの理解力が足りないせいだろう。でも、この言葉は、あの日の午後を――無風状態のときを、すべりこみも、タッチアウトもないときを、試合がいわば死んだようなときを思い起こさせてくれる。そしてあの嵐は、その状態を終わらせてくれたんじゃないか。危険な火を消すように。あるいは、世に雪崩れ込む、おそろしい「ゼロ」に対処するように。黙示録に、小羊が第七の封印をひらいたとき「天は半時間ほど沈黙に包まれた」とある。半時間よりもながかったけれど、いま思うとちょっとそんなふうだった。ゼロ。この言葉にはすごい力がある。おじいちゃんには自分の勇気を発揮できるものがなかった。たしかな手ごたえを感じられるものがなかった。とても気の毒に思う。

自分の記憶のなかで、微細な要素がデフォルメされているのは承知している。老人がぼくの隣に座っていた。灰色のコートを着て。震える手で、つつましい飴の楽しみをぼくに分け与えてくれていた。おそらくあの午後、おじいちゃんの思い出のなかにあったカンザスが、未来を示す場所に変貌したんだ。（おじいちゃんが戻っていったのは、以前おじいちゃんの教会があった町ではなかった。だからお墓を探すのに手間がかかった。）バド・ファウラーは、セカンドベースの所に立ち、グローブを腰に当ててキャッチャーを見ていた。彼は素手でプレイするのを好んだそうだが、ぼくがおぼえているのはあの時の姿だ。彼について思い出せるのはそれだけだから、記憶を修正しようにもできない。ぼくは何年か、新聞に載るファウラーの活躍ぶりを見守っていた。しかし、黒人リーグができると、彼はぼくの視界から消えてしまった。

高校時代と、大学時代、ぼくはまあまあのピッチャーだった。神学校にはチームがふたつあった。土曜日はみんなで外に出て試合をしたよ。草むらのあいだに土の溝ができていて、それがベースラインになっていた。たのしかったなあ。あのころ、頼もしい若者たちが牧師になる勉強をしていた。いまもそうにちがいない。

おじいちゃんの墓をあとにして、静寂のなか、月明かりに照らされて歩きながら、おやじが言った。「まあね、カンザスじゅうの人があれを見ているよ」あのとき（ぼくは十二歳だったのを忘れないで）、ぼくはこう思った。カンザス州のすべての人が、ぼくらのふしぎな体験について証人になってくれる、おやじが言ったのはそういう意味だろうと。つまり、おやじがお墓で祈ることで得た祝福とか、からからの脱水状態の安息からおじいちゃんが発する栄光――そういうものを、カンザス州のすべての人が「そのとおりだ」と言ってくれるのかと思った。しかしあとになって気づいた。あの太陽と月の光景は、ぼくらだけに贈られたものではない、そういう意味だった。おやじは、聖書に記されているもの以外、ビジョンだとか、奇跡とかを決して口にしないひとだった。

それにしても、あの夜、おやじとならんで歩いていた、轍のある道を、がらんとした世界を歩いていた、そのときのぼくの気持ちをうまく君に伝えることができない。ぼくはなんとも快い力がみなぎるのを感じていた。おやじのうちに、そして自分のうちに。そして万物のなかに。狐につままれたみたいだった。心が弾むよ、あんな喜び、あんな確かさを感じることなんて、めったになかった。ちょうど、夢のなかで、ふだんは考えられないような大量の感情に浸されるかのようだった。それは罪の意識か、恐怖か、と分析してもあまり意味はない。ああ、自分はすごい器なんだ、自分に必要と思う以上の力を授けられているんだと悟る、そのような体験だったんだ。月があんなふうに、まばゆいばかりに明るく輝くなんて、思いもよらないことだった。冷静な言葉とは裏腹に、おやじも心に感じるものがあったようだった。おやじは立ちどまり、両目をこすった。

おじいちゃんがあるビジョンを話してくれたことがある。まだ十六歳になるまえ、メイン州にいた頃のことだそうだ。丸一日、父親が切り株を引きぬく仕事を手伝い、疲れて暖炉の横で眠っていた。すると、誰かに肩をさわられた。見上げると、イエスだった。イエスは、鎖につながれた両手をひろげてみせた。あの鉄の鎖は、とおじいちゃんは言った。主の骨まで食い込んでいたよ、悲しいったらないよ。そしてセラフィムの片目でぼくを見据えた。そのまなざしのなかに、むかし感じた良心の痛みが鮮やかによみがえっていた。「あのとき、俺はカンザスに行って、奴隷制廃絶のためにお役に立たないといけない、それがようくわかったのさ。」お役に立つ。それは古い世代の人々にとって最大の志しだった。そしてただ漫然と暮らすことほど落ち着かない気分にするものはなかった。この価値観はとても貴いとぼくは思っている。おじいちゃんが話してくれたビジョンを伝えると、おやじはただうなずいて、そんな時代だったな、と言った。おやじ自身は、おじいちゃんがしたような体験談は一切しなかった。大丈夫、おそろしい姿のイエス様が自分にも現れるかもしれないなんて考えなくていい、そう無言のうちに伝えてくれるようだった。ぼくは気持ちが軽くなった。大丈夫。このことも味がある。

おじいちゃんは打ち砕かれた人のようにみえたし、じっさいそうだった。絶え間なく稲妻に打たれている人のようだった。だから、おじいちゃんが着ているものはいつも灰色だったし、髪の毛はぜったいにきちんとしていなかったんだ。そしておじいちゃんの片目は、ときに悲劇的な驚愕の色を湛えていた。そんなときは一睡もしていなかったんだ。おじいちゃんはほんの片時もじっとしていられない人だった。そういう人は、おじいちゃんのお仲間以外にお目にかかったことがない。彼らはみんな、老齢までしゃがむことができた。また、ことさらそうした。まるで椅子に恨みでもあるみたいに。全員、筋骨隆々としていた。旧約聖書の預言者——まあ、いやいや退職させられた預言者という感じだった。あるいは、天使たちを裁く日を楽しみにしている初代教会の人々のようだった。彼らのなかにこんな人がいたよ。

祝福するときや、洗礼式のときに使う手に傷痕があった。それは血の気の多い若造のピストルをつかんだためにできたんだ。俺は思ったね、と彼はよく言った。この子はきっと撃たない、とな。あいつはまだひげもなかった。おっかさんの所に帰るべきだったんだ。だから言った、さあ、それをこっちによこせ、と。そしたらやっこさん、そうしたんだ、口元にうっすら笑みを浮かべて。ピストルを叩きおとすことはできなかった。俺は思ったんだ、こいつはこけおどしだと。それに、片方の手は使えなかった。包帯に包まれていたからね。だから、俺はピストルをつかんだ。

彼らは、レーンや、オバーリンの神学校で学び、ヘブライ語やギリシャ語を習い、ロックやミルトンに親しんだ。何人かが小さな大学をティバーに創設した。その大学はかなりのあいだ存続した。そこから巣立った人々、とりわけ若い女性たちが一人で地球のむこう側までゆき、教師や宣教師として働いた。それから数十年して帰ってきて、トルコや朝鮮の状況をぼくらに知らせてくれた。ともかく、彼らは全員、不撓不屈の老人だったな。誰かがなんとかして火を消そうとした跡。おじいちゃんの墓がそんな印象を与えたのはすこしもふしぎではない。

ちょうどいま、ラジオから流れる歌をきいていた。立って、歌に合わせて、すこし体を動かしていたらしい。その様子をママが廊下から見て、やりかたを教えてあげる、と言ったんだ。ママはやってくると両腕を巻きつけ、頭をぼくの肩にのせた。そしてすこしして言った。想像できるだろう、とてもソフトな声で。「あなたがこんな年だなんて、いまいましい。」

ぼくもそう思う。

数日前、君とママが花束をかかえて戻ってきた。君たちがどこにいたかすぐわかった。ママはあの場所に親しませようと考えて、君を連れていったんだ。とてもきれいな所にしたときいている。ママはなかなか考え深い。君はハニーサックルを手にしていた。それから、こうやって花の蜜を吸うんだよ、と言い、花のさきを噛み切ってぼくにくれた。ぼくは勝手がわからないふりをした。花をぜんぶ口の中に入れ、噛み、飲み込む格好をしたり、小さな笛を一所懸命吹くようなしぐさをした。君は腹をかかえて笑い、ちがうよ、ちがうよ、と言った。今度は、口の中でミツバチが暴れている様子を演じてみせた。「だめだよ、いるはずないよ。」そこで君の肩をぎゅっとつかんで、耳の穴へフーッと息を吹き込んだ。君は飛び上がった。ほんとにミツバチがいたのかも、と思ったようだったね。それから君は笑い、真顔になって言った。「ちゃんとやって。」君は片手をぼくのほおに当て、ぼくの口に花をそっと押しつけた。とてもやさしく、注意深く。「ちゃんと吸って。お薬だよ。」言われたとおりにした。すると、まさしくハニーサックルの味がした。ぼくが君の年齢だったときとまったくおなじだった。ハニーサックルがぐんぐん伸びて、いのちある世界のなかで、あらゆるフェンスの柱や、ベランダの手すりを覆う、そんな感じがした。

それは、あの午後、稲光が落ちたときに感じたような驚きだった。ぼくは光というものにかなりの関心を寄せてきたが、この対象を極め尽くすことはとうていできないだろう。光がすべてのもののうえに雪崩落ちる、そういうイメージがぼくのうちにあった。光が、草から立ちのぼる湿気や、ベランダの床板の古い樹液のすっぱいにおいを押さえる。木々をさえ、季節はずれの積雪のようにたわめる。ちょうど、猫がひざの上に乗っかるように、ぼくらの肩の上に宿る、そんな懐かしい光のイメージ。ソーピーが太陽の下で横になっていた。歩道に張り付いていたよ。ソーピーのことは憶えているだろう。そう思う理由はとくにないが。ほんとうにどうってことのないヤツだ。写真をひとつ撮ってやろう。

そんなわけで、ぼくらがハニーサックルの蜜を夕食時まですすっていたら、ママがカメラを持ってきた。このときの写真が君のもとに残るだろう。ちょうどママを撮るまえにフィルムが切れた。よくあるパターンだ。いつもこんなふうになる。ぼくがママを写真に撮ろうとすると、ママは両手で顔を隠したり、部屋から出ていってしまう。ママは、自分はきれいじゃないと思っている。どうしてそんなふうに思うようになったんだろう。永遠の謎だ。ママはどうしてこんな年寄りと結婚したんだろうと、首を捻るときがよくある。こんなにすばらしい、生きいきとした女性がどうして？　とても考えられないこと、大それたことだ。それをママが思いついた。このことをぼくはいつも思い起こすようにしている。また、ママが思い起こさせてくれる。

ぼくに妻がいて、そのひとがぼく自身の子を熱愛する、それをこの目で見るなんて、まったく考えていなかった。今もこのことを思うたびに驚いている。こんなことを記すのは、いくぶんかは君にメッセージを送りたいからだ。いつか君が自分の人生をふりかえり、自分は何をした？　と自問するときに、遅かれ早かれ、誰もが直面する問いにぶつかるときに、心にとめてほしい。君はぼくにとって神の恵みだった。奇跡だった。いやそれ以上だった。君はぼくのことをそんなに憶えていないかもしれない。それに、ひとりの老人の、しかも、おそらく君が帰ることのない小さなみすぼらしい町の老人にとってよい息子だった、そんなことは少しもありがたくないだろう。せめて君に役立つ言葉を贈ることだけでもできればと願っている。

子どもの髪は、日光を受けてやわらかに反射する。虹色に、ほんのり輝く。ときおり露の色がそうみえるのとおなじ色だ。そのような色彩のきらめきが、花びらのなかにある。また、子どもの肌にみられる。君の髪はまっすぐで、黒い。そして肌は白い。ほかの子と比べて際立っているとは思わないが、とにかく君はかっこいい少年だ。すこしきゃしゃな、清潔で、行儀のよい子どもだ。申し分ないよ。でも、ぼくが君を愛するのは、なによりも君という存在がここにいるからだ。ここにいる、それは考えうる最もすばらしいことだとぼくは思う。もうすぐ、ぼくはこの身に不滅をまとう。一瞬のあいだ、瞳の瞬きのあいだに。

瞳の瞬き。なかなかすてきな表現じゃないか。ときどき思うんだ。人生でいちばんすてきなこと、それは人の瞳のなかに瞬きを、小さなきらめきを見ること。なにか魅力あるものや、ユーモアに心が動くとき、このきらめきが生まれる。「目の輝きは心を喜ばせる」と言われているとおりだ。

この手紙を君が読むときには、ぼくは不滅をまとい、いっそう生きいきとした存在になっているだろう。若き日の力に満ち、愛する者たちとともにいるだろう。君は、あれこれ気を揉むバカな老人の夢を読む。かたや、ぼくは光のなかに生きている。それはここに記すどの夢にもまさるものだ。しかし、君に早くおいでとは思わないだろう。過ぎゆく人生をながく生きてほしい、そして過ぎゆくこの世界を愛してほしいからだ。この世との別離はほろ苦い。なぜかそんな気がする。妻と娘――ルイーザとレベッカ――との再会を、心から望んでいるにもかかわらずね。それがどのようなものか、ぼくはもう何年となく思いめぐらしている。ともかく、この老齢の種は地に落ちようとしている。そのとき、はっきりわかるだろう。

手元にルイーザの写真がすこしあるが、本物とちょっとちがうと思う。まあ、亡くなって五十一年になるのだから、はっきりしたことは言えないだろうね。彼女は九つか十のころ、縄跳びに熱中していた。仮に君が気をそらそうとしたとしても、そっぽをむいて跳びつづけただろう。そしていちどもしくじらなかった。おさげが飛び跳ね、背中を叩いた。ぼくはよく片方のおさげを掴もうとした。するとひらりとかわして通りに出てゆき、縄跳びをつづけた。千回、あるいは百万回、跳ぼうとしていた。何事も彼女の気をそらすことはできなかった。おふくろの家庭医学書に、少女は体力を過度に消費することはしてはならない、と書いてあった。この言葉が印刷されたページをひらいて見せてやると、ピシャリと言われちゃった。あんたに関係ないでしょ。彼女はいつもはだしで、おさげをなびかせ、帽子を斜めにして走り回っていた。少女たちはいつごろから日よけ帽をかぶらなくなったのだろう。どうして昔はかぶっていたんだろう。そばかすを予防するためだったとしたら、無駄なことだった。

妻といっしょに老いることのできる人がいつもうらやましかった。バウトンは五年前に奥さんを亡くした。彼の結婚はぼくより早く、長男は白髪になっている。孫たちも、多くがすでに結婚している。ぼくはといえば、息子が大人になるのを見ることはない。妻といっしょに老いることはない。ぼくはたくさんの人々の人生に伴走してきた。何百人もの幼子に洗礼を授けた。けれども、ずっと、自分には人生の大部分が閉ざされているように感じていた。あなたはアブラハムに似ていた、とママは言う。しかし、老いた妻はいなかったし、子を授かる約束も受けていなかった。本と野球と目玉焼きサンドイッチ、それでなんとか切り抜けてきたのさ。

ぼくの書斎に君と猫が来ている。ソーピーがぼくのひざの上に乗り、君は床の日が当っている所に腹ばいになって、飛行機の絵を描いている。三十分前は、君がぼくのひざの上にいて、ソーピーが今君のいる場所で横になっていた。そのとき君は、――君が言うには――、メッサーシュミット109の絵を描いていた。ページの端にその写真が載っている。君は一冊の本のなかにある戦闘機の名をぜんぶ知っている。ひと月ほど前、レオン・フィッチュがこの本を君にくれた。ぼくがよそを向いた隙をついて、そんな感じだった。ぼくが気に入るとは思っていないはずだからね。君の絵は、どれもページの端にあるのとおなじみたいだ。けれども君は、ひとつひとつに別の名前を与える。スパッド。フォッカー。零戦…… それらにはいくつ機関銃があるの？ いくつ爆弾を搭載しているの？ 説明欄を読んでちょうだい、そう始終せがむ。おやじがここにいたら、ぼくがおやじだったら、この本をフィッチュおじいさんにお返ししよう、それが真に気高く、男らしいことだよ、と君を諭すところだろう。じっさい、そうしたほうがいいと思う。でもフィッチュさんは悪気はない。たぶん、この本は台所の納戸入りになるだろう。納戸の秘密に君はいつ気づいただろうか？ 君に興味をもってほしくないものはなんでもあそこに置いている。考えてみると、納戸にあるものの半分は、取り出されることがなかった。それらは家の誰かに興味をもってほしくないものだった。

まだ若いうちに再婚する機会はあった。教会の人たちは、牧師が結婚しているのを望む。そのおかげで百マイルの範囲内のあらゆる姪や義理の姉妹を紹介されたよ。ふりかえれば、その気にならずにママが現れるまでひとりでいたのはほんとうによかった。いま思うと、あの深い暗闇の年月のあいだに、ひとつの奇跡が備えられていた。だから、ぼくがあの年月を祝福の時と受けとめるのは正しい。ぼくは信頼する心をもって待っていたんだ。何を待っていたのかわからなかったにせよ。

そして、ママが現れ、まだママのことをほとんど知らない時分に、例のまなざしをぼくにむけて、瞬きひとつしない目でぼくをみつめて言ったんだ。とても静かに、とてもまじめに、「わたしと結婚することよ」と。人を愛するとはどういうことか、ぼくはそのときはじめてわかった。そのときまで人を愛したことがなかったわけじゃない。だが、人を愛することの意味を理解していなかった。両親のもとでも。ルイーザと過ごしたときも。ママの言葉に、一瞬ポカンとして、なんと言ったらいいかわからなかった。ママは出てゆき、ぼくはあとについて通りを歩いた。この期に及んでも、ママの袖に触れるだけの勇気はなかった。それでも言った。「君の言うとおりだ、結婚しよう。」するとママは、じゃあ、あした会いましょうと言い、そのまま歩きつづけた。ぼくの人生のなかでいちばんドキドキする体験だった。君もああいう瞬間に出会ったらすてきじゃないかと思うよ。過去の道のり――ぼくの、またママの過去の歩みも――を思うと、そう願うのがよいとは一概に言えないけれど。
いまぼくは賢明であろうと努力している。父親らしく、そして年輩の牧師にふさわしくね。唯一、確信をもって言い残せることは、最悪の不幸も、どん底ではないということだ。――この言葉を記したら、レベッカのことが浮かんだ。彼女を抱きかかえたとき、彼女がぼくをみつめたあのまなざしが、ぼくの心に刻み込まれているようだ。ぼくは幼子に洗礼を授けるたびに、彼女のことを思わずにいられなかった。手のひらに感じる幼子の額。その命のぬくもりを、ぼくはどんなに愛してきたことか。バウトンが彼女に洗礼を授けてくれたときさきに書いた。ぼくは、ただ祝福するために彼女の頭に手をおいた。そのとき、彼女の脈、彼女の体温、彼女の髪の湿り気を感じることができた。主は言われた。「彼らの天使たちは、天でいつもわたしの父の顔を見つめている」（マタイによる福音書第十八章十節）。だから、バウトンはエンジェリーンと名づけた。じつにたくさんの人々が、この御言葉に平安を与えられてきた。

このところ、この世の命についてしきりに考えている。じっさい、この世の命に魅了されている。いささか度をすごすほどだよ。けさ、教会へ行くとき、戦没者の記念に植えられた大きなオークの並木をとおった。この並木を君がおぼえていればと思う。ぼくはそのとき、別の朝の出来事を思い出していた。一年か、二年まえの秋だった。丸々としたドングリが、あられのように落ちてきた。葉を叩き、舗装された道にはじけてぼくの頭をかすめた。まだ暗いうちのことだった。三日月が見えていたな。ほかのことはおぼえていない。冴えた夜、あるいは朝だった。しんと静まり返っていた。そんなところに、あんな勢いが木々のあいだから生まれた。嵐のように。苦悩のように。ぼくはそのかたわらに佇んで、これまで見たことがない、と思った。ずっと大草原で暮らしてきたが、今もオークの並木に仰天させられる。

ときどき思うんだ。ぼくは目をひらいて世界のすばらしいありさまを見つめている子ども、ただ魅了されている子ども、そしてふたたび目を閉じなければならない子どものようだ。ぼくらを待ちうけている将来とくらべるなら、ほのかな影にすぎないのはよくわかっている。だが、それだけになおさらいとおしく思える。人間の美しさもこのなかに含まれている。ぼくらが変えられ、不滅を身にまとうとき、この夢のようなたまゆらの状態を、生成と消滅の輝きにみちた夢を、忘れてしまうとはとうてい思えない。それはぼくらにとってかけがえのないものなのだから。永遠の世界では、今の世界はトロイじゃないかな。ここで起きたことはみな、叙事詩となり、通りで歌われるバラードになるだろう。いま見ているものにまさる現実は、ぼくには想像できない。また、あれこれ詮索するのは人間の分を越えることだという思いがある。

昨晩、レイシー・スラッシュさんが亡くなった。風変わりな名前だね。彼女の母親もレイシーといった。ここの古くからある家族だったが、彼女は最後のレイシーだった。スラッシュ家は、カリフォルニアへ移っていった。彼女は未婚だった。彼女は端正に、さらっと亡くなった。ぼくにたいする気配りがあったにちがいない。ぼくの健康を気づかってくれていたから。半時間ほど意識をもち、半時間ほど意識を失い、逝った。いっしょに主の祈りを祈り、詩編第二十三篇を暗唱した。そのあと彼女は、「さかえの主イエスの」を最後にききたいと言った。ぼくは歌い、彼女はすこしハミングしていた。それから彼女は眠りはじめた。じつに立派だった。彼女はぼくに、いわば従うべき模範を与えてくれた。ともかく、彼女はぼくの睡眠時間を削らせなかった。そしてぼくがぐっすり眠れたのは、彼女の平安にみちた眠りによるところが大きかった。年老いた聖徒たちは、大一番のとき、いつもぼくらに祝福を贈ってくれるよ。

おじいちゃんとお仲間が好んで語った話がある。話しながら彼らはニヤニヤした。その様子から察して、この話がすべて本当だと請け合うことはできない。多少話に尾ひれをつけても、事実を曲げるわけではないと考えていたのだろう。

ともかく、このあたりには、今では忘れられた奴隷制反対者の集落が点在していた。人々はまず、街道をはさんで、片側に雑貨店、もう片側に貸し馬屋を建てると、ただちに両者をつなぐ地下道を掘った。当時、それは人々にとっておなじみの仕事だった。隠れ場所をどう設け、逃れの道をつくるか、そこに創意工夫の才が発揮されたものだ。アイオワの表層土はかなり厚いため、やせた土地、たとえばニューイングランド地方と比べて、地下道を数多く、また規模の点でも大きなものをこしらえることができた。もちろん、このあたりの土はとても砂っぽい。

さて、彼らは常識をわきまえた、善意の人々だった。しかし、地下道づくりに打ち込むあまり、現実的な判断がお留守になった。非常な情熱を注いだ結果、地下道は、地下の市民モニュメントみたいになった。無いのはシャンデリアだけだったな、と老人のひとりが言っていた。人々は地下道の空間をひろげすぎ、天井は地表に迫った。しかも支柱を設けることはできなかった。そのころ大草原には木が乏しく、建築用の木材はわざわざミネソタから運ばなければならなかったからだ。思慮深い人々も、ときどき判断を誤る。

ちょうど、穴掘りが完了しようとするとき、大きな黒い馬に乗った男が町にやってきた。男は、まさに最悪の地点で停止し、町の名前をきいた。男は馬もろとも土のなかに沈んだ。土埃がおさまると、馬は肩まで埋まっていた。男は這い出して、ぐるぐる歩き回った。茫然自失の態だった。人々も出てきた。この災難についてじっくり考えようとして。そして狼狽している男の姿をみて、自分たちも狼狽するしかないと思った。彼らは腕組してつぶやいた。「いまいましいこった」とかなんとか。また、大きな馬を所有するリスクについて議論した。

哀れな馬はもがきだした。いうまでもない。そこで、誰かが藁をバケツにつめて持ってきて、二、三本のウィスキーをしみ込ませた。馬はそれを食べたが、ちょっとすると居眠りをはじめた。男はがっくり肩を落とした。馬が土の中にはまりこんでいるのに加え、意識を失ってしまったのだからね。まあ、彼が禁酒主義者でなかったら、馬が酔っぱらったのがあれほどの打撃にはならなかっただろう。しかしじっさい、馬が頭を地面に寝かせていびきをかく姿は、見るも無残だった。男はもうほんとに言葉を失っていた。

さて、このような町の創設者たちは、信仰的な志しの高い人々だったから、無害なよそ者が、あごひげをむしったり、帽子を地面に投げつけたりするのを楽しんで見物していたはずはない。まあ、たしかにすこしは楽しんだ。しかし、彼らはこう思った。あの男にはなるたけはやく町を出ていってもらうのがいい。馬のことは自分たちがなんとかできるだろう。ミズーリ州から急進派の人々が来たり、逆にまた奴隷狩りをする連中が来たらやっかいだ。彼らは目の前の光景を強い不信と猜疑の目でながめるはずだ。そこである者が男に、自分の馬とあなたの馬を交換しましょう、と申し出た。これはありがたいと思ってもよさそうだが、男は雑貨店の入口の階段に腰をおろし、しばらくのあいだ慎重に考えていた。さし出された馬は雌で、やや小さいが、メリットはあるだろう。馬の歯の状態を調べようとすると、噛まれてしまった。男はこんな町に来た不運を呪い、シャベルを貸してくれないか、俺の馬を掘り出してやるんだ、と言った。牧師が謹厳に男に言った。シャベルはありません。ひどい火事でぜんぶやられてしまったんです。シャベルの受けはあります。これでよければどうぞ使ってください、取っ手の部分がなくなっていますが。もちろん、嘘だった。しかしやむをえなかった。

ようやく、男はこの取引きに同意した。彼が天の公正さに対する信頼をいくらかでも取り戻すことができればと、雌馬には鞍、手綱、その他の乗馬用具がつき、それから麻紐と靴磨きが加えられた。彼は、みずからの苦難の貧しい埋め合わせとしてそれらを受けとった。

男がいなくなると、人々は馬の問題に取りかかった。馬の脚の状態をたしかめるために、何人かが地下道の両側から馬に接近した。もし一本でも折れていたら、撃ち殺さなければならないだろう。そして必要であれば解体して、地下にひっぱりこみ、道にできた穴は塞げばいい。しかし、脚はすべてピンピンしていた。

馬のまわりの土を掘り出せば、穴はさらにひろがってしまうだろう。けれども、人々はやるしかないと決めた。そうすれば馬を出してやれる。人々が思案しているあいだに、馬は酔いから醒め、しきりにいなないたり、ひゅっと尾を振ったりしだした。そこで人々は、物置小屋を土台から持ち上げて、馬にかぶせることにした。道の真ん中に半身を現している馬のうえに。彼らが運んできたのは小さな物置小屋だった。それで馬が対角線に納まるようにかぶせた。

いったい何をやっているのかと思う。しかし、じっさい、ちょっとした判断のミスから、こういう事態に陥ることがある。そうなれば、ばかげた選択をするほかない。ある者が、馬のしっぽが一部はみ出ているのに気づいた。それでこんどは、物置小屋の窓から子どもを押し込んで、しっぽを中に引き入れさせた。

折しもそのとき、若い黒人が身を寄せていた。この町に逃れてきた最初の人だった。人々は、だから意気に感じていたし、それだけにまた、この馬の件にひどく困惑していた。その青年は、身に不安を感じないときは雑貨店にいたので、このすべてを目撃していた。彼が笑いをこらえているのは一目瞭然だった。身悶えしていた。人々が投げかける視線から顔をそらし、唇を食いちぎるほどきつく噛んだ。人々が物置小屋をおろし、馬のうえにかぶせようとしたその刹那、ついに店から響きはじめた。残酷な、悲痛な、不本意な哄笑が。

人々は考え込んだ。青年は、われわれの常識的センスについて、もっともな疑いを感じてしまったんじゃなかろうか。事実、まさにその夜、青年はいわば「脱走」して、みずからの判断で北へむかった。たぶん、これじゃあ心細い、離れたほうが得策だと考えて。

事態に気づくと、男たちが彼を追いかけた。二頭の、さきの取引きには選ばなかった、まずまずの馬に跨って。（あの男には確実に遠くへ行ってほしかった。また舞い戻ってきて、厄介事が発生しないようにね。だから、いちばんよい馬をあげたんだ。）ともかく、なんとか追いつきたかった。そして青年に食料や衣類を与え、連携する最も近い集落への道を教えてやりたかった。しかし、丸二日間、青年は巧みにかわしつづけた。夜、追跡を中断してごろ寝していると、暗闇のなかから青年が現れて言った。「お気持ちは心から感謝しています。でも、自分でなんとかしようと思うんです。」彼らが持参していた包みを渡すと、青年はふたたび闇のなかに姿を消して言った。「あの馬は穴から出ましたか？」そして、クスッという笑い声がした。それきり、青年の声は途絶えた。

人々はスロープ状の溝をつくり、馬を穴から導き出すことに成功した。しかし、そこでまた難問に直面した。地下道はやっかいなしろものだ。人々は穴を掘るとき、掘り上げた土をできるだけひろくばらまいて、地下道の建設が外部の人間にばれないようにした。ばらまいた土を集めるのはむろん不可能だ。そのうえ、これまでこっそりと、ゆっくり進めてきたのが、こんどは公然と、しかも大急ぎでもとの状態に戻さなければならない。穴の周囲の土はぼろぼろ崩れ落ち、日ごとに地下道の存在が露わになる。（人々は用心のため、物置小屋を移動した。道のど真ん中に物置小屋がある、それは馬とおなじように説明するのがむずかしいだろうから。）いっそ、地下道をぜんぶ潰して、上から埋めてしまえば手っ取り早かったかもしれない。しかし、そうすると、店から馬屋に通じるコースが即座に明らかになり、その状態が当面つづくことになる。そこで人々は、丘を切り崩して、来る日も来る日も地下道に土を運び入れた。雑貨店の屋根には見張りを置き、外部からの人の接近を知らせる役目を与えた。通りがかりの人に質問されたら、彼らはこう答えることにしていた。今、テラスをつくっているんです。牧師が持っていた、オリエントにかんする本にそんな絵が載っていた。

まあ、その状況ではそれが精一杯のところだったろう。

彼らは働き者だった。しかし、土をトンネルの片側からいくらつめ込んでも、あるいは、ほかのどんなやり方をしても、天地創造以来の雨や、雪や、炎暑によるほどに地盤を固くすることはできない。彼らは、粉骨砕身の結晶を断念し、もういちど粉骨砕身して原状に復そうとしたが、まとまった雨が降りはじめると、地下道の上の地面全体が陥没してしまった。彼らは上から土をほうりこみはじめた。こうなったらほかに手はないし、もう破れかぶれだ。けれども、雨が降るたびに地面はくぼんだ。

とうとう冬が来て、地面に霜がおり、雪が積もると、人々はわずかな建物をてこで持ち上げて厚板に乗せ、馬に引かせた。そうして半マイル下った所に町ごと引っ越した。彼らは町の痕跡を消すために、墓石も取りのぞいた。せいぜい三つか四つだったが、悲しい挿話だ。地下道の跡は、小川の川床のようになった。春になると水かさが増した。そして美しい緑の土手に、以前は庭に植えられていた花々が咲いた。何も知らない人々がピクニックに訪れ、お墓のあった所に布をひろげて、バスケットを置いた。総合的に考えると、なかなかすてきな話だ。

君とトビアスが、スプリンクラーのまわりを飛び跳ねている。スプリンクラーというのはみごとな発明品だ。陽光のもとで水沫を散らしてくれるんだからね。そういうことは、自然のなかにも起こるとはいえ、めったにない。神学生時代、ぼくはときどきバプテスト派の、川辺の洗礼式を見にいった。なかなかのものだったよ。洗礼を受けた人を牧師が水の中から起こしてやる。すると、衣や頭からザアッと水がこぼれる。誕生の瞬間のようでもあり、復活のようにもみえた。ぼくらの教会では、水は、牧師の手のひらと、受洗者のやわらかな頭皮のあいだのふれあいに、まあ、電気が交流するみたいに力を添えてくれるくらいだ。ぼくは洗礼式の司式をするのがいつも大好きだった。微光の揺れと水しぶきがもっとふんだんにあるといいのに、とよく思ったが。ともかく、君たちは虹色のしぶきの中で舞い、歓声をあげ、足を踏みならしている。水のような奇跡的事物に出会うとき、まともな人間なら当然そうするべきだと思うよ。

エドワードがドイツから帰国してからの日々、彼のことが気にかかり、なんども旅館にこっそり会いに行った。あるとき、野球のボール、ぼくのグローブ、それとおやじのグローブを持参した。ぼくらは路地に出て、キャッチボールをした。はじめのうち、エドワードは服を庇っていた。何年も野球とご無沙汰していたよ、と言った。それでも、しばらくゆるく投げたあと、がぜん切れ味が出てきて、受ける手がジンとくる球を投げてきた。思わず、痛っ！　と言うと、愉快そうな笑い顔になった。自分の腕が落ちていないのがわかったからだ。不意をつかれなかったら、こちらも手がしびれることはなかっただろう。それから本番の発砲がはじまった。ぼくが高い球を投げると、エドワードはジャンプした。みごとなキャッチだった。彼は襟をあけたワイシャツ姿で、サスペンダーをつけていた。見物人がぼくらを囲んでいた。ほこりっぽい狭い道で、暑い日だった。ぼくらは球を上にほうったり、低く転がしたりした。エドワードがひとりの女の子に水を一杯頼んだら、二人分持って来てくれた。ぼくはそれを飲んだ。エドワードは頭からかぶった。水が、雨が屋根から落ちるように、大きな口ひげから滴った。

その日以来、ぼくは思った。ぼくらはいつかゆっくり話ができるだろうと。結局、そうはならなかった。それでも、ぼくはエドワードの魂の状態について、ずっと気が楽になった。人の内面のことを判断する能力はもちろんないが。

髪の毛がべったり頭に張り付き、口ひげからしずくを垂らしながら、エドワードが言った言葉を記しておこう。

見よ、兄弟が親しくともにいる
なんとたのしいことか
かぐわしい油がアロンの頭に注がれるようだ
それは彼のひげにしたたり
衣の裾にまで流れ落ちた

ヘルモンの露が下り
シオンの山々に流れるようだ

これは詩編第百三十三篇による。エドワードは、ぼくが知っている聖書の言葉はなんだって知っていた。それとなく伝えていたんだろう、お前さんが知っている言葉はみんな知っている、俺は丸め込められないよと。それでも、ぼくはしょっちゅう思いめぐらしたものだ。この言葉を口にしたのは、エドワード自身にとって素敵なことだったんじゃないか。おやじも参加していたらと思った。エドワードの言葉にきっと吹き出しただろう。おやじはその年齢としては、まだかなり投げられた。当時、ぼくはほんの子どもだったが、ふたりが和解することは決してないと思っていた。だから、エドワードがそういう状況のすべてを落ち着いて受け入れている様子なのが不思議でならなかった。ぼくがフォイエルバッハを読みはじめているのを伝えると、エドワードはこちらを見つめ、大きなまゆをピクピク動かして言った。かあさんにはみつからないようにするんだぞ！

ぼくが敬虔だとか高潔だとかいわれているのは、どうもこそばゆい。しかし、だからといって、ぼくが自分の天職を軽く考えていると君に思ってほしくはない。ぼくは一生をこの天職とともに生きてきた。ギリシャ語とヘブライ語の力も、まずまず維持してきたよ。説教する聖書の箇所を、バウトンといっしょに原語で丁寧に辿ったものだ。バウトンがこちらへ、ぼくの家に来た。彼の家は子どもたちで一杯だったからね。いつも、すてきな夕食をバスケットに入れて持ってきてくれた。奥さんや、娘さんたちがぼくらのために用意してくれたんだ。ぼくは彼の家にあがるのがこわかった。自分の家がそれだけガランとするようだったんだ。バウトンもぼくの気持ちをくみ取ってくれていた。

彼には娘が四人、息子が四人いた。彼自身の言葉のとおり、みんなわんぱくな、小さな異教徒だった。だが、幸せな状態は永続しない。とても悲しいことが起きた。けれどもながいこと、彼の家庭はぼくの目にばら色に映っていた。じっさい、そうだった。

ぼくらはここの台所でとてもたのしい夕べを少なからず共にした。バウトンは筋金入りの長老派で、まるでほかのありかたは存在しないかのようだ。だから、ぼくらのあいだにはどうしても折り合えないものもあった。でも、ほんのすこしのわだかまりも生じなかった。

当時の自分が、妬みをかかえていたとは思わない。自分の人生に対する一種の忠実さがあったんだ。自分にも妻がいる、子どももいる、そういう思いがあった。妻子をもつことの代償は、妻子を失うことだと感じていた。もしその代償が重すぎたなら、ぼくは押しつぶされていただろう。君のお姉さんのような、生まれたばかりの幼子は、なにも見えていないと人は言うが、彼女は両目をあけてぼくを見た。彼女はいかにもちっちゃな存在だった。しかしぼくが抱きかかえているあいだ、両目をあけていた。たしかに、ぼくを観察していたわけではないだろう。記憶は過去の出来事を実際以上に意味深く思わせるものだ。しかし、彼女はまっすぐぼくの目をみつめていた。このことは心に留めるに値する。あのとき、それを体験したのは幸いだった。人間の顔ほどふしぎなものはない。このことをぼくは今、もう間もなくこの世を去ろうとしている今、つくづく感じているんだ。バウトンとぼくはこのことについても話し合った。このことは救い主の受肉と関係するテーマだ。子どもを眺めて抱くとき、ぼくらは自分に責任があるのを感じる。どの人間の顔も相手を求めている。ぼくらは人間の顔のなかにある単独性、気丈さと孤独をみとめずにはいられない。それが最もはっきり現れているのが幼子の顔だ。そこにはこのうえなく神秘的なもの、幻影のようなものが浮かんでいるとぼくは思う。バウトンもそう思うと言っている。

君がちっちゃな赤ちゃんだったとき、ひやひやする体験をしたよ。ぼくは揺り椅子を愛用していた。すると、ママがぼくの腕に君をのせたものだ。そんなとき、ぼくはまさに揺れて、祈った。ママが用事をおえるまで。それから「暗いゲッセマネ」を歌った。しまいにママに言われてしまったよ。もっと明るい歌を知らないのって。ぼくは何気なくこの歌を口ずさんでいた。

けさ、天国について思いめぐらそうとしてみたが、うまくゆかなかった。そもそも、天国の概念は望めるものなんだろうか？　今の世をおぼろげにとらえるだけで、ほぼ八十年かかったんだ。この世界は、子どもにとって驚きに満ちた所だと人は言う。たしかにそのとおりだ。しかし、子どもは思っている、自分はやがて成長してなんでもわかるようになると。ところでぼくはこう確信している、自分はそうならないだろう。たとえ何十回生きることができたとしても。この確信は、日々ますます強くなっている。毎朝、ぼくはエデンの園のなかで目ざめるアダムのようだ。自分の手の巧みな動きに驚き、自分の目をとおして脳裡に流れこむ外界の輝きに仰天している。皺だらけの手、かすんだ目、老いた頭、まったくみすぼらしいアダム。それでも、驚異的だよ。いずれの力も衰えてゆく。それでも、この古びた体はなかなかすてきな相棒だ。バラムのロバのようだ。あのロバは、ぼくがまだ見ていない天使を見て、しゃがみこんだ。

　加えて記しておかなきゃ。記憶力が、その不十分さにもかかわらず、いまもぼくを興味深い存在にしてくれているはずだ。胸の奥に、すこしばかり詩が刻まれているよ。ながい時をかけて自分のものにしたのさ。なかなかしゃれた語彙もある。その多くが死語になっているけれども。それから、聖書の言葉が刻まれている。おやじや、おじいちゃんとは比較にならないが、よく暗記していると言えるだろう。ぼくが今の君より幼かったころ、聖句を五節おぼえると、おやじは一セントくれた。それで多くの聖句を正確に暗唱できるようになった。おやじはまた、ちょっとした聖句遊びを考案した。おやじがある一節を言い、ぼくが次の節を言う。そうやって延々とつづけるんだ。ときには、系図の難所にいたるまで、あるいは疲れてしまうまで。また、よくロールプレイをした。たとえば、おやじがモーセで、ぼくがエジプトの王、おやじがファリサイ派の人々で、ぼくがイエス様。おやじもそんなふうにして教育されたんだ。おかげで、神学校にゆくときとてもたすかった。そして一生をとおして大きなプラスになった。

君は「主の祈り」と詩編第二十三篇と第百篇をおぼえた。きのうはママから「八つの幸い」を習っているのがきこえたよ。ママは、君の信仰教育はまかせてほしいと思っているようだ。ものすごく奮闘している。率直に言って、ぼくの人生のなかで、最初に会ったときのママほど宗教に不案内な人はいなかった。立派な人だが、聖書の教養はない。だいたいなんの教養もない、とママは言う。そうだろう。ぼくはこれを最大の敬意をこめて書いている。

それにもかかわらず、いつもママには心を動かすひたむきさがあった。教会に通いはじめのころ、ママは礼拝室のうしろの席に座っていた。それなのに、まるで唯一の聞き手であるかのように感じさせられたものだ。いちど、イエス様に説教している夢を見たことがある。ぼくは頭に浮かんだつまらないことをしゃべっていた。すると、真っ白な衣を着たイエス様がそこに座っていて、忍耐と、憂いと、驚きを湛えた目で、じっと見つめていた。それと似た感じだった。彼女が帰ると、ぼくはこう思った。あの夢が正夢になった、彼女はもう来ない。しかし、次の日曜日、彼女はいつもの席にいた。そして、一週の時を費やして用意した説教が、またしても喉元で灰になった。ママの名を知る以前のことだ。

けさ、シュミットさん——トビアスのおとうさん——と、興味深い会話を交わしたよ。シュミットさんは、不謹慎な言葉をたまたま耳にしたらしい。じっさい、ぼくも耳にしていた。この一週間ほど、それは君たちふたりのお気に入りの冗談になっているんだからね。まあ、とがめるほどのものじゃないと思っていた。ぼくらも子どものときにおなじ遊びをしたし、やはり大目にみられたと思う。君らのひとりが言う。無垢な、小鳥がさえずるような調子で。「しあわせに暮らせ、たのしく暮らせ。」するともうひとりが言う。精一杯、野太く、ふてぶてしい声をだして。「ソロモン王のようにな！」そして笑い転げる。（補足しておくと、聖書の人物への侮辱ということが、シュミットさんの心に引っかかったんだ。）若い父親は謹厳そのものだった。こちらもまじめな顔をしているのに苦労したよ。ぼくは重々しく、自分の経験では、あまりきびしくしめつけないほうがいい、口やかましくすると逆効果になります、と言った。とうとう彼は折れてくれた。ぼくの白髪に免じて、また牧師を立てて。それでも二度、放任主義じゃないんですか、と念を押した。

この会話を伝えると、バウトンは言った。ソロモンを旧約聖書からつまみだせ！　それからひとり悦に入って笑った。このところ、バウトンはジャックから便りが届いてハイテンションになっている。もうすぐ家に帰ってくるんだ！　と言う。どこから帰ってくるのかときいてみた。そうだな、手紙の消印はセントルイスだったよ。

シュミットさんとの会話はママには伝える気はない。ママは、君が友だちを失うことがないようにと念じている。君に友だちがいなかったときは、とても悩んでいた。ママは君のことを思って必要以上に悩む。いつも、悪いのは自分だと思う。傍から見てすこしも悪くないときにも。

ママは先日、屋根裏にある昔の説教を読みたいと言った。読んでくれるだろう。まちがいなくそう思う。全部という意味ではなく。もしそうするなら何年もかかる。ともかく、ひと箱、なんとか下におろすことができると思う。そしてすこし選別をしてやれるだろう。よいものを残せると感じられれば、心が休まるだろう。ぼくは説教壇でなんども体験してきた。いざ原稿を読もうとすると、それにかけていた期待がすべて崩れてしまう。しかし、あの不十分な言葉の累積こそ、たしかにぼくのライフワークだった。よくもまあ、辛抱づよくつづけてこられたものだ。

きょうは聖餐礼拝だった。ぼくはマルコによる福音書第十四章二十二節をテキストに説教した。「一同が食事をしているとき、イエスはパンを取り、賛美の祈りを唱えて、それを裂き、弟子たちに与えて言われた。『取りなさい。これはわたしの体である。』」ぼくはふつう、聖餐制定の御言葉を説教のテキストに選ぶことはない。サクラメントそれ自体がこの御言葉を、想像しうるかぎり、最も美しく解き明かしてくれるのだから。しかし、先週、ぼくは「体」について思考を重ねた。祝福され、打ち砕かれた体について。説教のなかで、旧約聖書の創世記第三十二章二十三節―三十二節をとりあげた。ヤコブが天使と相撲をとる箇所だ。ぼくは肉体というユニークな賜物について語ろうと思った。そして神の恵みとサクラメントが、この賜物をとおして与えられるということを。ぼくは肉体と共にある命を愛してきた。それをこのごろしみじみ思う。

それはともかく、君はおぼえているかもしれないね。人々がおおかた去り、テーブルのうえにはパンと杯が置いてあり、ろうそくの火が点っていた、そのとき、ママが会衆席のあいだを君を連れて来て、この子にもわけてあげて、と言った。聖餐にあずかるのに君はもちろん若すぎる。しかしママが言うのはまったくもっともだ。あなたのために砕かれたキリストの体です。あなたのために流されたキリストの血です。君は、ぼくの手からこの神秘を受けようとして、まじめな、美しい子どもの顔を上げた。体と血。このふたつには最も深い神秘が宿っている。

ぼくはそれをとらえられずにきたと思う。今、ぼくが唯一おそれているのは、このテーマをじゅうぶん咀嚼するだけの時間はもうないだろうということだ。

けさも、いつもとかわらぬ美しい光が教会の内部を照らしていた。なんのへんてつもない、古い教会。ペンキの塗り替えが必要だ。けれども、暗がりの時代に、ぼくは夜明け前にそこにゆき、じっと座って、部屋のなかに朝日が差し込むのを眺めた。ほかの人ならどう感じるか知らないが、毎回、大きな平安をおぼえた。ときには容易ならざる出来事に対して祈った。大恐慌とか、世界大戦とか。このあたりには何世代にもわたる多くの苦難があった。それにもかかわらず、祈りは平安をもたらす。君もこのことを体験できるといいな。

当時、さきに話したように、ぼくは夜の大半を読書をしてすごした。肘掛椅子での眠りから目ざめ、時計が四時か五時を知らせると、ぼくは思ったものだ。よし、暗闇のなか教会に行って、礼拝室の暁の光を眺めよう。ドアの掛け金が上がる音がぼくは好きだった。建物には古びて落ち着いた趣きがあって、会衆席のあいだの通路を歩くと、体の重みで床がしなう音がする。きれいな音の反響以上に味わい深い、ぬくもりのある音だ。この音は独りでなければきけない。また、子どもの体重では足りないかもしれない。もし、君がこの手紙を読むころにも教会が今のまま残っていたとしたら、そして君が地球の裏側ほど遠くにいるんじゃなければ、ぼくが言っていることをちょっと確かめてみるために、ぶらりと教会を訪れる、そんな日があるのかもしれない。ぼくはしばらくして首をかしげるようになったよ、自分は人気のない教会のほうが好きなんじゃないか、とね。

教会の人たちは、この教会を取り壊すことを考えている。でもぼくがいなくなるまでじっとがまんしている。ぼくを気づかってくれているんだ。

夜も目ざめている人はいつもいる。突然、腹痛をおこした赤ん坊や、病気の子どもの世話をする人。罪責感にあらがったり、不安になったり、すっかり打ち負かされている人。それからもちろん、牛乳配達人や、早番、遅番の人。教会員の家の前をとおり、明かりがついているのを見ると、思ったものだ。ちょっと立ち寄って、力になれることはないか様子をうかがってみようかと。しかし、出すぎないことだと自分に言い、歩きつづけた。バウトンの家のまえもとおった。この家族に問題が起きていることに気づく以前の話だ。彼らとはそのころも親しかった。一睡もせず、本も読む気がしないとき、よく一時か二時頃の町を歩き回った。当時、ぼくは一時間ぐらいで町の通りをくまなく歩くことができた。一軒一軒、家の住人を心に浮かべ、自分が知っていることはなんであれ思い起こそうとした。ぼくはかなりの消息通だった。ぼくの教会に所属していない人たちは、多くがバウトンの教会に行っていたからだ。ぼくは人々のために祈り、彼らの病気や、不和や、夢に対して、平安が――彼ら自身は予期せず、説明できない平安が与えられる様子を思い浮かべた。それから教会に入ってさらに祈り、夜明けを待った。夜がおわってしまうのを残念に思うときがしょっちゅうあった。朝の光を眺めるのが大好きだったにもかかわらず。

夜の木々は特別な音をたてる。また、特別な香気を放つ。

君がぼくの面影をおぼえているなら、この手紙から、ぼくについて多少とも新しい要素を示されるだろう。子どもの目ではなく、大人の目でぼくを眺めるなら、君はぼくの内側にある薄暗い性質をみとめるにちがいない。この手紙を読むとき、よく理解してほしい。ぼくは現在の幸いな日々に先だつ「ながい夜」に言及する際、喪失の悲しみや、淋しさばかりを思い出してはいない。それ以上に、平安と慰めを心にとめている。悲しみがあった。しかし、慰めが欠けることはなかった。淋しさがあった。しかし、平安が存在していた。ほとんどつねに。

こんなことがあった。ある夕方、バウトンと聖書を読み、それについて徹底的に語り合ったあと、ベランダに出た。すると、おびただしいホタルが飛んでいた。これまで見たこともない無数のホタルの光が、草の上を揺曳《ようえい》するかと思うと空中に消える。ぼくらは階段に腰をおろし、暗闇のなかで黙ってその様子を見ていた。しばらくしてバウトンが言った。「人間はみずから災いを発生させる。火の玉が舞い上がるように。」じっさい、地球全体が煙をたてているような夜だった。そう、今もそんなふうだ。鬼火は暗い外皮をこしらえ、その奥処に居すわる。地球の構造とおなじように。このたとえは、一人一人の人間についてもよく当てはまるだろう。ギレアドの町についても、快適な現代都市についても当てはまるだろう。ちょいとつついてみる。すると火の粉が舞い上がる。聖書の言葉がホタルたちを祝福するのか、ホタルたちが聖書の言葉を祝福するのか知らない。あるいは、両者がいっしょになって、この世界の災いを祝福で包むのだろうか。いずれにせよ、ぼくはあのときから、聖書とホタルをともに愛するようになった。

電話が、ジャック・バウトン、つまりぼくと同名のジョン・エイムズ・バウトンからあった。彼はまだセントルイスにいて、実家に戻るつもりだ。グローリーがやってきてこのことを伝えてくれた。期待と不安を胸に。「パパは兄貴の声をきいただけで興奮しているわ。」遅かれ、早かれ、彼が現れる。ひとりの少年が、まわりの人々に将来への明るい見通しを一切与えず、とことん失望させた。なにが少年をそうさせたのかわからない。少年ではなく、男と言うべきだろう。もう三十代、いや四十にはなる。彼は長男ではなく、末っ子でもなく、いちばん優秀な子でもなく、いちばん勇敢な子でもない。しかし、いちばん愛されている。この手紙に彼のことも書くことになるかもしれない。少なくとも、必要な範囲で。別のときに。まずはゆっくり考えよう。彼と話す機会があれば、もしかすると嫌なことはぜんぶ水に流し、何も書かないことにするかもしれない。

バウトンじいさんは、彼に会いたくてしかたがない。たぶん、案じる思いと半々だろう。バウトンには立派な子どもたちがいる。だが、ジャックはバウトンが特に心を寄せつづけている子だ。道に迷った羊、なくなったコインだ。歯に衣を着せずいえば、放蕩息子だ。父なる神の愛と、それを贈られるわれわれ自身の状態は、百パーセント無関係。牧師としての全期間、少なくとも週に一回、ぼくはそれを語ってきた。それでも、人間の親子のあいだにこのおなじ分裂をみとめると、いつもちょっともどかしくなる。(君は立派な人になる。そうなっているのを期待しているよ。でも、たとえそうでなくても、やはり君を無条件に愛するだろう。)

けさは愚かなことをしでかした。まだ暗いうちに目がさめ、ふと、昔のように教会に行ってみようという気になった。出がけにその旨を記したメモを残した。それをママが見つけたので、大事に至らずにすんだ。(メモは、たしかに念のためだった。)最期を遂げるために出かけたんだとママは思ったようだ。最期を遂げる。それは、ぼくの考えでは不吉な観念ではないと思う。ぼくは終わりの時のことをいくらか心配している。そして、君が知り、ぼくにはわからないことがある。どんな終わり方になるか、言いかえれば、ぼくの一生はどんなふうに終わったと君が思うか。ぼくの最期は、ママにとっても、もちろん、ぼく自身にも大きな関心事だ。それにしても、この体が突然言うことをきかなくなるかもしれないと思うと気が重くなる。四六時中、調子が悪いわけじゃない。苦痛はまばらにやってくる。ときどき、ケロッと忘れているよ。

医者は、椅子から身を起こすときはよく気をつけろと言った。また、二階に上がるのはいけないそうだ。それは書斎を使えないということで、簡単に、はいそうしましょうとは言えない。それから、毎日ブランデーを一杯ひっかけるといいと言われたが、これはいつもやっている。朝、台所の納戸のなかで。君に配慮して、カーテンの裏でね。ママは、ばかばかしいと思っている。もうすこし楽しむようにしたら、そのほうがよほど体にいいと思う、と言う。でもおふくろはそうやっていた。なんといってもぼくは古い人間なんだ。このまえ、ママが君を病院に連れていったら、扁桃腺の手術をすればもっと丈夫になると言われた。お医者さんは君の体の欠陥をみつけだす名人だと、うなだれて帰ってきた。ぼくのブランデーを一回分わけてやったよ。

ママは蔵書を一階の居間に移して、ぼくがそこですごすのを願っている。折れることになるだろう。ひとえにママを安心させるためにね。ぼくはママに言った。「寿命をほんのすこしだって延ばすことはできないよ。」するとママは言った。「そう。寿命をすこしでも縮めるようなことをしないでほしいのよ。」一年前なら、「ちょっぴり」と言っただろう。ぼくはママの言葉遣いが大好きだ。でも、ママは君のために話し方を直さなきゃと思っている。

前述したように、ぼくはまだ暗いなか、教会へ歩いていった。月があかるく輝いていた。ぼくら人間が、夜の世界にすっかり馴染んでしまわないのはふしぎなことだ。冴えた月の光が濃い影を投げかけるのをぼくは何度もみてきた。風は、夜であれ、日中であれ、おなじ風だ。そしておなじ葉がカサカサ音をたてる。子どものころは、毎朝、夜明け前に起床し、水や薪を運んだ。当時の生活は現在とはぜんぜんちがっていた。よくおぼえているよ、暗闇の世界に入ってゆくと、それは大きな冷たい海のような感じがした。そしてあたりの住宅や木立は、係留具がはずれていっせいに漂い出すようだった。あのころ、いつも自分を不法侵入者のように感じた。今もそう感じるが、戸をあけて出ることで、暗闇の世界がもつ不可侵性を侵してしまうかのようだった。けさ、月の光を浴びていた世界は、遠い昔からの知り合い、そして友情をむすびたいといつも思ってきた知り合いのように思えた。しかし、そのチャンスが与えられても、この知り合いをつかまえることはできなかった。ふしぎなことだが、ぼくはこれとおなじようなことを自分自身に対しても感じる。

それはともかく、教会への通いの道を歩こう、どうしてもそうしなければと思った。そして教会の暗がりのなかで夜明けを迎えようと。それがママを困らせることになるのをすっかり忘れていた。このごろ、自分は死すべき身だという事実がピンとこない。たしかに痛みを感じるときはあるが、しょっちゅうではない。突然来る痛みが激しいのは、あるいはふさわしく揺さぶられるためなのかもしれない。

ぼくは自分の体調にもっと気を配る必要がある。先日、君を持ちあげてやろうとした。君がまだそれほど重くなく、ぼくがそれほど老いていなかった時分、よくそうしたように。するとママがはらはらして見ているのに気づいて、愚かなことだと悟った。君が木登りする猿みたいにしがみついてくるのがぼくは大好きだった。君はなんてやせっぽちなんだ。それでいて、なんて力があるんだ。

すこし脱線した。君の系図について話していたんだったね。語り伝えておきたいことはまだたくさんある。おじいちゃんは北軍の陣営にいた。これはすでに書いているね。おじいちゃんはこう思ったのさ。自分も正規の兵隊として参戦するべきだと。ところが、年を取りすぎていると言われた。アイオワ州には、戦闘には加わらないが、軍需物資やら鉄道やらの見張りをする年寄りの連隊がある、そこならあんたも入隊できるんじゃないかと言ってくれたが、気に入らなかった。結局、チャプレンとして参加させてくれと言って、相手を説き伏せた。おじいちゃんは牧師の資格を証明するものはなにも持っていなかったのだが、おやじの話では、ギリシャ語の原典新約聖書をみせただけで事足りたそうだ。その聖書は今も家のどこかにある。より正確に言えば、その聖書の跡形がまだ存在している。いちど、川に落っちたときいている。その後きちんと乾かされることなくボロボロになってしまった。ぼくの記憶では、おじいちゃんは敗戦の混乱した退却のさなかに捕まった。おじいちゃんのお墓をみつけに出かけるまえに、おやじ宛にカンザスから届いた聖書がその聖書だ。

おやじはぼくとおなじようにカンザスで生まれた。おじいちゃんがメイン州から移住したからだ。それはひとえに、住民投票でフリー・ソイラーたちに加勢する思いからだった。カンザスが奴隷制廃止の州となるか否かはその結果にかかっていた。そのためにかなりの人々が集まってきたんだ。一方、当然のことながら、カンザスを奴隷制の州にしたい人々がミズーリ州からやってきた。それでしばらく収拾がつかない状態になった。忘れるのが一番、とおやじはいつも言った。そのころのことが話題になるのを好まなかった。おやじとおじいちゃんのあいだの深刻な葛藤が生まれたのはそのころのことだ。ぼくは当時に関するたくさんの本を漁り、おやじの態度はもっともだという結論に行きついた。ぼくがそう判断するのは、じっさい、もう忘れられているからでもある。たしかに、注目に値する出来事がいくつかあった。しかし、そののちも世には山ほど問題が発生していて、人々はカンザスで起きたことをゆっくり考えるひまはない。

家族がこの家に引っ越したとき、ぼくはまだ小さな少年だった。何年も、電気のない生活だった。灯油ランプだけだった。ラジオもなかった。おふくろが台所をお城にしていたのを思い出す。台所の様子はいまとはぜんぜんちがっていて、木製アイスボックスや、ポンプ付きの流しや、パイ保存戸棚や、オーブン付き薪ストーブがあった。古いテーブル、それから台所の納戸は昔のままだ。おふくろは揺り椅子をストーブのすぐそばに寄せ、座ったままオーブンをあけられるようにしていた。焦がさないためよ、と言っていた。うちには食べ物を無駄にする余裕なんてないんだからね。そのとおりだった。とはいえ、おふくろはしょっちゅう焦がした。その回数は年齢とともに増えていった。それでも食べたよ。少なくとも、食べ物を無駄にはしなかったわけだ。おふくろはストーブの暖かさが好きだった。でも居眠りに誘われた。とくに、洗い物や、瓶詰めをしているときにね。彼女に豊かなねぎらいがあるように。おふくろは腰痛もちで、リューマチを患っていた。それでウイスキーを一杯やった。夜はいつも熟睡できなかった。これをぼくはおふくろから受け継いでいるんだろう。猫がくしゃみしても目がさめちゃう、と言っていた。でも、日曜日のごちそうが生贄の煙を立てているすぐ横でうたたねしてしまうんだ。よく土曜日に。家では安息日厳守だったからね。だから、ぼくらは前日に観念したものさ。黒焦げのエンドウ豆と、干からびたアップルソースがなつかしい。

日曜日の夕方にアイロン掛けはしないことだよ、はじめてそう言ったとき、ママは驚いていた。日曜日に仕事を休むのは、ママには大変な骨折りだ。お休みする日について話したつもりが、逆のことになってしまったんじゃないかな。しかしママはこの習慣に心をひらいて、ほんとうにまじめに受けとめてくれている。勉強は「仕事」に含まれないと知って、ママはほっとした。ぼくはずっと、勉強は仕事ではないと思っている。だからいまママは食卓に着いて、気に入った詩や、文章や、記事やらを写し書きしている。それをしているのはなにより君のことを思ってなんだ。ぼくがいなくなれば、ひとりで君の模範を引き受けなければならない。わたしが読める本を教えてちょうだい、とママは言う。そこで、ジョン・ダンの本を取りだした。ジョン・ダンは、久しくぼくにとってじつに大きな存在だ。

短い眠りののち、われらは永遠の目ざめを迎える
もはや死はない。死よ、お前は滅びるのだ。

ダンはすばらしい言葉をいくつも残している。もしまだだったら、いちど読んでみたらいい。ママは一所懸命、ダンの詩に親しもうとしている。それにしても、最近の本も買えたらいいいんだが。ぼくの蔵書の大部分は神学書だ。それから、ふたつの世界大戦以前に出版された、むかしの旅行記がいくらか。ときどき、財宝や遺跡について読みふける。でもちゃんと踏まえているさ、それらの多くは、今はもうなくなっている。

ママは町の図書館を利用している。このあたりのたいていのものがそうであるように、図書館もながいこと貧寒としている。このまえ、ママは、使い古され、テープで補強された『丘の一本松』を一冊借りてきた。ママがこの本にすっかり没頭していたので、読書を中断させないよう、ぼくは夕食にスクランブルエッグとチーズサンドイッチをこしらえた。この本は、ぼくも何年か前に、この本がベストセラーだったときに読んだ。でも、とくに面白かったかどうかおぼえていない。

子どものころ、殺人事件の話をきいた。それは町の周辺部で起き、その際、ボウイナイフが川に投げ捨てられたという。子どもたちはみんなこの事件について口にしていた。ひとりの老農夫が、納屋で乳搾りをしていたところを背後から襲われた。まっさきに容疑がかけられた男は、ボウイナイフの所持者として知られていた。ボウイナイフが自慢で、いつも見せびらかしていたからだ。その男はもうすこしで絞首刑になるところだった。彼は自慢のナイフを呈示できず、また人々もそれを見つけることができなかった。それで人々は、川に捨てたんだと思った。しかし、彼の弁護士がこう主張した。誰かほかの者、たぶんよそ者が、彼のボウイナイフを盗んで事件を起こした。そしてナイフを川に捨てた。あるいは、ナイフを持ったまま立ち去った可能性もあるんじゃないか。それもじゅうぶんありそうな話に思われた。そもそも、世の中で彼だけがボウイナイフを持っているわけではない。しかも、彼にはなんの動機も見当たらなかった。結局、彼は放免された。

しかし、それでは誰を怖がったらいいのか？　犯人がわからないのは無気味なことだった。彼、ボウイナイフを持っていた男は、町からいなくなった。ときおり、やつは達者で、この近くに戻ってきているといううわさが流れた。不幸なやつ、女のきょうだいが一人いるんだ。ほかには身寄りはない。このうわさが流れるのはたいていクリスマスの時期だった。

ぼくは気が気でなかった。おやじがぼくをおなじ川に連れてゆき、拳銃を捨てたからだ。

おじいちゃんは拳銃をもっていた。南北戦争がはじまる以前にカンザスで買ったんだ。おじいちゃんは西へ旅立つとき、古い軍用ブランケットの包みを家に置いていった。それは麻紐で縛ってあった。おじいちゃんの死を知ったあと、ぼくらはその包みをあけた。すると、もとは白かった古いワイシャツが二枚、説教原稿が十数篇、説教以外の文書が少し、そしてピストルが出てきた。ぼくがいちばん興味をもったのは、もちろんピストルだった。今の君より年が上だったからね。ところがおやじは嫌悪感を抱いた。おじいちゃんの遺品はいまいましいものでしかなかった。だから、それらを埋めた。

おやじが掘った穴は、一・五メートルぐらいの深さがあった。おやじの打ち込みように目を見張ったよ。掘りおわると、おやじは包みを穴に放り投げ、土を入れはじめた。ぼくは尋ねた、どうして説教も埋めちゃうの？　当時のぼくは、ごく自然に、手書きしたものはみんな説教原稿だと思っていた。それがみごとに当たっていたわけだ。何通か、手紙も含まれていた。文書の内容を知っているのは、一時間もしないうちにおやじがまた出かけてゆき、穴を掘り返したからだ。おやじはワイシャツと文書類を取り分け、ふたたびピストルを埋めた。その後、ひと月かそれ以上たったころ、おやじはもういちどピストルを掘り出して、今度は川に投げた。ピストルが埋められたままだったなら、その場所は裏のフェンスのあたり、そこから三十センチか、一メートル向こう側の地点になるだろう。

おやじは無言だった。いや、大きな古い拳銃を穴にほうるとき、このままにしときな、と言った。ぼくは説教原稿の束を渡され、おやじはワイシャツの埃を払って、折り畳んだ。書類は家に持って帰れと言われ、そうした。おやじは埋め戻した土のうえをなんどもなんども踏みしめた。およそひと月してピストルを掘り出すと、それを木の切り株に置いて、人から借りた大槌で力のかぎり打ち叩いた。それからメチャメチャになったピストルを粗い麻布に包み、ぼくを連れて川へ行った。よくいっしょに釣りをした場所からかなり下流のほうだった。おやじは包みを力いっぱい遠くに投げた。跡形もなく消えてくれ、そんな感じだった。たとえ海に投げ捨てても満足できなかっただろう。あのピストルを完全に消滅させるよい方法を思いついたとしたら、どれほど深い所からでも取り戻そうとしたにちがいない。あの大きな古いピストルは、柄に装飾が施されていた。鋳鉄製のアイロンのラジエーターにみられるようなやつだ。ピストルのひんやりした感じや、重みを思い出せるようだ。あの鉄のにおいがいまも手に残っているような気がする。でもじっさいは、一度も触れさせてもらえなかった。まあ、とにかくあれはニッケル製だったんじゃないかな。——ありのままに言うと、なにかいまわしいことが背後にあったにちがいないとぼくは思っていた。おじいちゃんとおやじはなぜ仲たがいしていたか、その中心にあることをおやじは決して話してくれなかったからだ。

おやじは二枚の古いワイシャツを水汲み場ですすぎ、おふくろの物干しに裾からぶら下げた。あとで燃やすつもりだったにちがいない。ワイシャツは汚く黄変し、凄惨な感じがした。

袖が風になぶられ左右に揺れていた。打たれ、辱められ、いわば逆さ吊りにされているようだった。はらわたを抜かれた鹿がぶらさがっているようだった。そこにおふくろがやってきて、すぐにワイシャツをおろした。当時、物干しの洗濯物が真っ白であることは、主婦のプライドにかかわることだった。それはたいへんな労働だったが、電動の脱水機や撹拌器なんて夢にも想像しなかった。おふくろは洗濯板で洗った。するとみごとに白くなったものだ。鮮やかな手際だった。毎週月曜日、地球の至る所で、女性たちはみんなそうやっていた。電力の供給が開始すると、人々は電気を夜明け前と夕食時の家事に使った。そして特別に、月曜日には数時間、洗濯用に。

ワイシャツの哀れなありさまは見過ごせなかったんだな。おふくろは、物干し場の洗濯物によってその家の主婦を採点する世間の目に敏感だった。それは自然なことだ。しかし、おふくろにはそれ以上の思いがあったんだ。おやじのお気に入りの聖句があった。「騒乱のときの兵士の甲冑、血まみれの軍服は、ことごとく焼き尽くされる。」イザヤ書第九章四節の言葉だ。おふくろは、おやじがどうするつもりかピンときたにちがいない。そして、死者に対して失礼だと思ったんだろう。いずれにせよ、おふくろはワイシャツをゴシゴシ洗い、ひと晩水に浸した。それから染みを抜き、洗剤を混ぜてすすいだ。ようやくきれいになった。ただし、頑固な黒い染みがいくつか残った。インクだ、とおふくろは言った。それから茶色の染みがいくつか。血の跡だった。おふくろは二枚のワイシャツを葡萄棚の下に干した。そこなら人目につかなかった。それから家のなかに取り込んで、ゆっくり、丁寧に、歌を口ずさみながらアイロン掛けをした。仕上がると、なかなかのもので、染みやほころびが気にならないほどだった。おふくろはワイシャツを畳み、——白く、つやがあり、まるで大理石の胸像のようだった——、手際よく小麦粉用の袋に詰めた。そしてフェンスの近く、ばらの木の下に埋めた。おやじとおふくろはいつも一致していたわけではないんだ。

まわりをすこし掘り返して、ワイシャツの残片がちゃんと残っているか確かめるべきかもしれない。結局、あとでごみくず同様に扱われたとしたら、おふくろがあれだけやった甲斐がない。焼いたほうが作法にかなっていたかもしれないな。

いちど、勇気を奮い起して、おじいちゃんはなにか悪いことをしたのか、とおやじに尋ねたことがある。するとおやじはこう言った。「おじいちゃんがしたことは、イエス様が裁いてくださるよ。」たしかに犯罪のにおいがした。おじいちゃんの晩年の写真が一枚、家のどこかにある。それを見れば君も納得がゆくかもしれない。本人の面影をよく示している。髪の毛がくしゃくしゃで、片目の、ひどく痩せた老人が写っている。よじれたあごひげは、ラッカーを洗い落とさずパリパリになった刷毛のようだ。じっとこちらを睨んでいる。思いもかけず、なにかよからぬことで告発されでもしたかのようだ。追いつめられて、猛々しい目で威嚇しながら、どう応じようかと思案しているようだ。じっさい、どんな偉人の生涯も、罪がまとわりついているものだ。このような表情はそれを物語っている。

だから、おじいちゃんはなにか非常に悪いことをしている、とぼくははじめから感じていた。そしておやじはその証拠になるものを隠蔽しようとしているんだと。そして自分もこの秘事に巻き込まれている、それと知らずに巻き込まれていると。たしかに、これが人間の条件というものじゃないかな。たとえあのピストルを見なかったとしても巻き込まれていたし、今も巻き込まれていると思う。罪は、ごくわずかな裂け目からもあふれ出てきて、あたり一帯を覆う。そして、池や、じめじめした所に水が留まるように、存続しつづける。そう経験から言える。おやじは、多少ともカインをかばうようなことをしていたにちがいない。カンザスで起きた出来事がすべてのことに影を落としていた。ぼくはそれに気づいていたんだ。

農夫が殺されたあと、町の子どもたちはみんな、乳搾りをするのがこわくなった。できれば牛をあいだにし、入口に背を向けないかたちで乳を搾ろうとしたが、牛たちは気難しく、なかなか言うことをきかなかった。幼い子どもたちや、犬たちが納屋の外の暗がりに配置され、知らない人が来ないか見張りをした。そんなことが何年もつづいた。そして事件のことは年下の子どもたちへと語り継がれていった。犯人が老人になっているころまでね。乳搾りはおやじの仕事になった。兄があんまり急いで搾るので、牛の乳の出が悪くなったからだ。ところが今度は、誰かがニワトリ小屋のなかに隠れていたという話がひろまった。子どもたちはみんな、卵を集めるのがこわくなった。慌てて卵を見落としたり、割ったりした。すると今度は、誰かが薪小屋や、根菜貯蔵室や、屋根裏部屋に隠れているのがみえた…… 目撃場所が変わる！ そしてこの話が、子どもたち、とくに、殺人事件より以前のことは記憶になく、自然に対して恐れをもつ幼い子どもたちのあいだに生きつづけたのは興味深い。当時、小さな仕事は重大事だった。もし、この地域の全農家が、毎日のようにミルク五百ミリリットル、卵数個を無駄にしたら、それが二十年つづいたらどうだろう。塵も積もれば山となる。今も子どもたちはこの話を多少異なる形で耳にし、おっかなびっくり家事を手伝い、田舎の暮らし向きに損失を与えているのかどうか、さあ、それは知らないが。

人影が横切るのを感じたり、なにか物音がきこえると、ぼくらは納屋や薪小屋にかんぬきを掛けた。そうして、新しい物語が次々に生まれていった。あるときルイーザが、犯人が悔い改めるようお祈りすべきじゃない、と言った。それぞれが神様の守りを祈るより、問題の根本をおさえるほうがいいと考えたんだ。しかもそうすれば、犯人のことを知らず、乳搾りの前にお祈りしない人たちも守ってあげられる、と彼女は言った。賢く、大人っぽい提案だとぼくらは感心した。それこそ実行したよ。犯人のためにみんなで祈った。その結果は神様だけが知っている。でも、君やトビアスがたまたまこの話を耳にしたとしても、言ってあげられるよ。犯人はいまごろは百歳ぐらいになっていて、もう怖がらせることはできやしないさ。

あのワイシャツと拳銃についてなにがしか事情を察しえたのは、おやじとおじいちゃんの口論の現場にいたからだ。その日、おじいちゃんは、いつもどおりぼくらといっしょに礼拝に出かけた。おやじの説教がはじまって五分ほどしたとき、おじいちゃんは席を立ち、出ていった。よくおぼえているが、説教のテキストは「百合がどう育つか考えてみなさい」だった。あとを追うよう、おふくろがぼくに指示した。おじいちゃんは道を歩いていた。走り寄ると、例の目でぼくをにらんで言った。お前の居場所に戻りな！　ぼくは言われたとおりにした。

お昼ごはんがすんだころ、おじいちゃんが家に帰ってきた。おふくろとぼくは台所で後片付けをしていたが、そこへやってきて、パンをひと切れ切り、何も言わずにまた出てゆこうとした。ちょうどそのとき、おやじがベランダの階段をあがって戸口に立った。おじいちゃんを見つめていた。

おやじに気づいたおじいちゃんが言った。「大先生。」

おやじが言った。「先生。」

おふくろが言った。「きょうは日曜日、主の日、安息の日よ。」

おやじは、わかっていると言った。しかし戸口から動かない。それでおふくろはおじいちゃんに言った。「座って。ちょっと用意するから。パンひとつじゃ足りないでしょ。」

おじいちゃんが席に着くと、おやじが入ってきて、向かい側に腰をおろした。ふたりはしばらく黙っていた。

おやじが切り出した。「説教でなにか気に障ることを言った？　話しはじめたばかりだったけど。」

老人は肩をすくめた。「いや、なにも。すこし本物の説教がききたくなってね。それで黒人教会に行った。」

やや間があって、おやじが尋ねた。「で、本物の説教がきけたの？」

おじいちゃんは肩をすくめた。「テキストは『汝の敵を愛せ』だった。」

「状況にとてもふさわしい聖書の言葉だと思う」とおやじは言った。前述の、黒人教会放火事件の直後だったんだ。

老人は言った。「とってもクリスチャンらしい。」

おやじが言った。「なんだかがっかりしているようだけど。」

おじいちゃんは頬杖をついて言った。「大先生、どんな言葉もがまんできる。どんな一日もやりすごせるさ。だが、これだけは底無しだ、失望というやつは。俺はこいつを飲み食いしている。こいつといっしょに寝起きしている。」

おやじの唇から血の気が引いた。おやじは言った。「先生はあの戦争に大きな期待をかけた。ぼくは平和に期待をかけている。そして、ぼくは失望していない。平和はそれ自体が報償だからだ。それ自体が正しいことだからだ。」

おじいちゃんは言った。「それでな、やりきれないのはこのことだ。主はいちどもお前に現れてくださらなかった。セラフィムはいちどもお前の口に炭火を当ててくれなかった。」

おやじは立ち上がった。「おぼえていますよ。あなたはよれよれの、血染めのワイシャツ姿で、ピストルを腰にぶらさげて説教壇へむかっていった。あのとき、ぼくは天の啓示を授かるみたいに強烈な、鮮明な思いをもったんです。これはイエスとはなんの関係もない、と。全然ない、と。ぼくはそう確信したんです。今もそうです。いわゆるビジョンを体験した人に負けませんよ。この点については誰にも譲りません。あなたにも、パウロにも、ヨハネにも。」

おじいちゃんは言った。「いわゆるビジョン。主が横に立っておられた。このことは、いまお前がそこに立っていることより、百倍もたしかな現実だった。」

すこししてからおやじが言った。「それは誰も疑わないだろ。」

あのとき、決定的な亀裂が生まれた。数日後、おじいちゃんは出ていった。食卓に紙切れが残されていて、こう記されていた。

善は決して生まれず、悪は決して途絶えない
それがあなたの平和だ
ビジョンがなければ民は倒れる

主があなたを祝福し、守ってくださるように

その紙切れは現在もぼくの手元にある。自分の聖書に挟んだんだ。

しかし、おやじはよくアベルの血について説教した。兄に殺されたアベルの血が、土の中から叫んでいる。ぼくは興味をもって聞き、この主題をどうしてそんなふうに語れるんだろうと感心した。心からおやじを尊敬した。そして確信した、おやじはおじいちゃんの罪を自分の胸にしまっておかなきゃならないんだ、ぼくもおやじの罪を胸にしまっておかなきゃならないんだ、と。おやじが説教壇に立って、神様は偽りを憎まれる、最後には、われわれのしたことはすべて、白日のごとき真理のもとに晒される、そう説教するとき、ぼくはそんなおやじが言いようもなくいとおしく、胸を締めつけられるようだった。

時がたつにつれて、ぼくは知るようになった。おじいちゃんはカンザスにおける流血沙汰に深く関係していた。南北戦争以前のことだ。そしてさきに記したように、ふたりの軋轢の根はここにあった。しまいには、ふたりとも一切、カンザスでの出来事に触れなくなった。そんなわけだから、おやじは家のなかにあのようないわゆる形見があるのを発見して嫌悪感をもよおしたんだろう。こうしたことが、おじいちゃんのお墓探しに出かける前にあった。おじいちゃんに対して激しい怒りを抱いたことは、おやじ自身にとって痛恨の極みだったろ

う。

それでも、おやじは戦争を憎んでいた。おやじは第一次世界大戦勃発の年、一九一四年に死にそうになった。医者は肺炎だと言ったが、最大の原因は癇癪玉が破裂したからにちがいない。戦争がはじまると、ヨーロッパの至る所で盛大な祝典が催された。まるでこの上なくすばらしいことが起ころうとしているかのように。そしてアメリカが参戦すると、ここもお祭り騒ぎになった。パレード。行進曲。しかし、ぼくらはわかっていた、兵士たちをどんなに悲惨な所へ送り出しているかを。四年間、新聞をひらくたびに、ぼくはおやじにシンパシーを感じたものだ。おやじはカンザスでの騒乱を体験している。おじいちゃんは軍に入り、おやじも南北戦争の末期に入隊した。おやじには四人の妹とひとりの弟がいた。おばあちゃんは病身だった。彼女は四十代の若さで亡くなったから、残された子どもたちは自分でなんとかやってゆくか、おじいちゃんとおやじが世話をした。また、近所の人たちや、親切な教会の人たち――なお教会に残っていた人たち――にたすけてもらった。おやじの弟、ぼくの叔父さんのエドワーズは、さっさと出ていった。あるいは皆がそう思いたがった。ともかく、彼は消息を絶ち、混乱の時代のなか、ふたたび会うことはなかった。その名前は、神学者ジョナサン・エドワーズに因んでいる。おじいちゃんの世代が尊敬した人物だ。エドワードはこの叔父さんに因んで名づけられた。兄貴は「ズ」が気に入らなくて、大学にあがる頃、「ド」にかえたんだ。

グローリーが、ジャック・バウトンの帰郷を知らせに来た。ジャックは今晩、実家で夕食をとる、あすかあさって、こちらに挨拶に来るだろうとのこと。あらかじめ知らせてもらえてよかったと思う。彼と再会する心の準備をしよう。バウトンはぼくの名を彼に与えた。自分に息子はもう生まれないだろうし、エイムズはひとりも子どもを持たないだろうと思っていたからだ。とても温かい男だった。ところが、それから十四カ月後、バウトンはさらに男の子を授かった。セオドア・ドワイト・ウェルド・バウトン。その子は医学を修め、神学の博士号も取得した。現在はミシシッピー州にある生活困窮者のための病院を経営している。バウトン一家の誇りになっている。ジャックがこう言ったことがあった、新聞に名前が載ったのがぼくだけじゃなくてうれしいですよ。これはきつい冗談だった。ジャックがたえず両親の心痛の種だったことを思うとね。そうして事あるたびにその名が活字になるのをみることで、両親はいっそうつらい気持ちになったんだ。問題の人物は、いつも丁寧に「ジョン・エイムズ・バウトン」と記された。

カンザスの地をさまよい歩いていたとき、おやじはいろいろな話をしてくれた。ひとつには時間をつぶすためだったろう。しかしそれだけでなく、おじいちゃんはこのあたりにもういちど来ていると考える根拠を説明するためだったと思う。また、おじいちゃんを——つまり、おじいちゃんのお墓をみつけなくちゃならないと思っている、その理由をおやじなりに示したかったんだろう。こんな話をきいた。戦場から帰郷したおやじは、安息日はよくクエーカーたちの所ですごした。おじいちゃんの教会はガラガラだった。会衆の大部分は、やもめ、孤児、息子をなくした母親たちだった。男たちのなかには捕虜収容所から病気を持って帰った者たちがいた。それは「収容所熱」と呼ばれたが、彼らの家族たちも感染してしまった。悪名高いアンダーソンヴィル収容所から帰ってきた人たちは、すでに瀕死の状態だった。教会墓地のお墓の半分は真新しかった。おじいちゃんは毎週日曜日、神の正義は墓のなかではっきり示されるという説教をした。お年寄りの女の人たちは涙を流す。子どもたちも泣き出す。おやじは耐えられなかった。

ぼくはおじいちゃんの身になって考えてみた。おじいちゃんにしてみれば、ほかに何を語りえただろう。ほかにどんな見解を持ちえただろう。おじいちゃんは若い人々を戦争に駆りたてる説教をした。そして聴き手は強く心を打たれた。彼らはいちばんに入隊し、最後まで持ち場を守った。南軍は彼らを狙い撃ちにした。おじいちゃん自身も、すでに四十代だったが、若い人々と行動を共にした。そして片目を失ったが、帰宅したときには傷はともかく塞がれ、その状態にも慣れて、家族にことさら話す気もない様子だった。終戦後、こうした負傷や傷跡は珍しくなかった。切断手術がたくさん行われた。ぼくが子どものころは、あちこちに手や足のない老人がいた。まあ、そのころのぼくには彼らはみんな老人に見えた。

おじいちゃんが自分の会衆のもとに帰り、彼らに付き添い、やもめや孤児らの世話をしたのは立派だった。そのころ、メソジストたちが多くの人々を集めていた。メソジストたちは道をすこし下った所に土地を買っていたから、おじいちゃんの羊たちは、おじいちゃんのもとに留まる必要はなかった。じっさい、去っていった人たちもいた。ぼくはこのことを例の説教、いちどおやじが埋め、もういちど掘りあげた説教のなかの一篇から知った。それにはメソジストの説教はとてもすばらしい、メソジストの新しい牧師は若々しく、短期間ながら連邦主義の闘士だったと記してある。ぼくはこの説教を何度も読んだ。ほかの説教は、大半がインクがぼやけていた。

新しい住民や、若い人々はメソジストたちの所に移っていった。メソジストたちは川辺で野外集会をひらいていた。大勢の人々が周辺地域から集まり、魚釣りをしたり、食事を作ったり、服を洗ったり、おしゃべりしたり。日が暮れるころまでそんなふうだった。それから松明に火が灯され、説教と賛美歌が夜中までつづいた。おじいちゃんもそこで過ごして、集会全体を心からたのしんだ。日曜日には、教会の戸や窓を開け放ち、川辺から流れてくる歌声が会衆にきこえるようにした。おじいちゃんはメソジストを尊敬していた。メソジストの人たちが戦争の苦難を献身的に引き受けていたからだ。そんな彼らが監督制といつまでもつき合えるはずはないと思っていた。

これほど衰退した教会に、新しい息吹を吹き込むことは自分にはできない――おじいちゃんはそう悟っていたんじゃないかと思う。おじいちゃんはなんでも屋になった。屋根や、玄関の階段の修理。子どもたちの家庭教師。豚の屠殺。……どんな仕事もいとわなかった。残った教会員にはお金はなく、おじいちゃんの労働に対して、ニワトリのシチューや、わずかなジャガイモのお礼がせいぜいだった。それこそ、働き手不在でどうにもならなくなった仕事を一手に引き受けていたんだ。ひとつの家で薪割りをし、次の家で雑草刈りをする。そんなふうだった。おやじの言葉でいえば（詩編第百四十六篇から来ている）、みなしごとやもめをたすけた。また、おじいちゃんは連邦政府宛に、退役兵とやもめに一時金や恩給を催促する手紙をおびただしくしたためた。それらの支給はいちども行われないか、ぐずぐず先延ばしされた。「しっくりいかない感じがなかったとはいえないね」とおやじが言っていた。「あの時期、ぼくらきょうだいは、いわばみなしごのような状況に置かれていた。つらかったよ。おふくろが長くないことがはっきりわかっていたしね。」

そのころのおやじは二十代前半だった。妹たちのうちの二人も大人に近い年齢になっていた。母親の病気と苦しみがなかったら、じゅうぶんやってゆけたろう。おばあちゃんの病気はがんだったと思う。町に医者はいたが、軍に随行していったきり戻ってこなかった。砲弾の破片が頭に当たり、回復しなかったといううわさが囁かれたが、ほんとうのところ、その人の安否を知っている人はいなかった。いずれにしても、当時は医者を頼りにできなかった。湿布や、肝油や、マスタード軟膏が用いられ、添え木を当てたり、針で縫い合わせたりした。

あるいは、ブランデーの一杯。

「近所の女の人たちが、レッドクローバーを煎じたお茶を作ってくれた。あれは無害だったと思うよ」とおやじは言った。「彼女たちはおふくろの髪の毛をばっさり切った。髪の毛が体力を奪うと考えたんだ。おふくろは、切り落とされた髪をみて泣いた。そしてこう言ったよ。あたしが自慢できたたったひとつのものだったと。おふくろは体の痛みで疲れ果て、意識は混濁していたけれども、この言葉はぼくと妹たちの心に深く彫り込まれた。」あの時代、ぼくが子どもだったころも含めて、女の人は髪をながく伸ばしていた。聖書がそう勧めていると考えていたんだ（コリントの信徒への第一の手紙第十一章十五節）。しかし、病気になると切り落とされた。それはとても悲しく、不名誉なことだった。ほかにも忍ばなければならないもろもろのことと共にね。だから、おばあちゃんは深刻なショックを受けたんだ。おふくろが塞ぎこんでいる、そうおやじが伝えると、おじいちゃんはこう言ったそうだ。「お前も、俺も、帰ってこれた。しかも健康で、両手両足が使える。」こう言っている、とおやじは受けとめた。おばあちゃんの苦しみはこのあたりではひどいほうではない。だから彼女の世話をする余裕は持てない。

人として正しく生きようとする、いわば我武者羅な思い。おじいちゃんの数々の脱線は、なによりそこから生まれたのだと思う。なんといっても、やはり頭が下がる。おじいちゃんは長年にわたってたくさんのビジョンを受けた。そのどれもがきびしい要求を持つもので、そのためおじいちゃんは他の人々に比べて怠惰に傾くことが少なかった。大いそぎの退却のなか、ギリシャ語新約聖書を川に落っことした。さきに記したあの出来事には、比喩が含まれているといつも思う。モーセの目の前で川が左右にわかれたようなことはまったく起こらなかった。それも、ぼくが知るかぎりでも一度ならず。おじいちゃんの生涯には、ほんとうにたえず困難があった。困難が和らぐことはなかった。しかも、おじいちゃんはいつも、ことさら困難を捜し当てた。

ギリシャ語新約聖書は、何年かのちにアラバマ州から送られてきた。南軍のなかにわざわざ拾いあげた人がいたらしい。そして、あのとき追撃した北軍連隊の名と、チャプレンの名を知った。ひとつまみの嘲りがふりかけられていたかもしれないが、届けてくれたのは見上げた行為だ。聖書はかなり傷んでいた。君がこれを受けとってくれたら幸いだ。一見なんの価値もないようなものだがね。

「ビジョン」という言葉がもつ豊かな内容を、おじいちゃんはあまりにも狭くとらえていたと思う。稲光のような特別な体験に、いわばめまいを起こして、もっと大きな事実に気づかなかったのだろう。身に余る輝きがぼくらすべての者を照らしている。ぼくが君に伝えたいただひとつのことは、おそらくこのことだ。日々の出来事の、ふだんは隠れた断面が、記憶のなかで、あるいは、時の経過とともにはっきり見えてくることがある。たとえば洗礼式のとき、幼児を腕に抱えるたびに、ぼくはいわば潜る。この体験の内部に、いっそう深く入り込む。そして命の豊かさに触れる。人間の聖性をみとめるとはこういうことだったのか、と悟る。記憶、回想のなかでこそ見えてくるビジョンがある。牧師くさい話になった。でもほんとうのことだ。

きょう、ジョン・エイムズ・バウトンがやってきた。ちょうどぼくがベランダで新聞を読み、ママが花の世話をしているとき、門から歩いてきて、ベランダの階段をあがり、満面に笑みを浮かべて手をさしだした。そして、おじさん、おかわりないですか、と挨拶した。おじさん。彼は子どものころ、ぼくをそう呼んでいた。両親に言われていたんだろう。そう考えたかった。彼にはおませな魅力があった。まあ、おませというのが適切であるなら。自分からおじさんと呼んでいたとすれば、いかにも彼らしい。ぼくはいちども彼に好かれていると感じたことがない。

彼が父親と瓜二つなのにぼくはあきれていた。なにしろ、重大な事柄ではふたりは水と油のようにちがっているのだから。彼がママに、ジョン・エイムズ・バウトンです、と自己紹介すると、ママはみるからにびっくりした。彼は声をたてて笑い、ぼくの顔を見て言った。「『過去を帳消しにする』とはいきませんね。」うまいことを言う！　しかし、このような存在がいる、すなわち同名の男、まあ、信仰上の息子がいる、それをあらかじめママに話していなかったのはうかつだった。君はソーピーがどこかの茂みにいないかと探していた。ソーピーはしょっちゅう、ふっといなくなって、君とママをはらはらさせる。ちょうど、たまたま家の端にあらわれた君は、老いた猫をわきに抱えていた。ソーピーは耳がぺしゃんこになって仏頂づらをしていた。しっぽがぴくぴく動いていた。とても長くて、わきに抱えていないなら踏んづけてしまっただろう。地面におろしてやったら、すぐ逃走するにちがいない。ところが君はおろして、ヤツはずらかり、君はそれに気づかないようだった。ジョン・エイムズ・バウトンと握手しようとするところだったから。こんにちは、よろしくね！　と彼は言った。君はとてもうれしそうだった。

君とママがジャックの名前にこんなに興味をもつとは思い至らなかった。わかっていたら警告していただろう。

ジャックは階段をあがってきて、帽子を片手に、なじみのジョークでも交わすようににっこり微笑んでいた。お元気そうですね、と言った。ぼくは思った。ひさしぶりに会うが、やはり偽りを言うと。しかしそのとき、ぼくはベランダのブランコから立ち上がろうとしていわば格闘していた。ブランコが揺れなければたいしたことではないはずだが。座った状態から立つと心臓にかなりの負担がかかります、と医師が言う。そのとおりなのは経験からわかっている。死ぬところ、バタッといくところを、君とママに見られさえしなければ本望、あとはバウトンじいさんに神の定めの不可避性についてじっくり考察してもらえばよかった。

そんなわけで、ジャック・バウトンが、例の表情を浮かべ、ぼくの肘を支えて立ち上がるのを手伝ってくれた。まちがいないよ、そのときぼくはつんのめりそうになった。ジャックはぼくよりかなり背が高かった。昔の彼と比べても。まあ、こちらの身長がいくらか縮んだせいもあるが、それにしても無様だった。

なんともへんてこな気がするよ。あのときぼくは、いかにもよき国民らしく新聞をひろげ、キーフォーバーの政策についての論説を読んでいた。いとしい若い妻は、やわらかい朝の光に包まれて百日草の世話をしている。頼もしい息子は、しじゅういなくなるソーピー、猫の「迷える羊」を、やさしく、不器用に扱っている。これでまた、ヤツはさしあたり永遠の滅びの道から連れ戻されるわけだから、幸いなことだ。蚊がすこしうるさいものの、空はさわやかに晴れていて、新聞の内容もなかなか興味深かった。足の指が軽い関節炎で、寝室用スリッパをはいていたが、ほぼ理想的な朝だった。

そこにジャック・バウトンがやってきた。父親と外見の点でそっくり、おなじ黒髪、おなじピンクの顔の。ジャックはちょうどママとおなじ年頃だ。ママの洗礼式のときを思い出す。冬の朝の輝き、最初の雪のきらめきのなか、ママはこちらにむかって顔をあげた。年を取ってはいないが、若くもないとぼくは思った。そしていくらかドキッとして洗礼盤の水に浸す手がとまった。美しい、という以上のものを感じたからだ。それは悲しみを湛えた美しさだった。ママは年とともに若くなっている。君がいるからだ。けれども、あの朝ほど初々しくみえたことはなかった。

ともかく、すばらしい青空で、ママが庭にいて、君は裸足になり、ワイシャツを脱ぎ捨て、そばかすだらけの肩をみせて駆け回っていた。ママはホットドッグを紐に通し、紐を棒にむすんで君に渡した。ソーピーをおびき寄せるためだ。猫釣り竿よ、とママは言った。こういう無邪気な遊びが君は大好きだ。そんなわけで、その朝、君は茂みのなかや家のまわりで猫釣りに精を出し、ぼくは選挙戦の知識を得ていた。このごろのぼくの楽しみのひとつ、それはこうしたことを隅々まで、一滴一滴、したたり落ちる時とともに味わうことだ。とてもすてきだった、ジャックに肘を支えてもらうまでは。その刹那、ぼくはママと君の顔になにかが浮かぶのをとらえた。ぼくとジャックがコントラストをなしていたからではないだろう。ぼくが老人であることを、君はけさはじめて知ったわけじゃない。ぼくの目に映ったのはなんだったのか、判然としない。またあれこれ詮索するつもりもないが、愉快ではなかった。

ジャックは珈琲を飲む時間はなかった。万事和やかに進み、彼は立ち去った。

もし生きながらえたら、アイゼンハワーに投票しよう。

ぼくのいちばんよいころを君が知ることができたらなあ。


さきに語ったビジョンについて、思い出すことがある。ぼくが幼いころ、おやじがある教会の解体作業を手伝ったときのことだ。その教会は火災に遭ったんだ。雷が尖塔に当たって、建物が上から崩れ落ちた。ぼくらが現場に行った日は雨だった。説教壇は無事で、もとの場所で雨に打たれていた。しかし、会衆席の大部分から火があがっていた。人々は口ぐちに、この災いが起きたのが火曜の夜中だったのを神に感謝していた。暖かい日で、暖かい雨だった。それに雨を避ける場所などなかったから、みんな気にしないことにしていた。あらゆる種類の人々が助けにやってきた。キャンプやピクニックのようだったよ。人々は荷馬車から馬たちを放した。ぼくら幼い子どもは、荷馬車の下に敷かれた古い布団に寝そべって、おしゃべりしたり、ビー玉遊びをした。そして年上の少年たちと男たちが焼け跡によじ登るのを離れた所から見物していた。彼らは聖書と賛美歌集を探していた。人々はみな、「飼い主わが主よ」や、「粗削《あらけず》りの十字架」を歌った。ぼくらも歌った。ときおり吹き降りになり、しぶきが荷馬車の下にも飛んできた。雨そのものより冷たかった。馬車の荷台を雨が打ちつづけていた。屋根裏部屋できいているような音だった。日照りの季節に、その日だけ雨が降ったらしい。人々は破損した本を集めると、穴をふたつ掘り、聖書と賛美歌集をそれぞれ分けて入れた。それからその教会——たしかバプテスト教会だった——の牧師が祈りをささげた。大人たちがしていることを、ぼくはうっとりと眺めていた。彼らは状況に応じて何をすべきか、またどうすればいいかを心得ているようにみえた。

女の人たちは、持参したお菓子や、まだ使用できる本を、ぼくらの荷馬車に置き、厚紙や防水布や膝掛けで覆った。食べ物はどれもかなり湿気っぽくなった。雨が降るとは誰も予想していなかったらしい。刈り入れの時期が近づいていたから、もういちど集まるのは当分は無理だった。人々は説教壇を木蔭に置き、馬用の覆いをかぶせた。そうして使えそうなものを丹念に拾い集めた。多くはこけら板や釘のたぐいだった。それがすむと残骸をすべて取り壊した。乾いたら燃やすためだ。灰が雨で溶けて、廃墟で作業している男たちは全身が真っ黒になった。誰が誰だか見分けられないほどだったよ。おやじがビスケットをくれた。おやじの手の煤がくっついていた。大丈夫、灰よりきれいなものはないよ、そうおやじは言ったが、ビスケットの味がちがっていた。今ではおおかた忘れられているが、当時、よく語られた「苦悩のパン」という言葉がある。それはこういう味なんじゃないかなとぼくは思った。「艱難は奇しい結果をもたらす」というのはほんとうだ。こうやって二階の書斎にいて、ラジオを流して、どれか読み古した本をひらいている。夜中で、風が吹いて、家がギシギシ音をたてている。すると、ぼくはいまどこにいるのかを忘れ、一分か、二分、苦しかった時代に戻っているかのようだ。そしてなにか甘いものがまじるのを感じる。どうしてそうなるのかわからない。しかしこの甘味が、このタイムトリップをいよいよ価値あるものにしてくれる。言いたいのはこういうことだ。ぼくらは自分の体験でさえ、その真の意味をとらえられない。あるいは、ぼくらの体験というものは、もともと底知れないものなのかもしれない。あのときのおやじの姿が眼前に浮かぶよ。雨のなか、しゃがんでいた。帽子の縁から雨滴がポトポト垂れていた。煤だらけの手でビスケットをさし出した。おやじのうしろには黒焦げの教会が見え、雨が残り火のうえに降りかかるあたりにもやが発生していた。突然の横降り。女たちが歌う「粗削りの十字架」。まめに立ち働きながら、しずかに体を揺らしていた。賛美歌にあわせてダンスをしているみたいだった。当時、成人の女性は人前で髪をほどくことはなかったが、あの日は威厳あるおばあさんも女学生みたいに髪をうしろに垂らしていた。なんとも明るくて、なんとも悲しかった。あの日のことはまた話そう。なぜなら、そこにぼくの人生が凝縮されているように思うからだ。深い悲しみに落ちるとき、しばしばあのときのことがよみがえってくる。ぼくはおやじの手からキリストの体を受けた。あれは聖餐だった。たしかに聖餐の内容をもっていたと思う。

あの雨の日がぼくにとってどういう意味があるか、君にうまく伝えられない。どういう意味をもってきたか、自分自身に説き明かすこともできない。しかし、ぼくにとって非常に重要なことが、たしかにあの時の体験のなかに詰まっている。それを確信している。

このごろのおばあさんたちは、髪を短く切り、青く染めている。まあまあだな。

聖書を手にとると、いつも思いだす。あの日、人々は雨のなか、台無しになった聖書を樹の足元に埋めた。それは記憶のふしぎな作用によって聖別されている。また、斜陽の教会で説教するおじいちゃんに思いを馳せる。窓が開け放たれていて、メソジスト集会から丘のうえに流れてくる「粗削りの十字架」が、会堂にいたわずかな人々の耳に届いた。伝え聞いた物語によって、ぼくの教会も聖別される。おやじの話を思い出す。おやじとおじいちゃんが帰ってきたとき、教会の屋根はひどい状態だった。礼拝室の通路や腰掛けの上に、バケツやフライパンが置かれていたんだ。「でも、女の人たちがね」とおやじは言った。「クライミングローズを植えて、教会の壁とフェンスにつたわせていた。それで教会は前より美しくなっていたよ。」大草原は、ふたたび畑や果樹園になった。道路の轍《わだち》のあいだにはヒマワリが咲き乱れていた。彼女たちは祈祷会と聖書研究会をひらいていた。たとえ、教会の四方の壁が崩れ落ちても問題じゃなかった。ぼくはこの話を噛みしめる。この話に揺さぶられ、魅了される。ぼくはつよく思う。ここに述べたようなことは、たまたま自分が体験するという巡り合わせのあるなしにかかわらず、「ビジョン」として尊ぶべきものだ。そうしないのは富を捨てることであり、忘恩だ。

とは言うものの、おじいちゃんに右側から近づくときはいつもすこし用心したものだ。おじいちゃんが失ったのは右目で、おじいちゃんの数々の「ビジョン」は、どうも右側からやって来るようだった。おじいちゃんはそれらについて多くは語らなかった。このテーマについてのぼくらの態度はほぼ全面的にまちがっていると感じていたからだ。しかし、それでも、ぼくらはふさわしい敬意を示そうと努めていた。ときどき、学校から帰ると、玄関におふくろがいて、小声で囁いた。「イエス様が居間にいるよ。」ぼくは靴を脱いで、そっと歩いてゆき、ドアロから居間の中を盗み見た。するとおじいちゃんがソファーの左端に座っているんだ。相手の話に聞き入っている様子でね。それがまた幸せそうなんだ。真剣な面持ちに喜びがにじみ出ていた。ときおり、おじいちゃんが相槌を打つのがきこえる。おっしゃることはようくわかります、とか、わたしもしょっちゅうそう思っていたんですよ、とか。それから何日か、おじいちゃんは晴れやかで、キリッとしていた。そして例の窃盗行為が多少目に余るようになった。

夕食のとき、おじいちゃんがぼくらにこう言ったことがある。「きょうの午後、川辺で主にお会いしたよ。それから、な、お話しをした。主はひとつ、こういう提案を示された。とても興味深いと思うんだ。こう言われたんだ。ジョン、家に戻って晩年をすごしてもいいんじゃないか。もちろん、俺は申し上げたよ。旅ができるか、自信がないと。」

おじいちゃん、とおふくろが言った。おじいちゃんは家にいるのよ。イエス様は、もうすこしのんびり過ごしたらって言われたのよ。

そうかい、とおじいちゃんは言った。そうかい。……そして晴れやかな顔をし、またいつもの物思いに耽りはじめた。

のちにおやじはよくこう言っていた。「カンザスに戻るのは主の願いだとおじいちゃんが確信していたとしたら、なにを言ったって結局無駄だったんだ。」おやじにとって、そう信じることが重要だった。そう信じ切ることができたとは思えないが。

学校にゆく途中、数人の子どもたちがおじいちゃんをからかっているところに出くわしたことがある。痩せこけた老人が、ブラックベリーを摘み取って帽子に集めながら、首を上下してぶつぶつひとり言を言っている、そんなふうにしか見えなかったんだろう。彼らはおじいちゃんの右側から近寄って、腕をさわったり、コートを引っぱったりする。するとおじいちゃんはうなずき、話しはじめようとする。彼らは両手で口を押さえながらすばやく離れる……

ぼくは唖然としていた。たしかにぼくは、ある意味で、おじいちゃんの右側は神聖な領域だと信じていた。だから、いたずら者たちがそれを踏みにじるのを見てショックを受けたんだ。ぼくはその場に棒立ちになり、一部始終を眺め、どうしたらいいだろうかと懸命に考えていた。そのとき、おじいちゃんがくるりとこちらをむいて、例の目で見据えた。ぼくがいることにどうして気づいたのか、なぜそんなふうにぼくを見つめるのか、まったくわからなかった。まるで裏切り者を見るようだった。気のせいだと思いながら、この後味をどうしても追い払うことができなかった。おじいちゃんはたまたまこちらを見ただけだ、なんの含みもなかった、といくら自分の心に語りかけてもうまくいかなかった。

告白しよう。ぼくはきまり悪さを感じていた。不名誉な思いと言ってもいいだろう。そしてそのような思いがしたのはあのときがはじめてではなかった。しかしぼくは子どもだったし、おじいちゃんもいくらか容赦してくれたんじゃないかと思う。人の心のうちを見通すだけでは非常に不十分だ。人は向上を願い、苦闘している。そのことが抜け落ちてしまうからだ。向上の努力は困難なこと、けれども、貴いもの、いささかなりとも注目に値するものだ。
　また、このことも記しておくべきだろう。おじいちゃんの去り方は、家族全員に大きな痛みをもたらした。あの行動のなかに非難が含まれていたのは明らかだった。ぼくら家族がどんなに自己弁護しても、こちらの理屈や、こちらの善意を並べ立てたとしても、おじいちゃんにはガラクタにみえたにちがいない。そう思うと、ぼくら自身にとってもあらゆる弁解がガラクタになってしまった。おじいちゃんは出ていったとき、じつに多くのものをいっしょに運び去ってしまった。

　おやじから聞いた話だ。ふたりが軍務をおえて帰郷したあと、おやじがおじいちゃんの教会の敷居をまたいだとき、まっさきに目に留まったのが、聖餐台のうえに壁から吊るされたタペストリーだったそうだ。それはとてもみごとな作品で、花や炎を模した刺繍がふちを色どり、まんなかに「主なるわれらの神は、きよめる火」という言葉が縫い付けられていた。ぼくがイメージするおじいちゃんの教会は、いつも、雷に打たれた教会だ。その出所は、どうもここにあるようだ。しかし、事実そんな教会だった。

おやじが言うには、この言葉が、クエーカーの集会に足をむけるきっかけになった。おやじは戦うことをよいことと考えていたとき、まさにこの一文のなかの言葉、「きよめる」という言葉を愛用していた。だから、教会の女性たちもこう思い込んでいるかもしれない、自分の息子や夫が犠牲になることで、世界はそれだけいくらか浄化されたと。そう思って、ゾッとした。おやじはタペストリーの言葉を見上げて立っていた。不愉快な気持ちをはっきり表して。というのは、ひとりの女性がこう言ったからだ。「聖書からとりました。」

おやじは言った。「奥さん、失礼ですが、ちがいますよ。これは聖書の言葉じゃありません。」

「そうですか。でも、きっと聖書にふさわしいと思います。」

このような考えをおやじが嫌悪したのはよくわかる。ただし、まったくおなじ言葉は聖書にみつからなくても、重なり合う箇所、タペストリーの言葉をそれらの適切な要約とみなしうる箇所がいくつか存在する。女性はそういう意味で、聖書からとったと言ったのだろう。

ぼくはタペストリーがじっさいそのようなものであるなら、ぜひ見てみたいと思いつづけてきた。おやじが言うには、布の両端にケルビムが配置されていた。昔の絵にあるように、翼を前方へおろした姿の。そして、契約の箱が描かれるはずの場所に、花と炎に縁取りされた扇動的な言葉が縫いつづられていた。女性たちは、刺繍の材料を工面するのにどんなに苦労しただろう。数少ない晴着の布地をどれだけ切り取ったことだろう。その作品はどうなったのだろうとずっと思っている。織物は傷みやすい。いくらかでも元の状態をとどめていればと心から思う。

女性たちは、未亡人になったのを知ると、一人また一人と東部の実家に帰っていった。全員ではないが、かなりの割合になる。ある人たちは、夫や息子を教会の脇に葬った。そして自分はここを動くことはできないと思った。また、いちど立ち去ったあと、数年たってひょっこり戻ってくる人たちもいた。それでも結局、教会は衰退していった。かたやメソジストの群れが付近の土地を買い、そこの老朽化した建物を焼き払った。

おやじはある説教のなかで、終戦後、父が、消え残るわずかな羊たちを慰める言葉を求めて苦闘していたときに、自分はクエーカーの集会に出ていた、そのことをとても悪かったと思う、と語っている。「あのころ、父は教会のまだ開け閉めできる窓をぜんぶ開け、川辺でメソジストの人たちが歌う声がきこえるようにしていました。賛美歌が『粗削りの十字架』や『千歳の岩よ』だったりすると、いっしょに歌う人たちもいました。説教の途中でもそんなふうだったんです。父は説教を中断して、女性たちが歌うのをきいていました。外から吹きこむ風には、掘り返された土のにおいがまじっていました。お墓をいくつもこしらえていたからです。しかし、そんな日曜日の午前、そして水曜日の夕べは、なにかしらふしぎな、すばらしい時として人々の記憶に刻まれました。彼らが当時の礼拝と祈祷会をふりかえるとき、そこには優しい気分がありました。」そしておやじはこうつづけた。「あのとき以来、わたしはずっと悪かったと思い、後悔しています。しかし決して、じゅうぶんに、というわけではなく。というのは、欠席したのは何よりも原則にもとづくものだった、そう思うからです。父は会衆を戦争へ駆り立てる説教をしました。奴隷制度があるかぎり平和はない、武器をとり、力によって、囚われと無防備の状態に反対して立ち上がろうと。父はよく言ったものです、平和は、この戦争が終わるとき、はじめて実現するだろう、平和の神は、この戦争を終わらせるよう、われわれに命じておられると。父はこうしたことを腰に拳銃をぶらさげた姿で語ったんです。人々はいっせいに『アーメン！』と叫びました。ほんの幼い子どもたちまで。」

きょう、昼食をとりに家に戻ると、君とジャックが通りでキャッチボールをしていた。君はジャックのグローブをはめていた。新品のかっこいいグローブで、肘のあたりまで入っていたな。ジャックは、エドワードの古いグローブをはめていた。ぼくが書き物机に置いていたものだ。表も裏もないぐらい擦り切れている。君にグローブを買ってあげなかったのはうっかりしていたね。ちゃんと用意しよう。

ジャックはゴロの取り方を教えていた。たぶん、浮き球は君にはかなりむずかしいだろうから、配慮したんだろう。君は真剣そのもので、あちらへ、こちらへと、少年の敏捷な足で駆けていた。ジャックは、さあっ、それっ、と声をかけ、さかんにグローブを叩いた。そしてアナウンサーの声をまねて言った。おっと、ランナーは二塁を回った。ボールは間に合うか？　君がつかんだ球を落とすと、彼は言う。おや、ランナーは靴紐に足をとられたようです！　倒れた！　呼吸を整えて……　立ち上がり、ホームに向かった！　おっと、左足を引きずっている。ピョンピョン跳ねている！　君は顔をほころばせ、しっかり球をにぎって投げた。さあ、ランナーは……　アウト！　木洩れ日の下にいる君たちを眺めるのはすてきだった。

思い出すよ、おなじ場所で、ルイーザが縄跳びをしていた。ぼくはそれを眺めていた。真っ赤なコートを着ていた。おさげ髪を激しく上下に揺らして飛んでいた。早春だったから、ほこりはたいしたことはなかったな。木々はちょうど芽が出るところで、まだ繊細な高貴な佇まいをみせていた。ニレの木を町じゅうに植えたのは誰のアイデアだったか知らないが、誰であれ、ぼくら住民に多大な恩恵を与えてくれた。バウトンとぼくは、夕方、それらの木の下でキャッチボールをした。バウトンが関節炎に悩みはじめるまで。たしか、四十前からその症状があったと思う。バウトンにとって病気はもうひとつの大きな試練だ。ジャックを見ていると、ふと父親の姿と二重写しになる。

ぼくは、今ぼくらが置かれている状況を受けいれつつ、最善を尽くそうと努めている。つまり、もしぼくが世間のふつうの父親のように同伴者として君を育てることができたなら、おそらく思い至らなかったことを伝えようと努力している。もし、物事がふつうに進んでゆくとしたら、ほんとうに価値あるものを心にとめるのはむずかしいだろう。ことさら人に伝えようとは思わない多くのことがある。しかし、まさにそのようなことにこそ価値があるのだろう。誰よりもまず自分自身にとって。そして子にとっても、父親を理解しようとするなら意味があるはずだ。ぼくはあの日のことをふりかえる。ほかの幼い子どもたちと荷馬車の下にねそべり、大人たちがバプテスト教会を解体するのを見ていた。おやじが、ぼくのお昼にとビスケットを一枚もってきた。ぼくは這い出て、雨に打たれながらおやじと共に跪いた。あのとき、回想のなかのおやじは、パンを裂いて、その一片をぼくの口に入れてくれた。事実とちがうのは承知している。おやじの両手と顔は煤で汚れて、まるで黒焦げになった殉教者のようだった。おやじは雨のなかで跪き、ワイシャツのふところからビスケットを一枚とりだして、割った。これは事実だ。そうして半分をぼくにくれた。残りの半分は自分が食べた。あれは、ほんとうに苦悩のパンだった。当時はみんな貧しかった。二、三年、旱魃がつづいていた。過酷な時代だった。それほど強く意識しなかったが。雨を気にする人がいなかったのは、降雨に恵まれない折だったからだろう。いつも女性たちの姿がよみがえる。髪を垂らし、スカートの裾がぬかるみにとられるのにまかせていた。おばあさんたちさえ、見た目のことはなんら気にかけていないようだった。そして、女性たちの歌声。ぼくの記憶のなかではとても美しかった。まあ、じっさいはそれほどじゃなかったはずだがね。雨の通奏音を伴奏に、湧き上がるようにきこえた。「十字架のもとぞいとやすけき」。じつに美しく、悲しい曲だ。あのビスケットの苦味は、時の経過とともに、ぼくにとって豊かな意味をもつようになった。ぼくはあの体験をいくどとなく思いめぐらしてきた。

おやじは煤まみれの手でパンを取り、裂いた。そんなふうに、あの体験が、聖餐式のイメージで思い出されるのは突飛なことではない。しかし、回想のなかの、パンの受け方がおかしい。牧師が参加者の口にパンを入れるというのは、そうする教派もあるが、ぼくらのやり方ではない。どうしてそうなったんだろう？　聖餐式があった礼拝のあと、ママが君を連れてきて、「この子にもわけてあげて」と言ったとき、パンを裂いてその小片を君の口に入れてやった。じっさいにはおやじがいちどもやったことのない、ぼくの回想のなかのやり方で。あのとき、ぼくは回想のなかのかたちを君と共有したいと思ったんだ。このイメージはぼくにとってかけがえのないものだ。このごろになってようやく気がついたのだが、このイメージをどれほど噛みしめ、味わってきただろう。

時はとめどない大河のように
時代の子らをおし流してゆく

朝の訪れに消え失せるように
　われらは夢のように去りゆく

アイザック・ウォッツの詩だ。ぼくはしばしばこの詩句を思いめぐらしてきた。そして、今の現実と、究極の現実の関係はどうなっているんだろうかと考えてきた。

千年も　あなたにとっては
過ぎ去る一夕に等しい……

まったくそのとおりだ。人生という夢は、まさに夢のようにおわる。不意に、完全に。太陽が昇り、光が差す、そのときに。そしてそのとき、ぼくらは思うだろう。不安や悲しみの跡はほとんどないと。いや、そんなはずはない。悲しい出来事をすっかり忘れてしまうとは思えない。人間的な言い方をすれば、それでは生きたことを忘れることになる。悲しみは、人生の重要な部分だとぼくには思えるんだ。たとえば、まさに今、ぼくはいとしく、苦しい気持ちで、これを読む君のことを思っている。そのときの君を知らないからだ。君が父親なしに成人になっているからだ。いたいけな君の姿がある。今、腹ばいになって、日の光に包まれて。ソーピーが君の背中で眠っている。君は例の凄まじい絵を描いている。できたら褒めてもらうために持ってくるつもりだ。褒めてあげるよ。わざわざ君の反感を買うようなことを言う度胸はないよ。

また昔話をしよう。そのころについてぼくが知っていることは、ほとんどがおやじとカンザスの土地をさまよっていたときに得たものだ。じっさいに涙を流したときがあったかはっきりおぼえていないが、しょっちゅう涙をこらえていたよ。靴は擦り切れて穴があき、埃や小枝や砂利が入ってきた。靴下を破り、ジャリジャリ足に当たりつづけた。ひどい汚れとまめ！「時間」は子どもを疲れさせる。たとえば、君もよく知っているように、礼拝の時間を耐え抜くのはしんどいことだ。毎日、おなじような未知の場所をとぼとぼ歩いた。腰をおろしてひと休みしたい、と、それればかり思っていた。おやじはさきへ歩いてゆく。少々躍起になっていたんだろうな、おやじにしてみれば自然なことだ。一度か二度、ぼくは座りこんだ。そうして炎暑のなか、じっとしていた。雑草からバッタが飛び出し、ぼくの顔のまわりでひゅんひゅん音を鳴らしていた。ぼくはおやじが歩いてゆくのを眺めていた。そのままどんどん進んで、しまいにはこちらの視界から消えてゆく。カンザスの道は長い。ぼくは駆け出した。追いつくと、おやじが言った。喉がかわいちゃうぞ。そうだな、人生をふりかえると、いつも喉が渇いていたような気がする。

しかし、楽しいこともあった。おやじは連れのぼくに、驚くばかりの話をしてくれた。そんな時だからこそ聞くことができたんだろう。夕食にありついたときにはお祝いとして、ありつけなかったときは空腹をまぎらわすために、いろんな話をしてくれたよ。いちど、ぼくらはフクロウに起こされた。彼らがときどきやらかす大騒ぎによって。すると、おやじはこんな話をしてくれた。夜中になにやら物音がして眼がさめた。外に出てみると、老いたジョン・ブラウンのラバが、おじいちゃんの教会から出るところだった。入口から木の踏み段を、なだめられて下りてくる。月明かりのない、闇の中の出来事だった。ラバがあらがう音がし、哀愁を帯びた、威厳のある声がきこえた。どうっ、どうっ。それから馬が四頭、あとから出てきた。ぶっきら棒にさっと動いて。すでに鞍がつけられていた。ふたりの男が先頭の馬にまたがった。そのうちのひとりは負傷していて体を支えてもらうことが必要だった。男たちは無言で去っていった。それから少しして、こんどは納屋の戸がひらくのがきこえた。馬たちの荒い息遣いと足踏みする音がし、馬をなだめるおじいちゃんの声がした。おじいちゃんも馬に乗って出ていった。

おやじは教会にあがり、暗闇のなかに腰をおろした。そしてなにをしたらいいんだろう？と思案した。おやじはまだ十歳にもなっていなかった。教会は馬のにおいがした。それから火薬と汗のにおいがした。（当時は今とちがって、時間をかけて、火薬と弾丸をいっしょに詰めなければならなかった。）男たちは、長椅子と聖餐台を壁際に寄せて、馬たちの場所をつくり、おそらく自分たちは長椅子のうえで寝たんだろう。負傷した男がそうしたのはまちがいなかった。ひとつの長椅子に大量の血がついていたのだから。血はそばの床にも落ちていた。あたりがやや明るくなったとき、最初に目にとまったのがそれだった、とおやじは言った。

おやじは長椅子を引きずって教会の裏手に運びだし、縦に置いた。長椅子は草むらのなかに倒れた。長椅子ができるだけ自然な感じで隠れるようにそうしたんだ。それから塵取りとほうきを使って、教会内の馬の汚れをできるかぎり除き、バケツ一杯の水と石鹸で血痕をゴシゴシ洗った。ところが、かえって血痕をひろげてしまった。そこで床じゅうに水をぶちまけて、血の斑点をいくぶん目立たなくした。教会に泊った人たちが追跡されているなら、いつ追っ手が現れるかわからない。追っ手は教会のなかにラバの糞や、会衆席の血痕やらを探すかもしれない、おやじはそう考えたんだ。それに、このありさまはいずれにしても人々の目にとまるにちがいなかった。しかもその日は土曜日だった。

それにしても、追っ手は、こんなに朝早く子どもが教会でゴシゴシやっているのを見たら、当然うさんくさいと思うだろう。おじいちゃんらしくもない、とおやじは思った。なんの指示も与えずに未明に出て行くなんて。どう後片付けしたらいいか、なにも言わずに出て行くなんて。目がさめたら、いきなりこんな滅茶苦茶な状況に置かれてしまうなんて。そんなことを思いながら、水を汲んだバケツをえっちらおっちら教会に運び入れると、合衆国陸軍の服を着た男がいた。薄明のなか、壁に寄せた長椅子のひとつに座っている。帽子を両手でもち、拳銃を自分のわきに置いている。

「きれいに掃除しているんだね」と兵隊が言った。それからズボンの膝の部分の破れをみせた。「俺の馬っころが急に駆け出したんだ。フクロウが鳴いたか、なにかのはずみで行っちゃったのさ。君らのところには軍が使わせてもらえる馬がいるだろう。一日か二日借りるだけだよ。」

「おとうさんにきいてみないとわかりません。」

「おとうさんはここにいないよな。それこそ、俺が借りたいと思っている馬に乗って、どっかに行っちゃったんだろう。君は、ジョン・ブラウンという人のことを知っているかい？もちろん知っているよな。みんなこの人のことを知っている。君はなかなかいい子のようだ。大丈夫、教会のなかで兄弟にうそを言わせるようなことはしない。ジョン・ブラウンがどんなことをしでかしたか、君はすべて知っている。」

　おやじは、知っている、と答えた。兵隊はうなずいた。

「このあたりには、まともな人間のなかにもブラウンの手助けをしようと腕まくりしているのがいる。牧師さんたちがそれさ。ブラウンが願えば、やつのラバを教会のなかへお通しする。そうするのは光栄なことだと思っている。たいしたもんだ。逃げてるやつらは武器をガチャガチャいわせて入ってくる。けが人がいる。ブーツは汚れている。床に血がおちる。ご立派なことだよ。するとそこに合衆国の兵隊がやってくる。そいつらを見つけようとしている。お金をもらっているからさ。こいつには誰も、コーヒー一杯恵んでくれないんだ。」

「コーヒーならあります、きっとあります。」

兵隊は立ち上がって言った。「小隊は俺を置いて二マイルほど東へむかった。明るくなったらやつらがどこに隠れようとするか、見当はついているんだ。君は見落としたね、馬の糞が教会の表階段に転がっているよ。でも、それを見つけなくたってだいたいのことはわかっている。君のおとうさんがいっしょに出かけたとしたら、トラブルに巻き込まれているかもしれない。まあ、コーヒーをごちそうになる前に話したほうがいいと思ってね。」

おやじは唇が無感覚になり、言葉が出なかった。兵隊は、井戸から水をもらうよ、と言って、教会を出た。そして喉をうるおし、道路を歩いていった。片方の足をいたわりながら。

おじいちゃんはあの人を撃った。そう考えたくはない、でもまちがいない、とおやじは思っていた。ただし、これを書いているぼくはおじいちゃんの弾が致命傷になったとまで言うつもりはない。あの時代のあの場所では、被弾以外にもいろいろなことが命取りになりえただろう。

兵隊は、隣の農場にゆき、馬を取りたて、小隊がむかったと思う方角へ出発した。しかし、彼が当の人だったとすれば、いくらか進路が南へ逸れた。ブラウンとその一党は弧を描いて南をめざしていた。追跡されることを警戒して、丘陵地帯へむかっていったんだ。そしておじいちゃんは、並足で折り返してきた。例の大きな拳銃を腰にぶらさげ、血まみれのワイシャツを二枚、脇にかかえて。無謀もいいところだ。おじいちゃんはコートのあいだから胸をのぞかせていた。二枚のワイシャツを持ち帰るかわりに自分のワイシャツをあげてしまったからだ。おやじが言うには、あの日以来、おじいちゃんが再び現実的なセンスを回復することはなかった。おじいちゃんの非現実性の源をつきとめるのは、ぼくにはむずかしい。けれども非現実的だったのはまちがいないと断言できる。ともかく、はぐれた兵隊の騎影が近づき、止まれ、と合図した。兵隊は栗毛の馬に乗っていた。それは近所の馬だったろう。兵隊は尋問をはじめた。そしておじいちゃんは堂々と捕まった。だが、例の拳銃を抜いた。拳銃には弾丸が込められていた。

そうさ、やつの腕を撃ったよ、とおじいちゃんは言った。そしたら馬が駆け出してやつは振り落とされたんだ。その人をおじいちゃんは置き去りにした。ブラウンさんは俺に頼んだ、たすけが要るとき一肌脱いでくれるかって。俺は、はい、と言った。言ったとおりのことをしたんだ。やつを連れ帰るべきだったというのか？　おじいちゃんなりの言い分はあった。町の人々は知恵を絞り、労力を注いでいろいろなからくりを築いていた。内側が空洞の壁。小屋や離れの下にある秘密の地下室。ジャガイモ置き場の二重底からはじまって、百メートルほどさきの干し草の山の下に出る地下道。教会にも二重底の棺が置かれていた。それから、墓が入口の地下道。墓の底の部分に板を張り、その上に麻布を敷き、土石をまぶしていた。その地下道は、薪小屋の下まで通じていた。それらはみな、虐げられた人々を救いだすために設けられ、またそのために秘密にしておかなければならないものだった。当然、あの兵隊は、おじいちゃんはジョン・ブラウンの共謀者だと確信しただろう。そんな人物を連れ帰ったりしたら、人々の努力はぜんぶ水の泡になる。

おじいちゃんがわざわざ事の次第を話したのは、おやじが教会にいた兵隊のことを伝えたからだ。黒い髪の男のことか？　言葉はゆっくりだったか？　おじいちゃんは、このことは生き死ににかかわるから、誰にもしゃべってはいけない、それから人が調べに来たときのために、もっともらしい話を考えておけ、と言った。そんなわけで、おやじは寝ても覚めても大草原にひとり残された兵隊のことを思った。そして、そんな人は知りません、話したこともありません、と言う自分の姿を心に描こうとした。

結局、その筋の人間はやってこなかった。それでおやじは思ったんだ、あの人はそこで亡くなったんだろうと。毎日、ほっとしては、気が気じゃなかった、おまわりさんが来ないのはほんとうにつらかったよ、とおやじは言った。死の時が人生最悪の時になる公算は少なくない。それは言うまでもないだろう。でも、とおやじは言った。「あの人の馬が走り去ったと聞いたとき、心がくじけたよ。」そんなふうにして、ぼくらは打ち捨てられた納屋のロフトにねそべっていた。フクロウや、ネズミや、コウモリの音、それから風のざわめきを耳にしながら。夜明けが来る気配はまったくなかった。あの人を探しに行かなかった自分を、ぜったいにゆるせなかった、とおやじは言った。ほかの人々の言葉からは感じたことのない真実味が伝わってきた。「その翌週の日曜日、鬼おやじはあのワイシャツのひとつを着て説教した。拳銃を腰にぶらさげてな。そして、とても信じられないだろう、人々はみんな涙を流し、呻き声をあげた。」それ以来、おじいちゃんは時折、数日のあいだどこかに出かけるようになった。日曜日、ちょうど礼拝がはじまる時刻に、おじいちゃんが馬に乗って教会の玄関先に現れることがあった。そして拳銃を空にむかってぶっぱなす。そうやって、帰って来たことを知らせるんだ。説教壇に立ったおじいちゃんの目は血走り、顔は青ざめ、あごひげは黄塵にまみれていた。心は覇気満々、ただちに神の裁きと恵みについて語ろうとしていた。何をしてきたのか、怖くていちどもきけなかった、とおやじは言った。「憶測以上のことを知らされるかもしれないからな。そんな覚悟はなかったよ。」

ぼくはおやじの脇で横になっていた。おやじの腕を枕にしてね。風の音がきこえていた。同情と悲しみの入りまじる感情が生まれていた。それは、もはや特定の対象をこえるほど痛切だった。おふくろが不憫だった。いてもたってもいられなくなって、ぼくらを探しに来るだろう。しかし、手を尽くしてもぼくらは見つからないだろう。コウモリやネズミが哀れだった。地球と月が無残に思われた。イエス様がいたわしかった。

あのメイン州出身の女性の農場に身を寄せた翌日のことだ。

きょうの午前は教会の管理委員会があった。気持ちのよい集まりだった。少しばかり教会堂の修理にかんする提案をしたが、にこやかに受け流された。ぼくがいなくなったら、彼らはただちに新会堂を建てるつもりにちがいない。薄情だと言っているんじゃないよ。ぼくを悲しませたくないんだ。だから、計画に着手するときを待っている。それは思いやりだ。彼らは古い会堂を取り壊して、もっと大きくて頑丈なものを建てるだろう。ぼくは委員たちがルター派の新会堂を褒めるのをきいた。とても印象的だという。赤い煉瓦。白い円柱をもつポーチ。大きく立派な扉。そして形のいい尖塔。建物の中がまたじつにすばらしい、と。ぼくはその会堂の献堂式に招かれていて、出席するつもりだ。まだ動くことができて、そうした行事に耐えられるならね。言いかえれば、神のみこころであればね。ぼくらの新しい教会を見たいと思っているよ。でも、彼らの判断は賢明だ。古い会堂が取り壊されるところを目の当たりにするのは耐えられないだろう。いや、ほんとうに、命取りになると思う。ぼくのような状態の人間にとっては、そういう終わり方もまんざら悪くないがね。「慈悲の一撃」としての、刺すような悲しみ。なにか詩的なものさえ感じられる。

やきもきしている？　そんなことはないはずだ。肉体の棘、もっと正確にいえば心臓の棘は、まったく影を潜めている。胸の音は間断なくつづいている。年とった牛が延々と、安らかに反芻しているみたいだ。夜、目がさめるとその音をきく。ヨッコラショ、というふうにきこえる。ヨッコラショ、ヨッコラショ。「よい状態を保つ。それも創造のみわざである。いや、創造のみわざを超えるものである。続行される創造、一瞬ごとになされる創造である。」ジョージ・ハーバートの言葉だ。この人の作品をぜひ読んでほしい。ヨッコラショ。この音は永遠ではない。きこえたと思うとたちまち消えてゆく。だから、当てにはならない。

わたしの胸のなかには
み名をさんびするために
堅固な心臓がはめ込まれています。
たとえわたしが黙しても
あなたへのさんびは止みません。

なおしばらくのあいだ。

ともかく、ハーバートが正しいとすれば、この老いた体も日々新しく創造されている。君とおなじように。つまり、今この部屋の窓の下で、ブランコに乗って遊んでいる君とおなじようにね。ブランコは、ダン・バウトンが君のためにつくってくれた。おぼえているよね。ダンは釣り糸のさきを一本の矢にむすび、矢を投げて、釣り糸を木の大枝の向こうに渡した。そうしてブランコ用のロープをつり上げていった……　一日がかりの大仕事をやりとげた。頭のいい、心のやさしい男だ。両親の自慢の息子だった。今はミシガン州のどこかで教師をしているそうだ。牧師にはならなかった。この道を選ぶようながく嘱望されていたが。

君はブランコの板のうえに立って、安全な境を越えるまで高くこいでいる。勇敢に、足をひろげて。荒波にもまれる船員のように。ロープは長く、君は軽い。そのため、ロープはクモの巣のようにぶらん、ぶらん、と反り返る。君は赤いワイシャツを着ている。君のお気に入りのワイシャツだ。太陽のかがやきのなかへ上昇し、一秒ほどきらっと光り、それからふたたび陰のなかに舞い降りる。ほんとうに幸せそうだ。子どものときのはじめての科学実験、重力や光など基礎的事物を用いた実験を思いだすよ。じつにたのしかったなあ。ママが来て、そんなに高くこいじゃだめ、と言っている。君は言われたとおりにしようとする。いい少年だ。

ぼくは管理委員会の人たちを批判する気持ちはなかった。いま教会の建物に大きな出費をしたくないのはよくわかる。まあ、もしぼくがもうすこし若かったら、ひとりで屋根の上にのぼるだろう。でも現実には、教会の表階段の踏み板に二、三本釘を打つのが関の山だ。この一年ぐらいで古い建物がみすぼらしく見えるようになったというのは問題ではないと思う。とても地味な会堂だけど、あらたに塗装を施せば、見た目については申し分のないものになる。しかし別の観点からは不十分になった。よくわかっているよ。

抜かりなく、尖塔の風見鶏についてふれておいた。おじいちゃんがメイン州から持ってきたもので、長いあいだおじいちゃんの教会の上にあった。それをおやじが按手を受けた日にプレゼントしてくれたんだ。メイン州では、教会の尖塔にこういう雄鶏の飾りをつけていたもんだよ、とおじいちゃんが教えてくれた。ペトロの裏切り行為を忘れず、自分自身が悔い改めるためだ。むかしは十字架を立てている教会は稀だった。ところが、ぼくがそれまで注目されることもなかった風見鶏にふれると、委員たちは十字架がないのが気になりだした。彼らはまちがいなく十字架を取り付けるよ、もうそればかり考えているのだから。風見鶏は、どこかの壁に、たぶんロビーの壁に、みんなの目にふれるところに掛けましょう。彼らはそう言ってくれたが、場所はどこでもいい。ただほかのものといっしょに捨ててほしくなかったから言っただけだ。なにしろとても古いからね。でも、ロビーの壁なら君はじっくり観察できるね。

風見鶏は尾羽のつけ根のところに弾丸の穴がある。そのいわれについてはいろいろな説がある。ぼくはこういう話をきいた。おじいちゃんはベルや、その他、集会を知らせる道具をもっていなかった。また、ちゃんとした時計をもっている人は皆無に等しかった。だから、おじいちゃんは空にむけてライフル銃を撃った。ところがあるとき、狙うさきをじゅうぶん注意しなかった。またこういう話がある。ミズーリ州の男が通りかかったとき、ちょうど人々が集まるところだった。男は一発ぶっぱなして風見鶏を回転させた。人々がフリー・ソイラーであるのを知って、こわがらせてやろうと思って。それからこんな話もある。教会に木箱が届けられた。シャープス銃が詰め込まれていた。評判通りの精度があるかどうか、試してみようと思った人がいた。

シャープス銃は優秀なライフルだが、ぼくは最初の話がほんとうじゃないかと思っている。経験からいって、こんなに正確に的に当たるのは偶然のなせるわざだから。おじいちゃんは、きまり悪さに口をとざして、人々があれこれ推測し、作り話を生みだすのをそのままにしたんだろう。ぼくは委員会の人たちに、ミズーリ州から来た男の話をしてあげた。この話にはキリスト教的な要素が含まれているからね。つまり、風見鶏にガシャッといわせたのは、非常に大きな自制の行為であったのかもしれない。なにしろ、当時は対立感情が高まっていたからね。まあ、歴史的興味の点からもこの話がいちばん面白い。ぼくの考えはちがうが、この話が事実であることも大いにありうるだろう。昔のことはなかなか関心をもってもらえない。それでぼくは古い風見鶏のためにベストを尽くそうと思ったわけだ。

開拓者の村の教会は、雨をしのぐための間に合わせの建物であることが多かった。もっとましなものを建てるだけの時間と資金ができれば、取り壊された。だから、古びた建物がもつ風格が欠けている。それらの教会はみすぼらしくなるだけだ。もともと、風雪に耐えるようにはつくられていないのだからね。ぼくはいつも思う。おやじが取り壊しを手伝ったあの古いバプテスト教会、黒焦げになって雨に打たれていたあの姿は、雷にやられる以前より十倍も威厳があった。当時、ぼくが持っていた教会のイメージは常にあの姿が核になっていた。子どものぼくは、教会の尖塔は稲妻を引きつけるためにあると本気で思っていた。そしてそれは人々の家や、町の建物を守るためにちがいない、とても英雄的なことだと思っていた。のちに、多少教会史をかじるようになってまもなく悟った。すべての教会がグレートプレーンズの最果てにあるわけじゃなく、すべての教会でおやじが説教しているわけじゃないとね。教会の歴史はじつに複雑、じつにややこしいよ。君の心に留めておいてほしい、ぼくはこの事実をいやというほど自覚している。現代は、教会にロイヤリティーを持つなんて馬鹿だ（これより悪い言葉がないなら）と考える人がたくさんいる。それを承知している。また、教会への罪状書きには説得力がある、それも受けとめている。ぼく自身の教会体験は、多くの点で「箱入り」で、狭い。このこともわきまえているさ。あらゆる意味で限界をもつ。しかし、この人生も普遍的、かつ超越的な内容をもっているとすれば、見方そのものがちがってくるだろう。どんな場所でも、どんな状況でも、パンはパンであり、杯は杯であり、ゲツセマネのキリストと共にある時が存在する。しかも、その時がすべての人に訪れる。そうぼくは深く確信しているんだ。おやじがくれた、あの煤まみれのビスケットには、言葉で伝達できる以上の意味がある。だから、君はぼくの舌足らずの言葉にとらわれちゃいけない。おやじがくれたものを君に贈ることさえできれば、と思う。いや、主が与えてくれた。主は君にも与えてくださるにちがいない。ぼくの願いは、君がこの贈りものに心をひらいていることだ。牧師になれという意味で言っているんじゃない。それは前にも記したね。

けさ、ちょっとかわったことをしたよ。ラジオでワルツが演奏されていた。それに合わせて踊ってみようと思ったんだ。ふつうの意味でではないよ。ワルツがどういう踊りか、おおよその感じはわかるけれど、ステップの踏み方とか、まるでちんぷんかんぷんだ。そっと腕を振り、そっと体の向きをずらし、細心の注意を払いながら回転させる、まあそんなふうだった。若かったころをふりかえると、齧《かじ》ったこともなかったな、と思う。齧るよりさきに、青春の季節は過ぎ去ってしまった。エドワードのことを思うときはいつも、あの暑い路地でのキャッチボールを思い出す。そして腕の心地よい脱力感を思い出す。ぼくは高目のボールに飛びかかった。あのときの体全体の力のみなぎり。さし出すグローブの、目の覚めるような的確な動き。この世界から別れるのはどんなに切ないことだろう！

そんなわけで、ワルツをすこし味わってみよう、とてもすてきなことじゃないか、と思ったんだ。じっさい、思ったとおりだった。でも、踊るのはこの書斎のなかだけにしておこう。ふと、こんな考えが頭をよぎったよ、近くに一冊、本を置いとこうか、突然胸が苦しくなったら、すぐひっつかめるように。つかんだままの姿でみつかれば、その本を印象深く推薦することになる……　芝居じみている、と思い直した。それに、そんなことをすれば、悲しい記憶がかえってマイナスの影響をもたらすかもしれない。ちなみに、ぼくの頭に浮かんだのは以下の本だ。ダン。ハーバート。カール・バルトの『ロマ書』。カルヴァンの『キリスト教綱要』第二巻（決して第一巻を軽視しているわけではない）。

老人がもういちど新しくなる――いわゆる「長寿」によって、数々の欠陥や、損傷がこびりついている、その煩わしさを甘受し、ちょうどぼくの左ひざの関節炎が確実に悪くなってゆくような状況を受け入れなければならない。それにもかかわらず、再創造されるという望み。これは理屈では割り切れない。ぼくはよく思う、神がぼくの人生全体を、いわば記憶にとどめてくださるにちがいないと。言うまでもないことだ、神はそうしてくださる。それに、「記憶」というのはうまい言い方ではない。しかし、二十二歳のとき、セカンドベースに滑りこんで骨折した指は、以前よりも曲がっている、この現実を、神の深い取り計らいであると解釈することができる。ハーバート流にね。

きょうの午前、バウトンの家まで行ってきた。バウトンはトランペットヴァインの木かげの、網つきのベランダで椅子に座ってうたた寝していた。彼と奥さんはこの木が好きだった。ハチドリを引き寄せるからだ。今、ずいぶん群がっていて、家がアヒルのお宿のようにみえる。ぼくがそう言うと、バウトンは、ハチドリのお宿、と言った。「一発でたくさん撃ち落とせる。でも、まだ濃いスープになるほどじゃない。タイミングをみているんだ。」

彼の庭は藪に等しい状態だった。ところが、ジャックとグローリーがアイリスの花壇をならしていた。バウトンは自分の家を持っている。以前はうらやましいと思ったものだよ。でも、彼のほかには世話をする者がいなくなり、近頃はちょっと手がつけられなくなっていたんだ。

彼は機嫌よさそうに言った。「子どもたちが元のようにしてくれてるよ。」

プロ野球や選挙についてすこしおしゃべりしたが、彼が子どもたちの声に耳を大きくしているのがわかった。とても明るい、打ちとけた声がきこえていた。彼らが庭で猫とたわむれ、凧やシャボン玉で遊んでいたころのことを思い出す。なかなか見られないような楽しい光景だった。彼らの母親はすてきな女性だった。その笑い上戸なことと言ったら！　あいつがいないのがこたえる、とバウトンは言う。彼女は少女時代、ルイーザと友だちだった。いちどこんなことがあったな。彼女たちは近所の、卵を抱いている雌鶏のおしりに、固ゆでの卵をしのばせた。ふたりがなにをもくろんでいたのかはまったくおぼえていない。でも、今も眼前に浮かぶ、ふたりは大笑いして、草地にひっくりかえり、そのまま横になった。涙が髪の毛につたい落ちていた。また、バウトンとぼくと、ほかの何人かが、いちどばらした干し草用の荷馬車を、裁判所の屋根の上で組み立てていた。なんでそんなことをしたのかこれも忘れた。しかし、暗闇のなかでこっそり作業するのはじつに面白かった。ぼくはまだ按手を受けていないものの、神学生だった。いったいなにをたくらんだのか、さっぱりおぼえていない。でも、あの笑い声。彼女が笑うのをもういちど聞けたらなあ。バウトンに、あの一件をおぼえているかと尋ねると、忘れるもんかと応えた。そしてぼくを喜ばせるためにニヤッとしてみせた。けれども、ほんとうは、杖のさきに顎を乗せて子どもたちの声に耳を澄ましていたかった。それでぼくは辞去した。

君とママはサンドイッチをつくっていた。レーズンパンに、ピーナッツバターや、リンゴジャムを塗ったやつだ。ぼくがこれに目がないのを君はよく知っている。だから、ミルクをつぐなど準備がすべて整うまで、ベランダで待っているようぼくに言った。楽しいことは、予期せぬ贈りものでなければならない。子どもはそう考えるようだ。

行き先を知らなかったので、ママは気を揉んだ。バウトンの家にゆくのを伝えなかったんだ。ぼくがどこかで倒れて死んじゃうんじゃないかと心配している。それはもっともなことだ。じっさい、もっとひどい事態だって考えられる。でもほかの可能性はママの頭にないんだ。ぼくはたいてい、医者から覚悟させられているよりずっと調子がいい。だからできるだけ楽しくすごしたいと思っている。そのほうがよく眠れるしね。

バウトンの両親のことを考えさせられていた。ぼくらが子どものころの彼らの様子をね。彼らはいくらか悲しげな、謹厳な夫婦だった。人生の絶頂にあったときも。バウトンとはまったくちがっていた。母親は、お皿からごく小さな一片を取っては飲み込んだ。まるで自身の消化不良の悩みをかきたてようと、燃える石炭を丸呑みするように。父親は上品な牧師だったが、どことはなしに、怨恨《えんこん》の気配が漏れ出ていた。ぼくは「恨みを抱く」という言い方をずっと好んできた。ルサンチマンの感情を、宝のように抱きしめている人が少なくないからだ。まあ、天国であのふたりの巡礼者がどんな申し開きをしたかは誰も知らない。いつも思うんだ、神の恵みは、われわれを自分自身に連れ戻す。そして自分が身につけてしまっているもの、すなわち、かがみこむ、目を細めて見る、片足を庇って歩く、不機嫌な顔をする、――そうしたまったく不合理な変装を、笑い飛ばせるようにしてくれると。ぼくにはすばらしい望みがあるよ、天国でぼくらが再会するとき、人生がぼくという人間に刻み入れた珍妙なものが、君との交わりの妨げになることはないだろう。バウトンを思うとき、ぼくの心に浮かぶのは、茶目っ気たっぷりで、人の美点を数えるやさしい青年だ。そして力にあふれている。今のバウトンは、杖をふたつ突いている。もし三本目の腕がはえたら、杖も三つになるよ、と言っている。彼はもう十年説教壇に立っていない。バウトンは使命を完了した、自分はまだだ、ぼくはそう考える。ぼくが主の忍耐を悪用していなければ幸いだ。

『丘の一本松』を読みはじめている。図書館に出かけて、自分用に一冊借りてきたよ。ママは手離すことができないんだ。最初から読み返しているようだ。ぼくは以前読んだにせよ、内容はすっかり忘れていた。年上の男と恋におちる若い女性の話だ。女が男に言う、どこにでもあなたについてゆきます。独り笑いした。なかなかいい本だと思うよ。男はぼくほど年寄りではない。でも、ママもこの本の女性ほど若くはない。

次の日曜日には、創世記第二十一章十四節―二十一節にかんする説教をしようと思う。ハガルとイシュマエルについて記されている箇所だ。二十歳若かったころは、新約聖書のどこかとからめて創世記を語った。それがぼくの流儀で、そうすると教えとしての効果が高まるようにいつも感じていた。肝心なのは、教えること。現在はしかし、心のうちにあることを素直に語っている。今、それがハガルとイシュマエルだ。

けさの祈りのとき、この箇所が心に浮かんだ。そしてぼくは大きな確信を与えられた。この箇所は語っている、父親ひとりが妻子を守るわけではないと。そして母親が子どもと自分の生活を支える術を知らない場合にも、あらかじめ配慮がなされていると。将来への備えについて、この箇所は深い平安を与えてくれる。人生はそうしたものだ。つまり、親は、子どもを荒野へ送り出す。生まれたその日に荒野に置かれる、そのようにみえる者たちもいる。親が手を尽くしていても、それにもかかわらず。なかには、自分自身が自分に対して荒野であるような者たちもいる。しかし、そこにも必ず天使たちがいる。そして水がほとばしる泉がある。ジャッカルの住処も主のものである。ぼくはこのことを心に留めなければ。

ジャックが立ち寄り、君に、キャッチボールをやるかと言った。君はやるやると答えた。ジャックは庭仕事で日焼けして、健康で実直な印象を与えた。きょうのレッスンはオーバーハンドの投げ方だった。夕食はいっしょに食べられないんだ、と彼は言った。君はがっかりしていた。ママも同様だったろう。

夕暮れの薄明かりのなかで、月がすばらしい。ちょうど、ろうそくの光が曙光を浴びて美しくかがやくのに似ている。光のなかの光。何かのメタファーであるかのようだ。まさに何かを表している。この領域では、ラルフ・ワルド・エマーソンが傑出している。

これは人間の心のメタファーになるんじゃないかな。すなわち、被造物全体の偉大な光のなかに灯るひとつの光。あるいは、さまざまな言葉のなかの詩の言葉。あるいは、経験のなかの知恵を表すかもしれない。あるいは、友情と愛という輝きのなかにある結婚。この光のたとえを忘れずに使うことにしよう。ハガルとイシュマエルについての説明に織り込むことができるだろう。彼らが荒野にいたあの時は、神の大きな摂理のなかの意味あるひとときだったと思う。

きのうの夕方、ちょうど夕食前にジャックがぶらりと立ち寄った。彼はベランダの階段に腰をおろして、野球や政治の話をした。ジャックはヤンキースのファンだ。その資格はじゅうぶんだ。そこにマカロニとチーズのにおいがしてきて、食事に誘わないわけにいかなくなった。君とママは、まだ彼のことを驚きと尊敬の入りまじった目でみている。ジョン・エイムズ・バウトン。そのおだやかな声。牧師のような物腰。ちなみに、彼の牧師らしさは、なんの努力も要することなく身についたものだ。いずれにせよ、ぼくが知るかぎりではね。子どものころからそうだった。ぼくはいつもそれが気に掛かっていた。大人になっても彼自身は意識していないのかもしれない。しかし、その挙措にはなにかしらパロディーの要素が感じられるときが少なくない。どこでもそんなふうに振る舞っているのだろうか。それとも、ぼくや、父親の前でだけそうするのだろうか？　「牧師らしい」と言ったのは、礼儀正しく、節度があり、しかも温か味がある、それでいて威風を保っている、そういう意味だ。ぼくはぜんぜんそんなふうじゃないが、おやじ、それからバウトンもそういうありかたを自分のものにしていた。むかしのナジル人であるおじいちゃんは、別のありかたにおいて感銘を与えた。けれども、完璧な牧師らしさを示しているという点では、ぼくがみてきたなかでジャックが一番だ。神を信じていない、少なくとも以前は信じていなかったジャックが。ママが食前のお祈りをお願いした。するとジャックは平易に、流麗に祈った。マカロニとチーズにはもったいないほど。

ここ数日、おやじを見舞いに来てくれませんね、とジャックが言った。そのとおりだ。しかもそれはたまたまじゃない。ジャックは実家にちょっと滞在するだけだろうと思っていたんだ。この親子がいっしょにいるのをみるのはぼくにとって大難のひとつだ。だから、ジャックがいるあいだは、できれば足をむけたくなかった。だが、明らかにすぐ出発する気配はない。

以前は、台所にゆくと、納戸の中を見回し、また冷蔵庫を覗いたものだ。すると、たいてい、スープや、シチューや、キャセロール料理がたっぷり入った鍋があった。ぼくはそれを温めることもあれば、冷たいまま食べることもした。そのときの気分次第さ。なんにも見つからないときは、冷えたベークドビーンズや、目玉焼きサンドイッチを食べた。とにかくこのふたつは好きだったな。ときには、パイやビスケットがテーブルの上に置いてあった。ぼくが教会にいるとき、あるいは二階の書斎にいるとき、教会員の女性が家に忍び入り、ぼくの食事を置いてゆく。それからまた別の日に、深鍋やら布きんやらを取りに来る。そんなふうだったんだ。ジャムやピクルスや魚の燻製もあった。いちど、お手製の滋養強壮剤を見つけたこともあったよ。風変わりな人生だった。でも、それなりの面白さもたくさんあった。

ママとぼくが結婚すると、それまでのように自由な出入りはできなくなったはずだが、女の人たちがそれを理解するのはちょっとむずかしかった。ママは料理ができないと睨んだのだと思う。じっさい当たっていた。彼女たちは手作りのキャセロール料理を運びつづけた。ようやく、ぼくがママの苦しみに気づいて彼女たちに話をするまで。ある晩、台所の納戸のなかでママが涙を流しているのを見たんだ。誰かが来て、電灯の紐を交換したり、棚に新しい敷紙を敷いたりした。親切な思いからだったろう。しかし配慮が足りなかった。

こんなことを記すのは、ママと君、それから、まさにジャックと食卓を囲んでいるのがとてもふしぎに思われたからだ。あれはそんなに前のことではない。暗がりのなか、差し入れの冷えたミートローフを鍋から取り出して食べていた。ラジオに耳を澄ましてね。するとバウトンが入ってきて、テーブルの席に腰かけて言った。「明かりはつけなくていいよ。」ぼくはラジオを消し、座りなおしておしゃべりした。そしていっしょに祈った。ジョン・エイムズ・バウトンについて。ジョン・エイムズ・バウトンのために。

話がとりとめなくなってしまった。整理できるとして、要点はなんだったのか？　とりたてて注目すべき点はない。じっさい、どうということもない話だ。情状酌量の余地はないね。ぼくはしょっちゅう人からきかされている、こんな悪いことをしてしまった、とか、悩まされている、とか。またか！　と思う。南部には、重大な罪をみんなの前で告白することを教会員に義務づけている教会があるそうだ。ときどき思うよ、そうした「違反の罪」が、いかに陳腐なものであるかを示すのに、それは役だつかもしれない。そして、道に背く行為は、誘惑されている人たちにとっていくらか魅力が薄れるかもしれない。しかし、じっさいに効果があるかどうか、なんとも言えないな。もちろん、特別で、酌量すべき場合もある。ジャックの場合は、まあ、特別だが、ぼくが裁判官なら情状酌量の余地はない。けれどもぼくは裁かない。また裁くべきではない。聖書にそう言われているように。

違反を数えるのは律法主義だ。違反を指摘するだけでは問題は片付かない。生身の人間のうちに傷ができ、治ったとしても傷跡が残る。しかも多くの場合、治ったようにはぜんぜん見えない。

違反の罪を避けよ。それで助言したことになるだろうか。


ママに何を伝えたらいいか、決めなければ。ママが想像をふくらませているのがわかる。ジャックは、ママにも、君にも、とても親切だ。ぼくにも。今晩、彼が「おじさん」と言わなかったのは有り難かった。あんまり丁重なものだから、まだこの世でいちばん年寄りのじい様じゃない、と言ってやりたくなったほどだ。やれやれ、ぼくの胸元には逆さに生えた鱗がいくつかあるよ。彼に対して公正であるよう努めなければ。

君はまるでチャールズ・リンドバークを見るような目でジャックを見つめる。ジャックはあいかわらず、君を兄弟と呼び、君はそれを喜んでいる。

なにか特別な摂理が働いていると思いたい。ちょうど、いろいろとやらなければならないことがある今、ジャックがひょっこり現れた。彼はぼくを落ち着かなくさせる。心の安らぎをしみじみ味わうべきときに。

愚痴を言っているんじゃない。また、愚痴を言うべきじゃない。


自分の葬式説教について、あれこれ思いめぐらしている。バウトンじいさんに手間をとらせないよう、自分で準備しようと思っているんだ。バウトンの説教スタイルをかなり巧みにまねることができるよ。やっこさん、思わず吹き出すだろう。

けさ、ジャックがまた立ち寄った。自分たちの庭でとれたリンゴとプラムを携えていた。彼とグローリーはバウトンの土地を見違えるようにした。ふたりは一所懸命はたらいていた。

ぼくはジャックにもう少し気持ちよく接しようと努めた。するとジャックは、心持ち身を引き、口元に笑みを刻んでこちらを見た。まるでこう思っているようだった。『きょうはずいぶん友好的じゃないか！　いったいどういう風の吹き回しだ？』そうしてぼくをまじまじと見つめた。こう伝えようとしているみたいに。『ちゃんとわかっているよ。ぜんぶお芝居。俺はこのお芝居をたのしんでいるよ。』ぼくの努力は、ある意味でお芝居だと思う。しかし、そうする以外にどうしたらいい？　こういう状況にあるとき、人はたいてい、心のうちはどうあれ、いっしょにお芝居をするんじゃないか。それを茶番とは言いたくない。けれどもやはり居心地が悪くなる。まさにそこにジャックのねらいがあったんじゃないか。彼はほんとうにたのしんでいるんじゃないか。そんなわけで、きょうのところはお芝居をやめ、わるいけれど、教会でやることがあるから、と言って出掛けた。

二、三時間、祈りと黙想に費やした。ジョン・エイムズ・バウトンについて。そして彼の

「霊的父親」のジョン・エイムズについて。ジャックの霊的父親とは、以前、バウトンが言った言葉だ。ぼく自身はこの言い方に賛成できない。人間の霊の父は神だけなのだから。この事実のうちにはじっくり考えるべきことがたくさんある。自分の息子は峻厳に扱ったほうがよくないか？　それはいけない、と神の言葉にある。君は神の子どもだ。ぼくもそうだ。ぼくらはみなそうだ。だから、ぼくは寛大でなければならない。どんなときにも寛大であることがぼくの分だ。ジャックに対しても寛大に思うよう努めなければならないのは明らかだ。ジャックはいつもぼくの心のうちを見抜くのだから。この戦線において、ぼくはいくらか進歩していると思う。それは祈りの賜物だ。もちろん、もっと進歩しなければ。もっと祈らなければ。

以下に記すことは、非常に大事なことだ。ぼくはこれを多くの人々に語ってきた。ぼくがおやじから教わり、おやじはおじいちゃんから教わった心得だ。人と出会う、人と関わり合う、それは、ひとつの問いが与えられるようなものだ。こう考えるべきだ、今このとき、主は私に何を求めておられるのか？　無礼な仕打ちや、敵対心にぶつかるとき、カッとなってやりかえそうとする。しかし、これは私の益となるように、主から使いが送られたようなものだと考えるなら、なにより、私の誠を証しするきっかけとして――私は、私を救ってくれた神の恵みによって、いささかなりとも現実に歩みはじめている、この事実を示すチャンスとして与えられたものだと考えるなら、状況から予測されるのとはちがう行動ができる。敢然と、自分の知識にもとづいて行動できる。同時に、相手にたいする憎悪や怒りの衝動から自由になれる。あの人は、私の益のため（また当人の益のため）に主が遣わされた存在。この考えを相手はあざ笑うだろう。しかし、相手自身はすこしも気づいていないということこそ、仮装の極致なのだ。

この価値ある心得がこのごろ身にしみる。まさに自分が実行できないためにね。カルヴァンがどこかでこういうことを言っている。われわれは、一人一人が舞台上の俳優で、神が観客席からご覧になっている。このたとえは面白いと、ぼくは常々思ってきた。ぼくらは俳優、神は観客。これは、道徳的であるより、美学的なとらえかたかもしれない。自分の役割をちゃんとわきまえているか？　自信をもって演じているか？　カルヴァンの神観はとってもフランス的だと思う。ぼくの場合は、中西部的で、ニューイングランドに根をもつように。ぼくらはみんな、自分の眼鏡をとおしてものを眺めているわけだ。けれども、カルヴァンのイメージはすばらしいと思う。なぜなら、神はぼくらをほんとうに喜びとしていらっしゃる、この事実をさりげなく教えてくれるからだ。思うに、ぼくらはこのことを考えることがあまりに少ない。このことを考えれば、物事の本質がはっきりするだろう。おそらく、この世界は神の喜びのためにあるにちがいない。しかも、その喜びは半端なものじゃない。親が、たとえ胸に刺さった棘のような子であっても、それにもかかわらずその「存在」を喜ぶ、そのようなものだ。「やつにも自分なりの考えがあるよ。」ジャックが何かしでかすと、バウトンはいつもそう言っていた。あれはまさしく称賛の言葉だった。そうだな、たしかにエドワードも自分なりの考えをもっていた。尊敬に値する考えを。

もちろん、はっきり言えないところはあるさ。エドワードの尊敬に値する考えは、読書から得たものだ。ぼくの考えが、やはりぼくなりの読書からできているようにね。しかしそれで割り切れるわけでもない。神学生時代、ぼくはエドワードが話してくれた本をぜんぶ読んだ。また、彼が読んだんじゃないかと思う本をこれまたぜんぶ読んだ。手に入る限り。ドイツ語のものでない限りね。お金があるときは、郵便で取り寄せた。それらを家に持ち込むと、おやじも読んだ。あれにはおどろいたな。個人の「考え」は、どのようにして形成されるのだろうか。大きな謎だ。けれども、バウトンが言っていたことは正しい。ジャックは扱いにくい。

ほんとうに、まだまだ祈りが足りない。でもまずお昼寝することにしよう。

ジャックには気をつけるよう、君たちに、君とママに伝えたい気持ちが強くある。これを読むころには、君はよく理解しているだろう、ぼくは誤りを犯しやすい人間であり、この問題については自分の感情をほとんど当てにできないでいる。そして、君はみずからの経験によって（それをぼくは前もって知りえない）、次の問いの答えを知っているはずだ。ぼくが君に警告する、あるいは黙っている、そのどちらが間違っていて、君の寛如を必要とするのだろうか？　あるいは、そもそもすべては杞憂であったことが判明するのだろうか？　ぼくにとって重大な問いだ。

こう記していること自体が、警告しているのとおなじだ。たぶん、ママにはこう言えばじゅうぶんだろう。ジャックは最良の紳士ではない。気を許さないように。

彼が寄りつづけるなら、そう言うことになるだろう。


一日か二日、書けないでいた。少々辛い夜をすごしたよ。不快だった。心臓の調子がすこし乱れたんだ。ぼくにはとりうる道がふたつある。一　ジタバタするか、二　主に信頼するか。ぼくが直面している問題は、解決しようがない。くよくよ考えつづければ、苦しくなるばかりだ。もうじゅうぶんだと思う。だから、これ以上自分を苛むのはよそう。きょうはヤンキースとレッド・ソックスが対戦する。神様によるタイミングだな。いい試合になるはずだからね。どちらが勝ってもかまわない。だからきわめて冷静なテレビ観戦になるだろう。（いま家にはテレビがある。教会の人たちのプレゼントだ。ぼくに野球をみせてやりたいという思いがあるんだ。よろこんで見よう。ラジオに比べると、深みに欠けるところがあると思うが。）

ママは、君を近所の家にあずけた。ぼくにうるさくしないため、そうママは言う。しかし、けさママはどんな思いでいたことだろう。いとおしいひとだ。ママの顔は青ざめている。ぼくと同様に眠られぬ夜をすごしたんだ。人々はきのう、居間にテレビを置き、屋根にのぼって、午後いっぱいかけてアンテナを立てた。若者たちはこの種のことにはとても張り切る。危険を伴い、人目を引く、そういう仕方で親切な行ないをするとき、若い心は喜びに満ちる。ぼくもそうだったなあ。
ママはデスクの上にあったぼくの筆記具や、書物を一階におろした。また誰かがワゴンを持ってきた。薬や眼鏡や水飲み用のコップを納めるためだ。重篤の場合に備えて。誰もがそれを予想しているんだ。ぼく自身は実感がないが、たぶん思い違いをしているのだろう。

ぼくは椅子に座ったまま眠りこみ、目がさめるとずっと楽になっていた。九回表まで見逃した。九回裏も波乱は起こらなかった（四対二でヤンキースの勝利）。しかし、テレビの映りはよかった。シーズンの残りのゲームを観戦するのがたのしみだ。神がなお時を与えてくださるのであればね。ママも寝ていた。床に膝をつき、ぼくの膝に頭をのせて。ぼくは体を動かすわけにゆかず、静かにテレビを見ていた。トレンチコートを着たイギリス人の男たちが主人公の映画をやっていた。フランス人の男たちと、しんねりむっつりなにやら企んでいた。それから、列車が出てきた。さっぱり興味が湧かなかったよ。ママは目がさめると、ぼくの顔を見て大喜びした。まるで久しぶりに再会するかのようだった。それから君を連れて戻り、いっしょに居間で夕食を食べた。ワゴンを持ってきた人は、食べ物も運んでくれていたんだ。三種類のキャセロール料理、二種類のフルーツサラダ、それにデザート用のケーキとパイがあった。こうした食事でピンチを乗り切ろうとする教会員たちが、峠だと思ったのだろう。長老派っぽいビーンサラダの差し入れもあった。教派を越えて緊張がひろがっていた。もう死んだと思われるところだったよ。ビーンサラダはあすのお昼用にとっておくことにした。

三人でテレビを見て、たのしいときをすごした。手品師や、猿や、腹話術師が登場し、ダンスが繰り広げられた。君は、パパのお皿で一口ずつ切ってちょうだいと言った。そうすれば好みのものを決められる。君はたいていの子どもたちとおなじように、自分のお皿のなかで食べ物が混ざるのが嫌いだ。ぼくはひとつひとつ、君の口にフォークで入れてやった。作った人を当て推量で言いながら。これはブラウンさん、これはマクナイルさん、これはドリスさん……「まだ決まんない！」と君は言い、ぼくらはまたくりかえした。なかなかうまいことをする。君はぜんぶ平らげた。じつに愉快だったよ。ぼくは君に聖餐のパンをあげた日のことを思っていた。君もそれを思い出していただろうか？

けさ、しばらく教会に行って帰ってくると、蔵書が居間におろされていた。デスクと椅子も運び込まれていた。そしてテレビが二階に移されていた。ママのアイデアだった。だが、実際に力仕事をしたか、手伝ったのはジャックにちがいない。腹を立ててはいない。貴重な人生の時を怒って過ごしたくない。これは親身な思いから出たことだ。遅かれ早かれ、こうしなければならなかったんだ。まあ、いいさ。いよいよという時に話し相手が必要だとしたら、ぼくはジャック・ベニーより、カール・バルトを選ぶのだから。ともかく、書斎がある。まだこれを手放すときが差し迫っている感じはしないよ。ジャックがぼくの書斎に。彼がこの日記を下に持ってきたのかもしれない。不安な思いで探し回り、二度、二階と一階を往復したあと、ここ一階のデスクの引き出しの奥にこれを発見した。こんな所に入れたことはいちどもない。嘲笑されているようだ。まるで隠したのがわかるように仕組んだみたいじゃないか。根拠のないことをしゃべっているのは承知している。

きょう、ハガルとイシュマエルについて説教をした。いつもの説教に比べて、聖書本文からすこしずれた内容になった。賢明なことではなかったろう。昨晩、睡眠のときが格闘のときになってしまったためだ。眠れないわけではなかったが、起きていたかった。そのほうが数段好ましく思えたんだ。じっと横になって、無防備に不安にゆだねていた。分別を働かせば、群がる不安の多くを追い払うことができただろう。しかし現実は、一種の麻痺状態に耐えていた。麻痺状態で格闘していたなんて、珍妙なことだね。体を動かしていた感じはないのに、起きたらしんから疲れ切っていた。

礼拝にジャックが現れた。まったく予期していなかったよ。君は彼を見ると、手を振って、長椅子の自分の横の場所を軽く叩いた。彼は会衆席のあいだの通路を通ってそこに座った。ママは彼と目を交わして、おはようと言った。それからはいちども彼に視線をむけなかった。いちども。

ぼくは次のように本論を語りはじめた。まず、このハガルとイシュマエルの記事は、モリヤの山への出発と重なる。アブラハムは彼らを荒野に送り出し、また、イサクを生贄にするために連れ出した。つまり、アブラハムは、じっさい、ふたりの息子を神に捧げるよう命じられている。しかし、いずれの場合も、主なる神が天使を遣わし、あわやというところで子どもを守られた。アブラハムが非常な高齢だったことは、このふたつの記事において重要なポイントだ。もうこれ以上は子どもを期待できないからというだけでなく、老いて与えられた子どもはかけがえのない宝だというだけでもない。父親はみな、とりわけ老いた父親は、結局、子どもを荒野に放たなければならない。そこで神の摂理に信頼しなければならない。親は自分の子どもをほとんど守ってやることができない、最良の状態においても、ごくわずかな安全しか提供してやれないとすれば、子をもうけることは過酷なことだ。子どもを手放すのには、大きな信仰、すなわち神への信頼が必要だ。親の子を思う心を、神はじゅうぶん受けとめておられる。まさに、天使が荒野に遣わされ、神の顧みを証ししてくれる。

ぼくはこれに注釈を加えた。「アブラハム自身、荒野に送り出されました。父の家から発たなければなりませんでした。このことは、すべての世代が経験することなのです。そして、ひとえに神様の恵みが、私たちを摂理の道具とし、また幾らか父らしくして下さるのです。『父』であるということは、究極において、つねに神に帰されるものです。」

そしてここで、ぼくは本文から離れて言った。「また、年とった牧師が、教会のことを心配するのもおなじことです。キリストご自身が群れの牧師でいてくださり、世々にわたり、歩みを共にしてくださる、この事実を忘れています。」これは急所をついた発言だと思っていた。ところが、何人かの女性たちが涙を流しはじめた。それで、話を切り替えようとして問いを投げかけた。「こんな一見酷いこと、子どもと母親を荒野へ送り出したり、子どもを祭壇の上に縛りつける、生贄にしようとする、こんなことを、なぜ神様は柔和なアブラハムにお命じになったんでしょう?」咄嗟にこの問いが思い浮かんだのは、ぼく自身がよく自問している問いだったからだ。そこで、今度は答えをたずね求める展開が必要になった。

ふと、ひらめきが生まれた。「父親が、自分の子どもに無慈悲にみえることをするというのは、聖書のなかにはこのふたつの事例があるだけです。主イエスはこうおっしゃることができました。『あなたがたの誰が、パンを欲しがる自分の息子に、石を与えるだろうか。』これは、聞き手の心に訴えるための言葉です。誰もが経験から知っていることですね、自分の子どもを手荒く扱ったり、捨ててしまう父親は、世間にたくさんいます。」するとこのとき、ぼくは気づいた。ジャックがにっこり笑ってこちらを見ている。シーツのように蒼白な顔をして、にっこり笑っている。ジャックが来ると思っていたら、決してこの聖書テキストを選ばなかっただろう。原稿どおりに説教していれば、まだ穏やかだったと思うけれども。

　これらの過酷な話は、とぼくはつづけた。「しばしば、子どもたちが追い出されたり、暴力の犠牲者になるという現実を示しています。しかし、けさの箇所も例外ではなく、聖書は決してそういう現実を是認しているわけではありません。子どもは神様の手厚い配慮のもとにある。しかもこのことは、天使が娘を恵み深い父の家に連れてゆく、そういうケースにも当てはまります。神様が泉を湧き上がらせてくれる、あるいはナイフを取り押さえてくださって、娘が人生をまっとうできる場合に劣るわけではないのです。」

　どれだけきちんと答えているだろうか？　これは難問であって、とても自信をもって持ちだせる問いではない。この問いを扱う用意が自分にあるかといえば、多くの人からこの問題を説明してほしいと求められてきた、それだけだ。そして人々がどう受けとめたにせよ、ぼく自身はうまく説明できたと思ったことはいちどもない。

「虐待された者たちも、神の摂理のもとにある。」そう語るたびに心もとなくなる。虐待は重大な悪ではないと誤解する人がでてこないともかぎらない。聖書はどこをとってもそれとは正反対のことを教えている。だから、ぼくはイエス様の言葉を引用した。「これらの小さな者の一人をつまずかせる者は、大きな石臼を首に懸けられて、深い海に沈められる方がましである。」痛烈な言葉だが、それもやむをえないだろう。

ジャックは身じろぎもせず、にっこり笑っていた。彼のいつもの奇態な特徴だ。ジャックは人の言葉を「行為」のように受けとる。ほかの人たちのように、言葉の意味を受けとろうとしない。語られる言葉は自分を攻撃しているのだろうか、あるいは、どのくらい攻撃しているのだろうか、それだけを考える。自分を脅しているのか、侮辱しているのか、見定めようとする。そして見定めたレベルにしたがって反応する。相手の言葉のうちに自分への非難を読みとると、彼は弾丸を撃ち込まれたように感じる。あるいは、耳がヒリつくように感じる。

ともかく、さきに記したように、ジャックが礼拝に来たのは予期しないことだった。しかも、子どもの扱い方に問題のある人たちはたくさんいた。だからぼくが聖書から離れてしまったにせよ、また、即席でしゃべったことが彼の存在に、例の表情に、妻と息子の隣にいたのに影響されたとみとめるにせよ、彼がぼくの言葉を自分にのみ向けられていると受けとったのは、――そう受けとったのは明らかだ――、やはり、彼自身の自意識過剰のせいだ。

ママは不安そうだった。ぼくが自分とママと君の状況について話していると思ったからかもしれない。あるいは、ぼくの思考の流れがちょっとつかえたからかもしれない。ぼくの話しぶりが普段よりも感情的になったからかもしれない。自分が感じるように、じっさいそんなふうに見えていたとしたら、非常に疲れていたとはいえ、たしかに不安をもよおさせるだけのものがあったわけだ。

するとひとつの考えが頭に浮かんだ。ジャックは過去のことをママに話しているんじゃないか。それはじゅうぶんありうることだ。それでママは、ジャックの観点からぼくの説教になんらかの含みを読みとったのかもしれない。ジャックがいつ話したかはわからないが、話したければ機会はあっただろう。ママがかたくなに彼から視線を逸らしていたのは、なにか不自然な気がしていた。ジャックの話を思い起こしているのを感づかれまいとしていたとすれば、筋がとおる。会衆のなかにも、説教がジャックに向けられていると思っている人たちがいるかもしれない、そうぼくは感じた。なんと不幸な成り行きだろう。けさの説教からなにかよい実りが生まれるよう、ひたすら願うばかりだ。どうしてジャックは長老派の礼拝に参加しないのだろうか？　まったくわからない。

さあ祈ろう。でもまずは睡眠だ。なんとか眠ることにしよう。

新しい朝を迎えた。感謝なことだ。熟睡することができ、とくに不快なところもなかった。ちょうど朝食をおえたとき、教会員の女性から電話があり、うちに来てほしいと言われた。年輩のご婦人で、最近寡婦になり、ひとりで暮らしている。つい先日、農場から町なかのコテージに引っ越しをしたばかりだ。こうした人たちがどんな問題や心配事を抱えているかはまったく予測がつかない。ぼくは出かけた。彼女の問題は台所の流しの問題だった。さかさまなのよ、と彼女は言った。びっくりしちゃう、世の中にこんなひどいことがあるなんて。水の蛇口からお湯が出て、お湯の蛇口から水が出るの。それなら、それぞれの表示を反対におぼえたらどうですか、と言ってみた。しかし、彼女はちゃんとしているのがいいと言う。そんなわけで、いったん引き返し、ドライバーを持って来てつまみの部分を交換してやった。まあ、本物の水道屋さんが来てくれるまではもちそうね、と彼女は言った。牧師はそうした存在だよ！　ところで、このご婦人は、ぼくのことを教理にかんしてチャンとしていないと思っていたようだが、今回、それを確信したんじゃないかな。ぼくの報告をきくと、ママは笑った。それで苦労が報われた。

昨晩、『丘の一本松』を読みおえた。しばらくのあいだの娯楽だった。年のいった男が、少年といっしょにいる少女を眺めて、なんてお似合いなんだろうと言う。男は老けはじめ、衰えてゆく。少女はいぜんとして美しい。いうまでもないことだ。ところが、素晴らしいことになる。少女は男を愛する。このうえなく。いつまでも。このテーマがあったからこそ、ぼくは興味を持ちつづけることができたのだと思う。そして、何がママを夢中にさせたのか、ぜひとも知りたかった。いとおしいひと。ママに神の祝福があるように。きのうの夕方、おおかた読みおわり、内容について考えていたら眠れなくなってしまった。それで忍び足で書斎にゆき、明け方近くまで読んだ。それから教会へ出かけた。一日の最初のかがやきを眺めるためにね。ぼくにとってあそこの静謐感は、睡眠以上に疲れを癒してくれるんだ。あの空間は心が落ち着く蔵のよう、たえず静けさが流れ込み、蓄積するかのようだ。子どものとき、こんな夢を見た。今も目に浮かぶ。おふくろがぼくの寝室に入ってきて、隅の椅子に腰をおろし、膝の上で両手を組んでいる。そうしてじっとしている。おだやかに、ひっそりと。ぼくはなんともいえず平安な、幸福な気持ちだった。目がさめると、おふくろがその椅子に腰かけていた。微笑んで、こう言った。「独りで静かにしてたのよ。幸せ。」教会にいるとそんな気持ちになる。あの夢のとおりだ。

ふと思うのだが、ママは月並みな本に夢中になることで、最大限の励ましをぼくに与えてくれたんじゃないだろうか。ママの様子をみてぼくも手に取ってみた、それは摂理だった。この本を読むことで、ぼくはママが言葉で言える以上のものをもらった。

昔のバイキングのようだったらなあ。執事たちに担がれてゆき、聖餐卓の前におろされる。それから舟に火が放たれ、舟とぼくは永遠への船出をする。でも、教会の聖餐卓は残しておいてほしい。じっさい、そうしてくれるだろう。

エルサレム神殿の至聖所でさえ、光に照らされた。深い闇は白日の光のなかに消え、しかも神の神秘はかえって輝きを増すものとなった。ぼくのいとおしい「蔵」は壊れ、そこに蓄積されている静けさは四散するだろう。しかし深い静けさは、それによっていささかも失われはしない。それに、ありがたいことだ、人々はぼくが死ぬまで手をつけずに待ってくれている。

ときどき、なんのためにこれを書いているのか忘れそうになってしまう。君が成人になるとき、ぼくが生きていたら伝えるだろう、父親として、ぜひとも伝えるべきだと思うだろう、そうしたことを記しておくのがこの手紙の目的だ。もちろん、ぼくらは十戒が与えられている。そして君が、なにより第五戒を心にとめているのを知っているよ。「汝の父と母を敬え」という戒めだね。とくにこの戒めについて記すのは、第六、第七、第八、第九の戒めは、刑法や、民法や、世の中のきまりにおいて施行されているからだ。第十戒は守ることができない。天下の善人であっても、それは不可能だ。第十戒はたえず破られている。ぼくは自分についてありのままに書いている。人の結婚が眩しくみえた。賑やかな家庭、とりわけ、バウトンの家庭をみるとき、この胸は傷んだ。ささやかであれ、自分の家庭がほしかった。第十戒が禁じるむさぼりの罪とは、そういう思いを溜め込むことだ。自分が欲しくてたまらないものを人が持っている。すると、最愛の人に対してもこれを感じてしまう心がある。隣人を自分とおなじように愛せ（レビ記第十九章十八節）という観点から眺めるとき、人間の堕落した状態を最も明白に示しているのは、このむさぼりだ。誰もがこれを感じている、身に覚えがある。この意味で、この戒めは有用だ。ぼくは第十戒、汝、むさぼるなかれをきちんと守れたことはいちどもない。せめてこの戒めを踏みにじらないよう、前に記したように、できるだけ独りで過ごしていたわけだ。自分の内側にあるむさぼりを、パウロのようにいわば脇腹に刺さった棘として単純に受け入れていたら、ぼくは自分の役割にもっと徹することができたにちがいない。「喜ぶ人と共に喜べ。」この聖書の勧めはむずかしい、そういつも思ってきた。泣く人と共に泣くほうが、ずっとやさしかったとつくづく思う。考えてみるとどこかコミカルだが。

ぼくがもっと生きられたら、君はぼくをみて学べるだろう。よいところだけでなく、他山の石としても。だから、教訓になる過ちについて伝えておきたい。まあこれはその一例だ。ところで、「汝の母を敬え」というテーマに戻ろう。思うに、第五戒が十戒のふたつの部分の真ん中に置かれているのは意味深い。十戒の前半は、神にふさわしい礼拝を捧げること、後半は、隣人に対して適切な態度をとることにかかわっている。いつも考えさせられているが、十戒の個々の戒めは、その重要性にしたがって配列されているのだろうか？　もしそうなら、「汝の母を敬え」は、「殺してはならない」よりも重要な戒めということになる。とすれば、驚くべきことだと思う。しかしそう決めてしまうわけではない。

あるいは、十戒は、ひとつひとつ種類が異なっていて、どれがより重要かという比較は意味がない、と考えるべきかもしれない。そしてその場合、「汝の母を敬え」は、人間関係にかんするグループの最初のものというより、むしろ礼拝にかかわるグループの最後のものとみなすべきかもしれない。これは根拠のある解釈だと思う。

使徒は言っている。「お互い、尊敬を示すことにおいて劣らないように。」「すべての人を敬え。」第五戒の内容は、もっと限定的だ。むかしの注解者たちは、たいていこう説明する、汝の父と母を敬えというのは、上に立つ権威を意味していると。しかし、人々がそう考えるところから、長く、甚大な害がもたらされてきた。奴隷制を「家長制」と呼ぶなど。たまたま自分の上にいる人間が父になる！ その結果、世の中に血も涙もない親たちがたくさん存在することになった。「なにゆえ、お前たちは貧しい者の顔を臼でひきつぶしたのか。」子どもたちはよいもので満たされ、親たちは空腹のまま追い返される、聖書のなかに、そういうふうに言われているところがあるだろうか？ 否。なぜなら、親たちは富める者や権力者とは別にみられているからだ。自分の子どもに悪をおこなう父親は、聖書のどこにも出てこない。他方、富者や権力者は、聖書のなかではおしなべて悪者だ。しかも、上にいる人を敬うことが、ただおとなしくしているということなら、母親に対しても用いられる「敬う」という言葉の価値を引き下げてしまうだろう。この戒めが十戒の真ん中に置かれているのは、すばらしいことでも重要なことでもなくなってしまう。

第五戒は、最初の石板に刻まれたグループ、適切な礼拝についての戒めに属していたのだと思う。なぜなら、適切な礼拝とは、適切な認識の問題だからだ（とくにローマの信徒への手紙第一章を参照してほしい）。第五戒は、自分がよく知っている人をきちんと認識するよう求めている。ひと口に人を敬うといっても、場面によってちがってくる。したがって、一般的な要求を真実に満たすためには、身近な、よく知っている間柄というきわめて特別なケースにおいてこそ実証されなければならない。こう言うと、親の側に偏っている印象を与えるだろうか。もしそうなら、もういちど指摘しておこう。聖書においては、親たちは、つねに子どもを敬う姿をみせている。以下の例はこの点で重要だと思う。カインを厳しく叱ったのは、アダムではなく、神だった。エリは、息子たちを決して非難しなかった。サムエルもおなじだった。ダビデもアブサロムを非難しなかった。老ヤコブは臨終のとき、子どもたちを非難するのに代えて祝福した。注目すべきことだ。

これを主題に説教ができるだろう。福音書の放蕩息子についての。バウトンがこのポイントに気づいているか、きいてみようか。いや、彼は気づいているだろう、もちろん、もちろん。自分でもっと掘り下げなくては。

ぼくはこう考える。慈しみ深い神の摂理によって、われわれに敬うべき対象が与えられる。子には親が。親には子が。ぼくは君の素直さとやさしい心をほんとうにすばらしいと思っている。ママは君にベタぼれで、君のことを世界一誇りに思っている。そして君の生活の隅々まで気を配っている。神ご自身のように君を愛している。骨までしゃぶるみたいだよ。子どもを敬うとはそういうことだ。相手が存在しているのを喜ぶ、それはどんなに神様の愛に似ていることだろう。君という存在がぼくらの喜びだ。ぼくとおなじように、子を待ち焦がれる体験を君にさせたいとは思わない。でも、なんとすばらしいことか、ついに君が与えられたのは。そしてこれまで七年もいっしょにすごせたのは、なんと大きな祝福だろう。

子どもにとって親を敬うということは、――こちらは、命じられなければならないことだと思う。なぜなら、親というものは深い謎であるからだ。ある意味で、見知らぬ存在だからだ。親たちの人生の時は、もうかなり過ぎ去っている。このことはママにも当てはまる。いかにも、ぼくより若い。だが、ぼくの所に来る前に多くの時を生きてきた。ぼくらが結婚したときにはすでに三十代だった。さきに記したように、ママはそれまでの人生のなかで、たくさん悲しいことを経験したのだと思う。いちども尋ねたことはないが、よくわかる。ぼく自身、悲しみがしみ込んだような人生を送ってきた。ママを見たとき、こう思った。いとおしい子よ、あなたはどこから来たのか。ママは礼拝の最初の祈りのときに入ってきて、会衆席のいちばんうしろに座り、こちらを見上げた。その瞬間から、ぼくはママの顔に釘付けになった。ある人がこう言うのをきいたことがある。クリスチャンは悲しみを礼賛すると。断じてそんなことはない。しかし、こう考えている。悲しみのうちには聖なる神秘が含まれている、そう言っても過言ではないと。ママの顔にぼくはいつも感じる。まちがいない、と。そこにはなにか澄んだものがあり、ぼくが語る言葉の真偽を正確に映し出してくれる。美しい、非常に聡明な顔だ。けれども、いわば知性のなかに悲しみが植え込まれていて、このふたつがひとつに溶け合っている。ぼくが悲しみのうちに貴いものをみとめる根拠は単純だ。神のお心にかなうものがあるからだ。神は常に、転落した者たちを起きあがらせてくださる。

もちろん、みずから苦しみを招いたり、避けられる災いや、ナンセンスな苦難をわざわざ求めるのがよいことだと言っているわけではない。苦しむこと自体に価値をみとめるのは危険なこと、とんでもないこと。この点は誤解の余地がないようにしておきたい。貴い、と言ったのは、ほかでもない、神は苦しむ者を支え、虐げる者に対立されるからだ。(旧約聖書の預言者たち、とくにイザヤに親しむといいと思う。)

ともかく、ママは自分のことは話さない。何も語らない。まして、過去のひどくつらい経験を打ち明けることはぜったいにない。そこがママの潔いところだ。君はママのそういうところを尊敬するようになるだろう。しかし、同時にこのこともおぼえておいてほしい。そんなふうであるためには、とても、とても柔和な心が必要だ。この種の潔さは、それが無くてはならないからこそ自分のものになるんだ。若いときにはピンとこないかもしれないが。教会の人たちのママへの態度をみていて、ちょっとハラハラすることがよくある。ママは愛嬌がない。でもそれはしかたがないんだ。しかし、だから人々も無愛想になる。他方で、ママとぼくはなかなか似合いだとよく思うよ。傍目にどう映るかにかかわらず。なにしろ、ぼくはママのことを理解できるだけの人生経験を積んできたのだからね。教会の人たちは冷たくない。ママが喜ぶなら助力を惜しまないつもりでいるんだ。しかし、ぼくとちがって、みんなはママの若いころのことを想像できない。ママはすこし気難しい印象をまわりに与えていると思う。

ぼくはママに遺書を書き、伝えるべきことを記してある。それにひとつ加えるつもりだ。ながいあいだ、ぼくはいろいろな人にお金をプレゼントしてきた。そんなに大きな額じゃないが、月々の謝礼のかなりの部分に当たる。これはなにかの忘れてしまったファンドからだ、とか、匿名の献金だとか、適当なことを言って渡していたが、真に受けた相手はあまりいないだろう。さきに書いたように、そのころは、いつか妻子をもつとは夢にも思わなかったから、どんぶり勘定だった。記録はつけていないし、誰にあげたか、どういうときに渡したか、おぼえていない。教会の建物にかんする献金もしてきた。ペンキの塗り替えや、窓ガラスの交換とかにね。きびしい時代で、自分がしていることを他の人たちにも求める気にはとてもなれなかった。わざわざこんな話をするのは、君が人々から助けを受けるとき、それが多額の献金である場合であっても、施しを受けるのではなく、恩返しだと思っていい、そう心にとめておいてほしいからだ。教会の人たちに貸しがあるなどと考えたことはない。しかし、じっさい、報いを考えずにずいぶん献金してきた。だから君に返ってくるものがあれば、ぼくの手から受け取るようなものだ。もちろん、神様の恵みによって。

ところで、第五戒について話したいことがあったわけだ。そして第五戒が十戒の最初のグループに数えられるべきだという理由を述べたいと思っていた。手短にいえば、神にふさわしい礼拝を捧げることがいちばん大切、神を適切に理解する知性がそれによって形成されるからだ。神は他の存在を凌駕する方、唯一の方だ。いろいろなもののなかの一つと考えることはできない。(偶像礼拝。この意味をフォイエルバッハはじゅうぶん理解していなかった。)神の名は、他の名を凌駕する。神は聖なる方だ。(このことはまた、神の言葉の威厳を示していると思う。物事を生みだす神の言葉は、他の言葉とはまったく性質が異なる。)次いで、安息日は、他の日を凌駕する。おそらく、われわれが時をたのしみ、与えられた期間をよろこんで過ごすために。しかも安息日は、時のなかに生きているわれわれを超えるものだ。なぜなら、「はじめ」——いわゆる時間の根源は、それにつづく万物創造の必要条件であるからだ。次いで、母と父は他の人々を凌駕する。こう言うと、聖書の天地創造の叙述をなぞっているようだ。つまり、最初に神がおられ、次に神の言葉、次に時、次に男と女の順番だ。そのあとに、カインとアベル。「汝、殺してはならない。」さらに、すべての罪が「してはならない」というかたちで記されている。ちょうど、犯罪が法律のなかに記されているように。そんなわけで、おそらく十戒の二枚の石板は、永遠にかかわるものと、この世のことを扱うものという点で、区別がある。

このように理解すると、父と母についての普遍的イメージが導きだされる。アダムとエバ、すなわち、神の御手から生まれた最初の人間がそれだ。十戒は、他を凌駕するモデルを示し、それによって他のものの聖性に気づかせる、という仕組みになっている。一週間のどの日も貴い。しかし、安息日である日曜日が取り分けられることで、時の貴さを現実に味わい知ることができる。人はみな貴く、敬うべき存在だ。しかし、人を敬うためには努力が必要だ。その訓練方法がここに示されている。父と母を取り分けること。たいてい生活に疲れ切っている者たちを。また、頑固であったり、けちだったり、無学だったり、威圧的だったりする者たちを。よくわかっているよ、この求めを果たすのが困難な場合がある。しかしまた、この求めに従うとき、その報いは大きいということもぼくは知っている。なぜなら、偽りのない尊敬の念は、つねに敬う対象の聖性に気づくことから生まれるからだ。君がママにこの態度で接するなら、ママの内側にあるかけがえのないものを発見するだろう。そしてママを愛するように、誰かを愛するなら、君はその人を神の視点から見ている。このことは、神のご性質を知り、人間を知り、人間の存在そのものを知ることだ。だから、第五戒は最初のグループに含まれる。そうぼくは考える。

ぐっすり眠れた。ぼくは何もなければ、月曜日は家ですごす。ぼくの安息日だ。きょうの午前中、ぼんやりすごしたり、祈ったり、ちょっとした書棚の整理をしたりしていたら、ふと思った。もしぼくが自分にたいするカウンセラーなら、どう助言するだろうか、よく考えなければと。じっさい、しじゅう自分の心に語りかけている。理性を働かせる者が誰でもしているように。けれども、ぼくの思考には、事柄の両面をみる傾向がある。対立は、消してやる必要がある。まあ、代数的に。言うまでもなく。しかしまた、そうすると、ぶつかり合う考えのいずれも一理あるのを発見して、結論が出せなくなってしまう。思考を紙に書いたら、もっと緻密に考えられるだろう。解決が必要なら、解決が可能でなければならない。「決めない」ことは、たしかに、ぼくがとりうるふたつの選択肢のうちのひとつだ。したがって、その場合にも決断があるわけだ。つまり、行動の点で態度を決めないことは、なにもしないと決めているのとおなじことだろう。可能性の一方のきわに「なにもしない」という決断を置き、もう一方のきわに「する」という決断を置くとすれば、両者のあいだの全領域を「決めない」こと、すなわち「なにもしない」ことが占めることになる。まあ理屈はそういうことだろう。

ともかく、喫緊なのは、態度を決めて、一方の可能性にはっきり重心を置かなければならないということだ。自分が躊躇していることを「する」、すなわち、ママに伝えるべきだと思っていることを話す、という可能性に。

問い　死すべき者よ、お前がいちばんおそれているのは何か？
答え　残された妻と息子が、ひどく疑わしい男に、それと知らずに感化されてしまうことだ。
問い　その男との接触、または影響が、妻と息子に害を与えると、なぜ思う？

たしかに、これはよい問いだ。これを自分自身に突きつけるとは思わなかった。答えてみようか。その男は、何度かわが家に立ち寄った。それから一度、礼拝に出席した。これじゃ答えにならない。包み隠さずに言おう。ぼくは説教壇から君たち三人を見た。そのとき君たちはすてきな若い家族のように見えたんだ。すると、例の邪悪な思いがムックリ頭をもたげた。さきに触れた、例のむさぼりが襲った。そうして、以前、他の人の幸せな生活をみるとわびしく感じたのとおなじような気持ちになったんだ。また、こんな気がした。墓のなかから振り返って見ているような。

神に感謝。自分の心の奥をじっくり省みることができた。

自分の内側を晒すついでに、もうひとつ記しておこう。二ヵ月ほど前から、人々のぼくに対する態度が変化したのを感じている。しかしそれは、こちらの態度の単なる反射行動なのかもしれない。ぼくは誤解して愚かしくふるまっているのかもしれない。

正直にいって、年を取りたくない。そしてもちろん死にたくない。神経質に体を揺らす鳥にはなりたくない。そんな姿がわずかでも君の記憶に残らないよう願っている。君が若い時のぼくを知っていたら、と残念でならないよ。若い時といっても、青年時代でなくてもいい。ぼくは六十代までスリムで、均整のとれた体形を維持していた。その点は、おじいちゃんとおやじに似ていた。ふたりほど手足が長くないが、頑丈にできていて、病気知らずだった。今だって、心臓が悪くなければいろいろできるんだけどなあ。

　こんなふうに思うからといって、自分を責める理由はない。主は弟子たちに裏切られる夜、ゲッセマネの園で泣かれた。今の自分とおなじ状況にある人たちに、ぼくはこのことを幾度となく語ってきた。よろこんで迎えるべきことを恐れる気持ちがあるのは、自分の内側にしぶとく異教的な考えが居すわっているせいばかりではない。もちろん、ぼくの悲しみには不面目な感情もまじっている、主の悲しみとは別のものが。それはいうまでもない。「この死の体から、誰が私を解放してくれるのか？」もちろん、その答えを知っている。「われわれはみな眠るのではない。変えられる。一瞬のうちに。瞳の瞬きのあいだに。」ぼくはこんな想像をする。うっとりするつま先旋回《ピルエット》、あるいは、鋭い打球に若い野手が軽やかに飛びつく、ちょっとそんなふうじゃないかな。パウロの言葉はそれとかけ離れたことを言っているわけではないだろう。ともかく、あとの楽しみが示されている。

　これを記したのは、自分の衰弱を心底感じているからだ。それも、医学的な意味が第一ではない。ぼくは自分がのけ者になってしまっているように感じている。落後者のようだ。まわりの人たちからおいてけぼりにされてしまった気がする。昨晩、そんな夢を見た。夢のなかでぼくはバウトンになっていた。気の毒なバウトンじいさん。

けさ、君が自作の絵を手にやってきた。ぼくにほめてもらおうと思ってね。ぼくはちょうど雑誌の論説を読みおえるところ、最後の段落をおえるタイミングだったので、すぐ目をあげることができなかった。するとママが言った。やさしさと悲しみにあふれた声で、パパはきこえないのよ、と。「きこえなかった」と言わず、「きこえないのよ」と。

その論説は興味深いものだった。古い『家庭婦人』掲載のもので、グローリーがこの号を父親の書斎でみつけて、ぼくに読ませようと持ってきてくれたんだ。表紙にメモが記してある。エイムズに見せること。ところが書類の山に埋もれてしまったらしい。出版年は一九四八年になっている。論説のタイトルは「神とアメリカ人」。アメリカ人の九十五パーセントが、神の存在を信じていると言う、と書いている。しかし、ぼくらの宗教は書き手の基準をまったく満たしていない。この人の意見では、教会に通っている人々はみんな律法学者であり、ファリサイ派的だ。ぼくはこの人自身のうちに、その毒舌ぶりや辛口ぶりに、律法学者のにおいを嗅いでしまう。律法学者と預言者のちがいはどこにあるのだろう。この人はあきらかに預言者を気取っているが。預言者は、自分がきびしく批判する相手を愛している。この書き手にはそれが感じられない。

「神の存在を信じる」というのはおかしな言い方だ。例のフォイエルバッハの本の第一章を思い出させてくれる。あそこで問題になっているのは、じつは言葉の難しさについてであって、宗教についてではない。とはいえ、フォイエルバッハは現在の状態を超える命のありかたがあるかもしれないとは考えていない。ぼくが言っているのは、現在の状態を包みこみつつ、しかも超える現実のことだ。たとえば、この世界は、ソーピーの世界観を包みこみつつ超えている。社会が混乱に陥れば、ぼくらと同様、ソーピーもイデオロギーの対立の犠牲になるだろう。ソーピーは猫流に状況を判断するだろう。でもそれは、プロレタリア独裁や、マンハッタン計画とはなんの関係もないだろうね。ソーピーの世界観は、現実にはまったく届かない。

極端なたとえだね。ぴたっといかない。今の現実のたんなる拡大、あるいはたんなる延長、そういう世界を語っていると思わないでほしい。ぼくらが「石」と呼ぶものと、「夢」と呼ぶものが、どんなにちがっているかを考えるなら、ぼくらがよく知っている現実のなかにも異なるものが存在し、非常な隔たりが存在することがわかる。さらに、もっと大きな、絶対的な隔たりが存在し、そのなかにぼくらは生きている。言いたいのはそれだ。ぼくらがこしらえる命についてのイメージは、きわめて狭く、人間流のものだ。このことをテーマにひとつの説教をしたよ。テキストはイザヤ書第五十五章八節。「わたしの思いは、あなたたちの思いと異なる。」二カ月以上前、もうだいぶたつ。去年になるだろう。戸惑った人も少しいたかもしれないと感じたが、自分としては会心の出来だった。エドワードに聴いてもらいたかったと思ったほどだよ。いくつかの要点を明確に示すことができた気がした。すると礼拝後、教会の玄関でひとりの女性にこう尋ねられた。フォイエルバッハって、誰？　やれやれと思った。ぼくは自分の思索に深入りするきらいがあるなあ。ママは、猫の名をフォイエルバッハに変えたいと思った。でも君に、ぜったい、ソーピーがいい、と言われてしまった。

まあ、ぼくの抽象的思索への好みは、はじめは若いからと大目にみられ、つぎに変わり者だからと見過ごされてきた。それが今は、もうろくしたからと容赦されているんじゃないか。つまり、人々はもう以前のようにはぼくが語ることに注意を払っていない。だとすれば、それは最悪のゆるしのかたちだ。ぼくの書棚のどこかに説教用ユーモア小話集があった。プレゼントされたもので、贈り手の名は記されていなかった。あれをもらってから何年になるだろう。ながいあいだ、ぼくはたくさんの人を退屈させてきただろう。でもアンチョコをありがたがる気にはなれないな。説教のテーマに事欠くことはなかった。たとえ、誰ひとりちゃんと聞いてくれる人がいなくても、誰ひとり理解してくれる人がいなくても、これを伝えなければ、と、いつも心を掻き立てられてきたよ。そのうちのひとつがこのことだ。すなわち、キリスト教信仰にたいする数多くの攻撃、それらは過去一世紀、あるいは二世紀のあいだ、世の喝采を博しているが、じつは中身がない。これを特に君に言っておきたい。もしこの点が曖昧であれば、ぼくが君に書いてきたこと、そして人々に語ってきたことのほぼすべてが意味を失ってしまう。

昔の説教原稿を丁寧に再読すれば、このテーマにかかわるものがいくつか見つかるだろう。ぼくの持ち時間と持てる力がまもなく尽きるのはほぼ確実だから、君のための箱を用意できたらそれが最善かもしれない。もっと早く考えておくべきだった。

きょうの午後、ぼくらはバウトンの家に行った。さきの雑誌をお返しするのが目的だった。君は、行きはほぼずっとぼくの手を握って歩いた。途中、トウワタの種子が空中を漂っているのをみると、サッと、つかまえに行った。戻ってくるとまたぼくの手を取った。ぼくと並んで歩くのは我慢が要るよね。ぼくはこのごろ、ゆっくり、ゆっくり歩く。心臓に負担をかけないようにしているんだ。今年の夏は晴天が多い。旱魃がやってくるんじゃないかと言われはじめている。土埃やバッタもそれなりによさがある。なんであれ、これからのことを見届けられないと思うと淋しい。

バウトンはベランダにいた。そよ風の音をきいているんだと言った。そよ風をな、感じているのさ。グローリーがレモネードを持って来てくれて、おしゃべりに加わった。テレビのことがすこし話題になった。ママもテレビをたのしんでいる。ぼくはあんまり魅力を感じないな。テレビはこちらの期待に見合うほど、見事に世界を映してはいない。

グローリーは論説を発見したとき、今もこれをぼくに見せたいかと父にきいたという。そしたら父は、ちょっと読んでみてくれ、と言った。読むと、彼は笑って言った。うん、これはエイムズ先生が見たいだろう。彼はぼくが興奮するものがよくわかっている。だから、ぼくがそれを話題にすると、愉快そうに笑っていた。

この論説は、われわれのふたつの教会でかなりひろく読まれたものにちがいない、そうぼくらの考えは一致した。あるページに、サラダのレシピが挟んであったんだ。オレンジ風味のゼラチンに、グリーンオリーブ、繊切りキャベツ、アンチョビーを混ぜたサラダ。近年、ぼくの牧師生活になにかとこれが定番になっている。バウトンの家では、彼が風邪をひくと必ずこのサラダが現れる。宗教関連のページには、サラダのレシピを挟むべからず、という律法があったらいいね。結局、ぼくはこの雑誌を持ち帰ることにした。あとで説教に使いたくなるかもしれないと思ったからだ。

キリスト教の観点から眺めるとき、現代世界には、それと知らずにふたつの考えが蔓延している。（もちろん、もっと多くあるだろう。しかし他のものは後回しにできる。）ひとつはこう考えている、宗教、また宗教的体験は、幻想にすぎない（フォイエルバッハや、フロイトなど）。もうひとつはこう考えている、宗教自体は幻想ではないが、あなたの信仰、あなたの宗教は幻想だ。ぼくの判断では、二番目のほうがよりひろく、深く浸透していると思う。なぜかといえば、宗教が本物であるか否かの決め手が、宗教的体験に置かれていて、個々の信仰者にとって都合がいいからだ。

しかし、多かれ少なかれ、宗教的感受性を持つ人であれば、あなたの意識や理解は足りない、信仰の高みに達していないと批判されると、ひとたまりもない。「足りない」というのはすべての者に当てはまることだからだ。この点をパウロは的確に語っている。けれども、宗教の難解さや、誤りや、機能不全を理由に、だから宗教には中身はないと断じるなら――聖書は一貫して、そう考えてはならないと言っている――人は自分の見解、自分の信仰告白、自分の理解を信用できなくなってしまうだろう。そして、自分の、また隣の人の、常に欠けのある信仰体験のうちにも肝心なものは保たれているという確信が崩れてしまう。よく考えるなら、これに比べれば無神論のほうがましじゃないかな。『家庭婦人』の論説は、宗教的独善を非難しているが、まさに独善の心が書いている気がする。もちろん、いろいろ正当なことも言っている。とりわけ、宗教的独善のうちに潜む破壊力にかんして。

バウトンとふたりで吹き出した言葉がある。「キリスト教を正確に説明できるクリスチャンはどのくらいいるかと問うことができるだろう。」二十五巻かそこら、ガッツリ書いてね、とぼくは言った。

バウトンは、シッカリ、と言い、グローリーに目配せした。やかまし屋さん、と彼女は言った。たしかに。（いうまでもなく、ぼくはわざと新語を使った。バウトンはそれに気づいたが、強い抵抗感があるんだ。ぼくは始終こんな言い方をするわけではないが、会話の愉快な味付けになると思っている。）

ぼくらがじっくり考察した言葉がある。「回答者らが天国について所信を述べるとき、たいてい、のぼせ上がった雰囲気が漂う。聖書には、最後の審判についてはいろいろ示されているが、死後の命についてはきちんとした説明はない。それなのに、聖書の最も不明瞭なテーマの一つであるこの問題に対して、私はわかりませんと答えた人は、アメリカ人の三分の一弱、二十九パーセントにすぎない。」

まあ、これはぼくがよく「いかさま」と呼んだタイプの解釈だな。不明瞭なテーマだからなんの見解も持てない、とか、持つべきではない、ということにはならない。まして、なんの考えも持たずに済ませられるということにはならない。そしてどんな見方にも、なんらかの形があり、なんらかの連想的脈略がある。わかりませんと回答した二十九パーセントの人たちと語り合い、どうしてそう言えたのかきいてみたい。ただ質問が気に入らなかったからじゃないか。

バウトンは、天国について、日ごとに、ますます豊かなひらめきを与えられていると言う。「なにはさておき、この世界の壮麗さにちょいと思いを寄せてみる、そしてそれに二を掛けるのさ。掛ける十、掛ける十二でもいい、それだけの活力が俺にあるなら。でも、掛ける二でじゅうぶん満足できるよ。」だから、彼はベランダに座って、そよ風に二を掛け、草の香りに二を掛けていた。「おんぼろの荷馬車を裁判所の屋上に運んだよな」と彼は言った。「あのころ、星は今よりも輝いて見えたなあ。二倍は輝いていたなあ。」

「そしてぼくらは二倍は利口だった。」

「いや、それ以上だったさ」と彼は言った。「はるかによく頭が回転したな。」

そこへジャックがやってきて、おしゃべりに加わった。その論説を見てもいいかと言ったので、渡してやった。ジャックは言った。「書き手はこう主張しているように思います、アメリカでの黒人の扱いは、宗教的真剣さの欠如を露呈している。」

バウトンが言った。「裁くのは簡単だ。」

ジャックは微笑し、雑誌をぼくに返して言った。「そうだね。」

ぼくは日曜日以来、ジャックに会っていなかった。礼拝がおわるとジャックは通用口から出ていった。おそらく、玄関でぼくと握手をしないですむために。それで、ぼくはこのときも気分が落ち着かなかった。正直、目を合わせるのがきまり悪いほどだったよ。雑誌を返しに行くというのは、結局自己欺瞞で、ほんとうは、バウトンとグローリーの機嫌をうかがいに行ったのだと思う。論説はまだ考えたかったから、はじめから持ち帰るつもりでいたんだ。真の動機を自分に対して巧妙に隠していることがよくある。じっさい、日曜の夜、ぼくは目ざめたまま横になりながら、こう考えていた。ジャックは行ってしまう。ぼくが、こともあろうに教会で古傷に触れた、あるいはジャックがそう感じてしまったからだ。彼はそう感じたようだった。ぼくはあやまろうかと思った。しかしそうしたら、こちらはすべて彼が受けとったとおりだとは思っていないのに、彼の考えに確証を与えるだけになってしまう。そしてもっと無難な見方をする余地を奪うことになってしまう。いずれにしても、これでぼくらのあいだに問題が持ち上がるだろう。理由もなく。そんなわけで、バウトンの家にゆくのがためらわれた。顔を見せるだけで彼らの神経を逆なでするかもしれない。しかしまた、近づかないでいるのも差し障りがあるんじゃないかとおそれた。そんな折に、グローリーがうちに寄ってくれた。機嫌がよさそうだった。ぼくは胸をなで下ろした。何が気にかかるかといって、ぼくら年寄りになお残されている期間、バウトンの心をかきまわすようなことをしたくない。ぼくは考えはじめた。ジャックがそばにいるのはバウトンにとってどんなにか大きな喜びにちがいない。するとハッと思った。老いた父のために、またグローリーが苦労しているのを考えるなら、おそらく彼女のためにも実家に戻る――それは、自分を惜しまない立派な行動じゃないか。ぼくは恥じ入った。こちらはジャックが早く出発してくれないかとジリジリしていた。自分の都合ばかり思っていた。それを認めなければならない。しかしまた、ふとこんな考えがよぎった。ひょっとしたら、ジャックはある意味で、父親を家から追い出すつもりなのかもしれない。家は、彼や、ほかの子どもたちのものになるのだ。じっさい、バウトンの家はメンテナンスが必要で、少なくともグローリーひとりではとても手に負えなかった。いっしょにベランダに腰かけていて、ジャックが老けこんでいるのに驚いた。たしかに彼も年を重ねた。四十を越えている。エンジェリーンが生きていたら五十一だから、ジャックは四十三歳だ。髪のあちこちに白髪が混じり、目許に疲労が浮かんでいる。ともかく、彼はいつものように神経がピンと張っているようだった。そして悲しげだった。ぼくはそう感じた。

　夕食の支度ができたのを伝えに、ママがやって来た。コールド・サパーよ、とママは言った。だから急がなくていいのよ。ちょっとつきあっていかないかと誘うと、はい、と応じた。ママはいつも引っぱってやらないと交わりの輪に入らない。そして口をひらかせるのにぼくは全力を尽くさなければならない。ママは自分の話し方が恥ずかしいのだろう。ぼくはママの言葉遣い、出会ったころの言葉遣いが好きだ。「へっちゃら。」ママは低く、ソフトな声でよくそう言った。人の過ちをゆるすときのお決まりの言葉だった。その声には、深い、悲しい甘受の響きがまじっていた。まるで世界全体をゆるすかのような、神ご自身をもゆるすかのような。もうあのころのママの言葉遣いをきくことはないと思うと切ない。他人の言葉を言い直すバウトンの流儀に、ママは硬くなっていたと思う。バウトンはママにはいちどもそうしていないが。

「へっちゃら。」それこそ、世界に別れを告げるかのようだった。打たれても構わない、そんな響きがあった。ありあまる自己犠牲。手ぶらの人間の太っ腹。それはぼくには昔からなじみのあるものだ。ぼくには何もないが、「取って食べよ」。煤まみれのビスケット。夏の雨。ママの顔に落ちた、濡れた髪の毛。もしぼくがこの世界の壮麗さに――この世界についてぼくが感じる輝きに――二を掛けるとしたら、天国のイメージは、昔の絵にみられるようなものとはまるでちがうものになるだろう。

ともかく、あのジャックも四十三歳か。この町を出てから、どんな人生を送ってきたのかまったく想像がつかない。結婚したとか、子どもがいるとか、こんな仕事をしているとか、なにも耳にしたことがないんだ。聞かないでおくのがいい、いつもそう思っていた。


バウトンじいさんの「長談義」（バウトン自身の表現）をきいていた。むかし奥さんとミネアポリスに旅行した話だったが、ふいにジャックが口をはさみ、ぼくにむかって言った。

「ところでおじさん、予定論についておじさんの考えをうかがいたいんですが。」


たぶん、ぼくがいちばん嫌いな話題がこれだろう。ぼくはこの教理が一方でもてはやされ、他方でこきおろされるのをながく耳にしてきた。しかし、それによって人々の理解が一歩でも前進したためしはない。何人もの大人が、それも敬虔な人たちが、この教理と喧嘩をはじめるのを見てきたよ。ジャックの問いかけに、ぼくは反射的にこう思った。きたな！

「複雑なテーマだね。」

「単純化してうかがいます。ある人たちは、あらかじめ、そして不可避的に、地獄に落ちるよう決まっているんでしょうか？」

「うーん、たしかにちょっと単純化しているかな。よけいにわからなくなってしまうよ。」


ジャックは笑い声を立てた。「おじさんは、しょっちゅうこの問題をぶつけられているはずです。」

「うん。」

「だから、ぴしっと答えられるようにしていると思うんですが。」

「ぼくは人々にこう話す。われわれ信仰者が神に帰する、神の特質がある。すなわち、全知、全能、公正、恵み。しかし、われわれ人間は、知識についても力についてもごく限られている。公正について、おぼろげな理解しかない。恵みを施す能力は、ほんのわずかだ。だから、これら偉大な特質がどう重なり合って動いているかは理解困難、分け入るのはあきらめざるをえない神秘である。」

ジャックはまた笑った。「そんなふうに説明するんですか。」

「そうだ。だいたいこんなふうに説明する。これは危険な問いだから、慎重に扱わなくちゃならない。」

ジャックはうなずいた。「おじさんは予定論を信じているということですね。」

「予定論という言葉は好きじゃないんだ。この言葉はなにかと雑に使われているからね。」

「もっといい言葉がありますか?」

「すぐには出てこないな。」ジャックは嫌がらせをしている、とぼくは感じた。

「知恵をお借りしたいんです」とジャックは言った。迫るものがあった。真剣なのかもしれない、とぼくは考えはじめた。「これは重大なテーマ、そうですね? だから、単純に扱いたくないし、抽象的に論じたくない。」

「うん、そうだ。」

「こういうことですね、予定論は、おじさんの考えでは、善良な人間が地獄に行くのは最初からそう決まっているからだといった、紋切り型の理屈ではない。」

グローリーが言った。「ごめん。こういう論争は耳にたこができてる。わたしは嫌い。」

バウトンが言った。「あんまりたのしくないな。必ずぬかるみにはまっちまうよ。でも、まあ、論争とはちがうと思うけどな。」

「ちょっと待ってて。」グローリーはそう言うと、席を立ち、家の中に入った。ママはじっと座って会話に耳を傾けていた。

ジャックが言った。「ぼくはしろうとです。そりゃ、いつもこの問題にぶつかっていたらうんざりすると思います。ですが、じっさい、ぼくもこの問題にぶつかっているんです。この問題を折にふれて考える理由があるんです。ちょっとしたヒントでももらえたら、と思ったんです。」

「ぼくはこう考えている。人間は、厳密には善良であるとは言えないが、地獄落ちに定められてもいない。また、ケシカランヤツが必ず地獄に落ちると決まっているわけでもない。聖書は、このふたつのポイントをはっきり語っている。」

「なるほど。しかし、生まれついての悪人、よこしまな生活をして、地獄にゆく、そういう人々はいないんですか？」

「その点は、聖書ははっきりしていない。」

「ご自分の経験によれば、どう思いますか?」

「たいていの場合、人の行動は、その人の性格と一致する。人の行動は一致する、それは言える。その一致するものが、つまり、その人の性格、と言うときの内容だ。」言葉が空回りしている。ジャックは微笑していた。

「人は変わらないと?」

「いや。なにかほかの要因がからんでくれば。一杯やるとか、あるいは、なんらかの人格的影響があればね。人は変わる。しかし、その人の本質が変化するのか、その人の別の面があらわれるのか、それはなんとも言えない。」

「牧師にしてはなかなか用心深いんですね。」

するとバウトンが笑った。「お前が三十年前のジョンを知っていたらなあ。」

「知っていたよ。」

「まあ、注目していたら。」

ジャックは肩をすくめた。「注目していたよ。」

このやりとりに、ぼくはすこしいらいらした。バウトンはどうしていつもこんなふうに繕おうとするんだろう? バウトンが言うのは、たぶん昔のチェッカーの腕前のことだろう。ぼくは用意周到な指し手だった。

ぼくは言った。「適切な言葉がみつからないんだよ。なんでもわかっているわけじゃない。なんらかの理論を押しつけて、神秘を台無しにしたくないんだ。この問題が論じられるとき、それがお決まりだからこそ。」

ママがこっちを見ていた。それで、自分が興奮している様子なのに気づいた。じっさい、興奮していた。半可通が神学の議論をはじめると、十中八九、一本取ってやろうとシャカリキになる。ほんとに年を取ったよ、ぼくはそれを軽く受けとめることができなくなってしまった。そのとき、グローリーがドアロに来て、まだやってるわ、と言った。性懲りもなく、というふうに。

ところが、ママがきっぱりと語りだしたので、みんな驚いた。「それじゃ、イエス様の救いはどうなるの？　人は変わらないなら、救われるのはたいして意味はないみたい。」ママは赤くなった。「わたしはそうは思わない。」

「いいポイントだよ」とバウトンが言った。「予定論の深遠さと、救いの奥深さ、このふたつはどうつながっているのか、ながいあいだ頭を悩ませた。しじゅう思いめぐらしてきたよ。」

「結論は出なかった？」とジャックがたずねた。

「出なかった、記憶するかぎり。」バウトンはそう言ってから付け加えた。「結論は出なくていいんだ。」

ジャックはママに目をむけて微笑した。失望感を分かち合える仲間をさがすように。しかしママはひっそりと身じろぎもせず、自分の両手をみつめていた。

「おそらく」とジャックは言った。「奥さんが言ったことは、おふたりが真剣に取り組んできたことでしょう。おふたりはテント集会に参加したことがありましたよね。関心を持つオブザーバーとして。……ごめんなさい。みんなつづける気がないみたいだから、もうやめます。」

ママが言った。「興味があるわ。」

バウトンが、すこし戸惑いながら言った。「他教派に劣らず、長老派教会が教理を知るのに適した場所であるよう、俺は願っている。なによりも、キリストによる救いを体験できる場であるよう。主はご存知だよ、俺はそのために努力してきた。」

失礼、とジャックが言った。「グローリーをさがしに行ってきます。なにか手伝えることがあるだろう。おとうさんの口癖でしたね、思い煩いを締め出すには、人のお役に立つことをするのが一番だって。」

「ここにいて」とママが言った。ジャックは従った。

気まずい沈黙がつづいた。それで、ぼくは会話をつなぐことだけを思って、ジャックに、カール・バルトを読むとたすけになるかもしれない、と言った。

ジャックは言った。「そう言うんですか？　夜中に、重荷を負う人が訪ねてきたら。おじさんはカール・バルトの本を薦める?」

「それは相手によるよ」とぼくは答えた。ヤレヤレ。バルトの著作は励ます力にあふれているとぼくは思っている。それはさきにも書いたね。けれども、自分以外の、誰か思い悩んでいる人に薦めたことがあったか思い当たらない。まずい形勢になった。

ママが言った。相変わらず、ジャックのほうへ一瞥も与えずに。「人は変われる。どんなことだって変えられる。」

ジャックは言った。「ありがとう、それを知りたかった。」

これでこの会話は終わり、ぼくらは夕食をとりに帰宅した。


ジャックはテント集会のことを口にして、なにを言おうとしたんだろう? しきりに考えさせられた。「用心深い」という言葉についても考えさせられた。ぼくはいつも、神学に好意的でない人々と、神学について会話するのをおそれていた。神学が話題になるのを避けるときさえあった。ほんとうだよ。最初から疑ってかかるのはまちがっている。それは失礼だということは承知しているし、いつも相手の誠意を信じないわけではない。それにこの町ではそういう会話の機会はめったにない。道で挨拶する人の半数は、ぼくが洗礼を授けたし、そのうちのすべての人に神学の手ほどきをしている。

しかし、ぼくにとって、ジョン・エイムズ・バウトンのうちに誠意を汲み取るのはむずかしい。これは深刻な問題だ。帰りの道すがら、ママが言った。「ジャックは単純に質問していたわ。」叱責の響きがした。またすこし歩いてから、こう言った。「けっこういるんじゃない、自分自身とうまくいっていない人が。」今度は明確な叱責だった。しかも、もっともな。ぼくのような老兵は、嘲笑されたってかまわないじゃないか。彼がそうしたのだとしても、自己防御はいったい必要だったのか？　いや、必要だからではなく、すっかり身にしみついてしまっているんだ。

エドワードに青臭いと思われるようなことは、ぜったい口にするまい、そう努めてきた。このブレーキは自分のためになったと思う。これも防御のひとつのかたちなのかもしれないが、ともかくそれが全体的にみて役立ったのであれば幸いだ。信仰者のなかには、わざわざ嘲笑を引き起こして知的な人々の蔑みを買っている人たちがいる。自業自得、そう思える例が少なくない。しかし、それでも、原則として防御的にならないよう君に助言しておきたい。防御的であると、最悪の事態を回避するのといっしょに、最良の可能性をも逃してしまう。この姿勢は、つまるところ信仰の欠如をあらわしている。前に記したように、最悪の事態のうちにも、人生の経験として大きな価値があるだろう。そして、ぼくらが自分を守ろうとするそのとき、ぼくらは繰り返しくりかえし救い主にあらがっている。ほんとうにそうだ。これはぼくが自分の体験から知りえた真理だ。だが、主はご存知だ、ぼくはいつもこの真理に則ってやってこられたわけではない。それこそ、わずか一日でも、一時間でも、この真理に従う術を心得ていただろうか？　大いに考えさせられる。

揺れる思いの核心部分を包まず打ち明ければ、気が楽になるだろう。不眠が大きな問題になっている。なかなか寝付けない。ようやく眠れるころには疲れ切っている。祈りも心の波立ちを静められない。もし、君に書くことにいくらか偽りがあると思うなら、また、書くべきじゃないと思うことがあれば、いつでもそのページを破り捨てればいい。それは以前にもおぼえがあることだ。薪ストーブがあったころは、書きかけの紙を捨てるのに非常に勝手がよかった。たわ言や、座礁した思考が炎のなかに落ちてゆく。それを見るとさばさばしたよ。この家にバーベキューの設備をつくってもらったらよかったな。ミュラー家にあったようなものを。

まずはじめに。どんな過ちに対しても、神の恵みが不足することはない。また、おびただしい過失や、残忍な行為について、その原因を決めつけるのはまちがっている。ぼくはそれを承知している。君もおなじであればうれしい。

あらかじめもうひとつ。ぼくはこの若い人、ジョン・エイムズ・バウトンに対して、辛抱強く、こまやかに接する義務がある。ジャックは、ぼくの最も古くからの友人、そして最も親しい友の、最愛の子だ。その友が、ぼくに子どもがいない埋め合わせにと、この子をぼくにいわばプレゼントしてくれた。そして友の教会で、この子の幼児洗礼をぼくがおこなった。あのときのことを鮮明におぼえている。バウトンと奥さん、小さな子どもたちが洗礼盤のかたわらに立ち、ぼくが明るい驚きを示すのを見た。彼らがそう受けとっていたら幸いだ。あの一瞬、心のなかは、そうありたいと望む状態よりも少々複雑だった。その子の名を前もって知らされていなかったんだ。

そんなわけだから、ジャックにとって不利な証言をするのはつらい。しかし、フェアで妥当な仕方で、人物を過去の歩みとむすびつけて考えるのは、その人を理解するうえで非常に有用、かつ賢明なことだ。泥棒も神に愛されている兄弟だと言うのは、そのとおりだが、だから泥棒は泥棒ではないと言うとしたら、それはまちがっている。ジャックは泥棒だと言おうとしているわけではない。ぼくが知るかぎり、彼は世間でいうふつうの意味で重大な盗みを働いたことはない。ただ、なぜぼくが彼の過去を君に伝えようとするのか、最小限、ぼくが知っているわずかなこと、そして重要と考えることを書こうとするのかを汲み取ってほしい。

くりかえすが、出来事自体はありふれている。詳しい説明は不要だろう。およそ二十年前、ジャックがまだ大学に在学中のとき、彼は若い少女と深い仲になり、ひとりの子どもが生まれた。よくあることだし、なんとかなることだ。牧師はよくそんなふうに言うよね。

この場合はしかし、むずかしい要素があった。相手の少女はとても若く、しかも彼女の家族はみじめな、荒んだといえる状態だった。つまり、ひかえめに言っても、彼女はその年頃の少女が必要とする庇護をまったく受けられないでいた。彼女とその家族は、町はずれの一軒家に住み、ベランダの下に獰猛な犬をたくさん飼っていた。悲しい場所だった。そして彼女は悲しい子どもだった。そこに、いかにも大学生らしいジャックが現れた。スクールセーターを着て、プリムス・コンバーチブルに乗って。なあに、そいつは捨て値で手に入れたのさ。人にきかれるとそう言っていた。（バウトンはたくさんの子どもたちを学校にやらなければならなかったから、子どもたちはみんな、ジャックも含めてアルバイトをした。車を持つなど、バウトン自身も考えられないことだった。教会が、一九四六年に、中古のビュイックをバウトンにプレゼントしてくれた。すでにそのころ、歩行が困難になっていたからだ。）

ジャックはあの娘とつきあう資格などなかったんだ。ちゃんとした男がすることではない。しかし、あれこれ考えたところで、したことは変わらない。それにぼくの偏見がまじる。それはもう長年の観察によって出来上がってしまっている。罪人は卑劣漢だと決まっているわけではない。断じて。しかし、卑劣な人間が心から悔い改めることはない。また本当に立ち直ることはない。ぼくはまちがっているかもしれない。こんな区別だては聖書にはない。悔い改めること、立ち直ることは、心の問題であり、神だけが知りうることだ。しかし、ぼくの経験によれば、卑劣な人間はどうにもならない。いやしい根性に出会うと気持ちが沈む。その人にはどんな手助けもしてあげられないと思うからだ。よくわかっているよ、この乏しさはひとえにぼくの問題だ。

いずれにせよ、若いジャックは、赤ん坊の認知を拒否し、一切経済上の負担を負わなかった。しかし父親には伝えた。過ちを告白するかのように。父親はそう受けとった。だが、ぼくはじつにずる賢いと思った。この孫がバウトンの心に苦悩をもたらすんじゃないかと彼はじゅうぶん想像できたはずだ。そして、まさにそうなったわけだ。ジャックは父に少女の住所も知らせた。そこでグローリーが老人をあのばかげたプリムスに乗せて連れていった。バウトンは子どもに——ちっちゃな女の子だった——洗礼を授けることができれば、少なくとも、洗礼を授けられるたしかな感触が得られればと期待していたが、人々は反感をあらわにした。まるで、すべての責任はお前にあると言わんばかりに。バウトンはいくらかお金を置いて立ち去った。面目を失い、打ちのめされて。バウトンが沈痛な様子なのに気づいた夫人は、なにが起きたかグローリーにしゃべらせた。夫人もいたたまれなくなり、グローリーは今度はふたりを乗せてゆくことになった。バウトン夫人は、赤ちゃんに会い、だっこせずにはいられなかった。愚かな行動だったと思う。そう言うぼくもだっこした。あのような状況で分別を求めることはできない。ふたりはオムツと服を持参し、お金を置いて帰った。そうすることが長く続いた。じっさい、数年のあいだ。グローリーはよくぼくのところにやってきて、気がすむまで泣いた。状況はすこしもよくならなかったんだ。赤ちゃんはいつもひどく汚れていて、小さかった。

自分の目で確かめるようにと、グローリーはぼくも連れていった。だから請け合うことができる。とてもひどい環境だった。人は好きなように暮らす権利がある。だが、幼児がいられる場所ではなかった。庭一面に、ブリキ缶や、ガラスの破片が散らばっていて、床にはよごれた古いマットレスが置いてあった。たくさんの汚穢《おわい》な物。いたるところに犬。ジャックはどうしてあの少女を誘惑したのか。そして捨ててしまうなんて。グローリーが、あの娘と結婚する気があるのかと聞いたら、ジャックはひと言、見ただろ、と言ったそうだ。その家に車でむかう道中、グローリーは言った。お願い、あの子と赤ちゃんを町に行かせて、親切なクリスチャン家庭のもとで生活させるよう、家族を説得して。やってみたよ。すると父親は唾を床に吐いて言った。「もういるよ、親切なクリスチャン家庭が。」

帰りはずっと、グローリーのひらめきを聞かされた。子どもをさらってしまおうというものだった。彼女は昔の話を知っていた。人々はミズーリから逃げてきた人たちをかくまった。だから、ちっちゃな幼児を隠すのはそれより簡単だろうと考えたんだ。ギレアドの町には、一日か二日、人を隠せる秘密の地下室や、キャビネットを備えている家があった。教会には屋根裏にそのスペースがある。それについてちゃんと君に教えておかないと。はしごを上らなきゃならない。ともかく、こんど見にゆこう。

ぼくはグローリーに言った。昔は、ぼくらの町のような所は一種の共謀社会だったたな。人々は奴隷制への反対運動に身を投じていた。母親から子どもを奪い取るよう誰かを口説くのは、それとはわけが違う。それに、その子についてどんな権利も示せないんだから、なおさらだ。彼女は、何通もジャックに手紙を送り、両親のためにその子を認知するよう求めたと言った。彼女はまた、幼児のからだを洗い、晴れ着を着せて、ほほえましい写真を何枚も送った。写真に映る幼児は、バウトンの腕に抱かれていた。グローリーの誕生日に、ジャックからカードとチョコレートの箱が送られてきた。しかし、自分の子どもについて、また家族みんなにもたらした不幸について、なにひとつ記されていなかった。グローリーは涙があふれて、車を道路わきに止めなければならなかった。彼女は言った。「みんな、とても悲しくって！　情けなくて！」（ジャックは学校に戻るのに電車を使い、プリムスを置いてゆくだけのわきまえはあった。それでグローリーは両親を連れて、毎週のように幼児を見舞うことができた。クループに侵され、発疹だらけの、かわいそうな幼児を。）

まあ、ともかくこの話の結末を記しておこう。ちっちゃな女の子は三年ほど生きた。元気のいい、ぴちぴちした子どもに成長し、母親と、「親切なクリスチャン家庭」のわびしい喜びになっていた。ところが、なにかの原因で片足に切り傷をこしらえ、伝染病にかかって死んだ。最後に訪問したとき、女の子の様子がおかしかったので、グローリーが医者を呼んできた。しかしもう手遅れだった。祖父は、この子の巡り合わせはとてもきびしかった、と言った。グローリーは、ジャックを平手で打った。ジャックは、訴えるぞ、と言った。もちろん本気で言ったんじゃなかったと思う。ジャックは女の子をバウトン家の墓に葬るのを了承した。費用を負担し、心付けもだすと言ったからだ。そういうわけで、女の子はそこに眠っている。墓石には、「愛娘、三歳」と刻まれている。（母親は娘の名前を決めていなかった。）そしてこう記されている。「彼らの御使いたちは天にありて、天にいます我が父の御顔《みかお》を常に見るなり。」

悲しい話だ。みんなの心は後悔の念でいっぱいになった。本当にさらってしまえばよかったのかもしれない。しかし、おそらくグローリーの計画は失敗し、グローリー、そしてぼくらのなかの何人かが刑務所入りになるのが落ちだったろう。赤ちゃんは母親のもとに返され、ジャックはどこかの木陰で、ハクスリーやカーライルを読んでいただろう。あのプリムスを取り戻して。あのような状況のなかでは何が善で、何が悪か、決めることはできない。あるいはお金を積めば、幼児を買い取ることができたかもしれない。しかし、それも違法なことだ。それにあの人たちは、幼児を種に、一種のゆすりを働いていた。幼児が天国に召されなかったら、あの状況はさらに長くつづいていただろう。グローリーは言った。「せめてあと一週間、いっしょにいられたら！」それでどうなったろう？　ぼくは自問せずにおれない。グローリーの気持ちはすごくわかる。でも、いくらそう願っても甲斐はない。ぼくもエンジェリーンについておなじことをしきりに思った。

今はペニシリンがあるし、状況は大きく変わった。当時、人はほんとうにちょっとしたことで亡くなったんだ。バウトンの奥さんが言った。靴を買ってあげたのに、なんではだしにさせていたの？　少女は、大事にしてたの、と答えた。未熟な、あわれな母親。彼女の顔は青ざめ、どんよりしていた。悲しみに打ちのめされて、いまにも死んでしまいそうだった。この世に蓄積する怒りや、後悔、その重さに途方に暮れるよ。彼女は学校を退学した。それに加えてぼくらが知りえた消息といえば、シカゴへ出ていったということだけだ。

ジャック・バウトンについて、君に伝えておかなければと思うことはこれぐらいだ。前にふれたが、母親が亡くなったとき、彼は帰らなかった。たぶん、自分はその場にいないほうがみんなにとって楽だと考えたんだろう。

しかし、家族があの幼児をあんなに愛したのは、ジャックをほんとうに愛していたからだ。あの子はジャックによく似ていた。今、ジャックは家に戻り、グローリーはそれをよろこんでいる。ふたりのあいだにはどんな影も落ちたことがないみたいだ。どうしてジャックが家に戻ったのか、まったく見当がつかない。また、彼らがどうやって和解できたか知らない。もしこのまえの説教が、彼らの心をかき乱してしまったとしたら、ぼくは耐えられなかっただろう。

二十年というのは長い時間だ。そのあいだのことを、ぼくはなにも知らない。きっと、ジャックを見直す機会が与えられるだろう。ぼくの目には有用な人物にはみえないけれど。

ナイトテーブルに置いてある聖書の下に、昔の説教原稿があった。それらに心をとめてほしいとママは思っているんだろう。それらの束をママは一階に運んできた。洗濯籠に入れてね。そしてせっせと読んでいる。ママは言うんだ。無理をしないでこのなかから選んで使えばいい、そうすれば君に書く時間もつくれると。これには少し心が動くよ。今までは、無理をしないため、と言うだけだった。説教の原稿を書く力がないと悟ったら、説教壇に立つのをやめなければならないとぼくは思っている。しかし、この手紙のための時間をもっと持てるというのは、斬新な発想だ。

それらのなかに、ゆるしを主題とする説教がある。日付は一九四七年六月とある。この説教をしたときの状況はおぼえていない。まあ、マーシャル・プランのことが心にかかっていたかもしれない。読み返してみて、具合の悪い箇所はあまりない。主の祈りの、「私たちの負い目をゆるしてください、私たちも自分に負い目のある人をゆるします」を、モーセの律法を踏まえて解釈している。つまり、まず言葉のふつうの意味での負債の免除や、七年ごとの奴隷の解放や、五十年ごとの土地の無償返還をとりあげてから、つぎのようなポイントを述べている。なぜ負い目をゆるすのか、聖書はただひとつ、じゅうぶんな根拠を示している。負い目が現に存在しているからだ。つづいて、このポイントを神のゆるしに重ね、放蕩息子のたとえ話に重ねている。放蕩息子はふたたび父の家に迎え入れられた。放蕩息子自身はそれを望まず、父を悲しませていたのをまだ詫びてもいなかったのに。

締めくくりの部分は、なかなか力があると思う。「イエス様は、聞き手に父なる神の役割を、ゆるしを与える方の役割を割り当てています。私たちが負債者にとどまるなら（もちろん、私たちは負債者でもあるのですが）、私たちは気前よくふるまうことはできないはずです。しかし、神様の恵みはとても大きなプレゼントです。罪をゆるされることは、このプレゼントの半分。もう半分がある。すなわち、私たちもゆるすことができる、人を立ち直らせることができる、からみつくものを解いてあげることができる。そして、神様の意志が自分をとおしてなされるのを認めることができる。このことが、私たち自身をほんとうに健やかにしてくれるのです。」

いま読んでもたしかな手ごたえを感じる。聖書本文の正確な解釈にもとづいていると思う。一九四七年、そろそろ七十歳だから、それなりに思索が熟してきた頃だろう。そしてママはこの説教をきいたはずだ。ママはこの年のペンテコステにはじめて教会に来た。たしか五月だった。そのとき以来、ただ一日を除いて、日曜日の礼拝を欠かしたことはない。

さきにふれたように、雨の日だった。しかしろうそくの光がたくさんかがやいていた。ぼくらの教会の習わしで、ペンテコステ礼拝では、ろうそく代を支出できるときはいつもそうしていた。また、礼拝室にはたくさんの花が飾ってあった。ひとりの見知らぬ人を目にしたときの心のときめきをよくおぼえている。礼拝室は晴れやかだから、この悪天候から飛び込めば、とてもよい印象を受けているだろうと思った。その日、たしかぼくは光について、つまり神の光について説教した。ママはその説教を見つけられなかったんだろう。あるいは、忘れてしまったのかもしれない。とくによい説教だったとは思っていないのかもしれないね。でも、ぼくはできればもういちど読んでみたい。

あの午前のときを思い出すのはほんとうにたのしい。ぼくは正確に言えば六十七歳、まだ老いを感じていなかった。記憶のなかのあの日のママを、君に伝えられたらなあ。心にあるいくつかの影像を、君に残してゆくことができたらなあ。とても美しくて、ぼくといっしょに消えてしまうのは惜しいんだ。もういちど記そう。人生は、はかなさのうちにも美しく、価値あるものだ。しかも、記憶は本来、決してはかないものではない。しかし、とらえがたく、すばやく過ぎ去る瞬間が蘇るのは、なんといってもふしぎなことだ。つまり、時というものはきわめて繊細なものであって、それが存続するのは恵み深い配慮によるものだと思う。

幼児への差し入れを持って、グローリーと出かけたときのこと。あの一家は、ウエスト・ニッシュナヴォティナ川の対岸に住んでいた。車が橋に達したとき、ふたりの子ども――幼児と、その母親が、川で戯れているのが目にとまった。ぼくらは家まで車を走らせ、持参した食料品をフェンスのところに置いた。家には寄らなかった。犬の群れがうなりながら入口に集まってくるからだ。そして犬たちを止めに出てくる人はいない。だから、ぼくらはいつも缶詰のハムやミルクなど、犬たちが近づかないものを持っていった。少女は、車が通り過ぎる音と、犬たちの吠え声を耳にしていたはずだ。そしてぼくらが来たのを察しただろう。その日は月曜日だったからね。しかし、たいてい彼女は知らんぷりをした。父親の見方をそのまま反映していて、こちらの心遣いを嫌っていたんだ。なにかと知らんぷりするのは、その思いをこちらに伝えるサインだった。たしかにあの態度はよく理解できるよ。うるさく世話を焼くのは、ジャックを厄介事から守るため。彼女の父親はあきらかにそう考えていた。そんなことをおおっぴらに口にする者などいるはずもなかったし、わずかににおわせる者もいなかった。しかし少女の父親が、百パーセント思いちがいをしていたとは言えないと思う。また、自分の父親に過ちを打ち明けたジャックの心のなかに、あわれな老人が後始末をしてくれるという計算がまったくなかったとは言えない。とすれば、彼がプリムスを置いていったこともよくわかる。

ともかく、グローリーとぼくは、橋からじゅうぶん離れた所の道端に車を止め、引き返して、橋のうえから例のふたりを眺めた。ちょうどヨチヨチ歩きをはじめたばかりの幼児は、すっぽだかだった。少女は服を着ていたが、腰までびしょぬれだった。夏の終わりだった。川は、その季節にはとても浅くなる。川底がところどころ露出し、水が網状に流れていた。砂州がいくつかあり、そのうちの大きなものには雑草が生い茂り、蝶やトンボが幽霊のように舞っていた。少女はときおり、いかにも母親っぽく指示を与えていた。ままごとをする子どものように。もしかすると、自分の言葉が聞かれているのを背中に感じていたのかもしれない。彼女は木切れや泥で、細い水の流れを堰き止めようとしていた。幼児は、母親がやっていることを自分なりにのみこんで、お手伝いしようとしていた。ひと握りの泥を持ってくる。それから、ひと握りの水を持ってくる。すると母親が言う。うえに乗らないの！　これちゃうじゃないの！

しばらくして、幼児が水を手にすくい、母親の腕にひっかけて笑い声をあげた。母親がお返しに、幼児のお腹に水をかけると、また笑った。そしてこんどは両手で勢いよく水を投げかけた。少女が仕返しすると、めそめそ泣きだした。すると少女が言った。泣かない！　泣いたってなんにもならないのよ。そして両腕で幼児を抱きかかえた。少女は川底に膝をついて、片手でダムの修復に取りかかった。幼児がなにかしゃべると、彼女がこう言うのがきこえた。葉っぱ。木から落ちた葉っぱ。彼女はそれを幼児に手渡した。太陽のかがやきが、生い茂る木々の合間をくぐり抜けて、小暗い川に射し込んでいた。蝉が鳴きしきり、柳が枝を川にしだらせていた。コットンウッドや、ホワイト・アッシュの巨木のざわめきが、晩夏の静寂を生みだしていた。

しばらくしてからぼくらは車の所に戻り、出発した。グローリーがぽつりと言った。世界って不思議。なにがなんだかわからないわ。

ふと、こんなことが思い出される。過去をふりかえることと、じっさいにゆるすことは、まったく別のことでありうる。いや、たいていそうだろう。ぼくはジャックをゆるしていない。彼がぼくにしたことは、総じて間接的で、バカバカしいものだった。少なくとも、彼がしでかしたことのなかで上位に数えることはできないだろう。ひとりの男は自分の子を失った。もうひとりの男は父権を放棄した。まるで紙くずのように。しかし、だからといって後者が前者に罪を犯したことにはならない。

ぼくはジャックをゆるしていない。第一歩をどう踏み出したらいいのだろう?

君とトビアスが庭にいる。君がドジャースの野球帽を郵便箱に置いて、それをねらってふたりでさかんに小石を投げている。精度はきっと上がってゆくだろう。ちぇっ! とトビアスが言い、顔をしかめ、地団太を踏んで悔しがる。あとほんのすこしだったのに、というふうに。君らは小石を集めにゆく。ソーピーがあとをついてゆく。注意深く、距離をとりながら、おなじ方向に自分の用事ができたかのように。

電線がなかったころ、鳥たちはどうしていただろう。ぼくはしきりに思い出そうとしていた。日光が照りつけるなか、ひと息つく場所をみつけるのは今よりたいへんだったんじゃないか。鳥たちにとって、翼を休めるのは大きな喜びにちがいない。

ジャックがやってきた。バットとグローブを手にしている。君とトビアスは、道をおりてくる彼に駆け寄る。彼がグローブを君の頭の上に乗せると、君は有頂天だ。両手でグローブを抱きかかえ、彼と並んで大股で歩く。すあしで、お腹をだして。原始時代の王子様のように。ぼくには見えないけれど、わかっているよ、アイスキャンディーの縞模様がそこにある。バットはトビアスが持っている。ジャックは、決して完全にくつろいだ感じにはならない。だから、ちょっと緊張しているように見えるが、べつに意外ではない。門をとおってこちらにきた。ベランダでママと言葉を交わすのがきこえる。和やかな雰囲気だ。もうしばらく椅子から立たないでいるほうが心臓にいいだろう。

君ら三人は家のサイド・ヤードにやってきた。ジャックがノックをし、君とトビアスがあちらへこちらへ走り回る。いかにも、球をキャッチしにゆく、という感じで。飛球の着地点に立つと、グローブを高くかざして身を守る。球はすぐわきの地面をドンッとたたく。でも、今度はかっこよくオーバーハンドで返球する姿を思い描く。こうして君ら三人を眺めているのはたのしい。さて、そろそろ庭にゆき、ジャックが思い悩んでいることを探ってみよう。胸のうちに何かあるのはわかっている。

明日は教会の執務室にいるかときいてきた。午前ならいるよ、と返事した。それじゃおしゃべりしに寄ります、と言う。

若い頃のぼくの写真がもっとあればなあ。これを君が読むとき、ぼくは老人ではない。そして君が長寿をまっとうして、ぼくらが再会するとき、ぼくらふたりは老人ではない。ぼくらは兄弟のようになっている。そうぼくは考えている。しかし一方で、君がぼくの膝に乗っかってくるとき、君の体のしなやかな勢い、また君の頭の――スプリンクラーの散水をあびた冷たい頭や、お風呂で温まった、君の頭の重みを感じるとき、そしてぼくの腕のなかで、ぼくのあごひげをいじりながらいろいろ話してくれるとき、うっとりして思う、子どもの君が天国でぼくをみつけ、ふところに飛びこんでくるのを。想像するだけでわくわくする。最初の考えのほうがより適切、じっさいの状態に近いと思うがね。天国のことはわからない。ほんのすこししかわからない。カルヴァンが言っている、神がまだ伏せておられることを、好奇心から詮索しないようにと。この忠告は正しいと思う。

成人期は、花ざかりの時で、あっという間にすぎ去る。その時がつづくあいだは、心して人生をたのしみなさい。

天国の住民は、永遠に生きいきとした花ざかりをたのしむにちがいない。その状態は、人生の他の時期と比べて、成人期にいちばん近いんじゃないかな。少なくともぼくはそれを期待している。天国の状態を貶めるつもりはない。しかし、バウトンが愛好する天国観、この世の喜びの最大のものとして天国を思い描くのは一理ある。まったく的外れだとは思わない。天そしてもちろん、ママが再会するぼくは、若く、力のある男だという考えに反対しない。天国では男も女もない。めとることも嫁ぐこともない。しかし、mutatis mutandis 変えるべきところに変更を加えて。なんとすばらしいことだろう。mutandis 変えるべきところ！　ひとつの言葉にどれほどの意味が詰まっていることだろう！

御目に麗しいこの世に私をおらせてくださいさい
死とみ国がすべてをあきらかにするときまで。
アイザック・ウォッツ

ジョン・エイムズは、これにアーメンを書き加える。

けさは、はやく起きた。つまり、昨夜はほとんど眠れなかった。これからはもっと身なりに気を配ろうと思っている。髪の毛はなかなかよい状態だ。まんべんなく、とはいかないが、残っている所はふさふさしている。そして銀髪だ。眉毛も白く、まあ濃い。つまり、ひとつひとつの毛が、あちこちにむかって渦巻状にながく伸びている。瞳の色は端がすこし曇りはじめた。全体的には、もともとはっきりしない色だったが、やや淡くなっている。鼻と耳は、往時にくらべ、たしかに大きくなった。外見にかんしてはまあまあの爺さん――まあ、自分としてはそう思っている。しかし老いるというのは変なもんだな。きのう、君は椅子の横からぼくの眉毛をオモチャにしたとき、何本か引っこ抜いて、それらがカールしている様子を眺めていた。奇妙な形だと思ったんだろう。じっさい、奇妙な形をしている。

ともかく、念入りにひげを剃り、清潔なワイシャツを着て、靴を軽くみがいて…… こうした心がけのあるなしが、老紳士とヘンな老人のちがいになるんだろう。いとしいママに似合うのは前者にきまっている。でもぼくはときどき必要な手間を忘れてしまう。それを改めたい。

身づくろいをすべて終えてから、教会にゆき、礼拝室で夜が明けるのを待っていた。すると会衆席に腰かけたまま寝入ってしまった。横になっていなかったのは幸いだった。ぼくが執務室にいないので、こちらの部屋を見にジャックがきたからだ。ぼくは老いたサムエルの霊になった気がしたよ。黄泉から口寄せの女に呼び出されたとき、サムエルはこう言った。なぜわたしを呼びおこし、わたしを煩わすのか。ぼくは夜明け前の暗闇のなかで、ジョン・エイムズ・バウトンとすごすとき、知恵が与えられるようにと祈っていた。けれども彼に起こされた刹那、自分のなかの気難し屋が、彼をペリシテ人の手に引き渡したいと思ったのを意識した。あとほんのすこし寝ていたいばかりにね。不適当な時間に、場違いな所で眠っているのを見られ、かわいそうにと思われるのはぜったいに嫌だ。ママはいつも人々に言っている。主人はひと晩じゅう、読書したり、書きものをしたりしています。当たっているときもある。しかしまた、眠りたいのに眠れないでいるときがある。

（そういうときは祈るよう、心からすすめる。眠れないのは、なにか心にひっかかることがある場合が多い。ぼくは暁闇のなかでじゅうぶんな落ち着きをえた。それで眠ることができたんだろう。問題は、眠り込んでしまったことだ。肉体が、獣がむさぼるように激しく睡眠を求めるときがある。誰もが身におぼえのあることだ。そこを邪魔されれば、無愛想になる。あやうくそうなるところだったが、少なくとも、神に祈ったことをおぼえていた。あのとき自分が平静だったと言うことはできないが。)

そんなわけで、ジャックがぼくにかけた最初の言葉は「すみません」だった。ジャックは会衆席に腰をおろし、こちらが心を整える余裕を与えてくれた。ありがたかった。みると、彼も身なりに気を配っていた。上着を着て、ネクタイをしめ、靴には光沢があった。彼は部屋を観察し、簡素なたたずまいを感じとっていた。殺風景な、と言っていい。由緒ある教会にみられる雅趣や、装飾的要素はない。この建物はいつもかりそめのものとみなされてきたからだ。

「おじさんのお父さんもここで説教したんですよね」とジャックが言った。

「ずいぶん長いあいだ。そのころとそんなに変わっていないよ。」

「ぼくが育った教会に似ています。」

長老派の教会はこれとよく似ていたが、何年か前に建て直し、レンガと石材でできた堂々たる建物になった。アイビーがもうかなりの部分を覆っている。バウトンが言っている。「鐘楼《しょうろう》に古びた感じをだせたら、ほんもののアンティークになるな。」彼は、そっちはカタコンベをモデルにした新会堂を建てて、長老派のアンティーク様式をノックアウトしたらいい、と言う。教会の人たちに提案してみようか。

ジャックが言った。「おとうさんからおなじものを受け継ぐことができるなんて、うらやましいです。」

この会話は意味あるものになるか、実りがあるか、なにかを達成できるか、そういう見立てをさっさとしてしまう、たちの悪い癖がぼくにある。もうこの時点で多くを望んでいなかった。ぼくは言った。「牧師に召されたのは、おやじとおなじだった。でも、まったく別の父親だったとしても、神様はぼくを牧師にしたと思う。」みとめなければならない、この点に触れられるとぼくはちょっとムキになる。

ジャックは一瞬沈黙して、「いつも気に障ることをしてしまうみたいです。でもそんなつもりはないんです」と言った。そしてくりかえした。「そんな思いはないんです。わかってくれますね。」

「心にとめるよ。」

ありがとう、とジャックは言い、しばらくしてから、「ぼくもおやじのようになれたらと思うんです」と言った。笑われやしないかと心配するように、上目使いでちらっとこちらを見た。

ぼくは言った。「君のおとうさんは、ぼくらみんなの模範だったよ。」

ジャックはこちらに目をむけ、それから両手で顔を覆った。挫折の痛み、そして疲労感があらわれていた。ぼくは察して言った。「悪かったかな。」

「いいんです。でも……　もっとオープンに話し合えたら。」

沈黙の空気が流れた。「でも、ありがとうございました、お時間を割いてくれて。」ジャックはそう言って席を立った。

ぼくは言った。「まあ座って、座って。もういちどトライしよう。」

ぼくはしばらく黙って座っていた。ジャックはネクタイをはずし、片手に巻いて、おもしろいものでも見せるようなしぐさをした。そしてポケットに押し込んだ。それからやっと口をひらいた。「ぼくは幼いとき、神様は屋根裏にいて、食料雑貨品の支払いをしてくれる方だと思っていました。それがぼくが持つことのできた信仰の、最終のかたちだった。ふざけて言ってるんじゃありません。」

「わかってるよ。」

「なぜそうなってしまったのか。おじさんはどう思いますか？　つまりその、ぼくはおやじの言葉をひとつも信じられなかったんです。もう子どものときに。まわりにいたみんなは、おやじの説教は……　おやじの説教は……　ええ、福音を語っていると思っていたのに。」

「いまはどうなの、信じている？」

ジャックは首を振った。「そうは言えません。」上目使いでこちらを見た。「正直でありたいんです。」

「わかるよ。」

「ちょっとおかしなことを話しましょう。ぼくはよくウソをつく。そうすると、みんなほんとうのことを言っていると思ってくれるからです。ほんとうのことを言おうとすると、ややこしくなってしまう。」ジャックはハハッと声をたて、肩をすくめた。

「ええ、いまは一か八かやっているんです。ウソをついても問題が消えるわけじゃないですから。」

話したいことは具体的に何か、とぼくは尋ねた。

「その、ぼくはおじさんに質問していると思うんですが。」

ジャックがそう言うのは百パーセント、もっともなことだ。ジャックは質問をした。しかしぼくははぐらかした。それは事実だ。ぼくはジャックの声にこもるいらだちを、はっきりみとめた。そして彼が礼儀を保とうと苦心しているのを感じた。

ぼくは言った。「どう答えたらいいか、ほんとにわからないんだ。答えたいと思っているんだよ。」

ジャックは腕を組み、そっくり返った。そして一瞬、片足がピクッと動いた。「それでいいんですか？　つまり、言葉が噛み合わなくてもしかたないと思うんですか？　相手の人間に、――おじさんの言葉によるなら、地獄の火に焼かれる者、将来そうなるだろう者に――、一滴の水さえ与えてやれなくても？　両者のあいだに越えられない溝が存在していても？　ご立派な真理が伝達できないのはどうしてでしょう？　ぼくにはさっぱりわかりません。」

「『地獄の火』というのは、ぼくの言葉かどうか。そういう場合、ぼくは神の恵みについて語っているつもりだけど。」

「そして恵みのない状態については決して語らない。しかし、それがいま問題になっているんじゃないですか、おじさんの言い方を受けるなら。茶化して言っているんじゃないんです。」

「わかっている。」

沈黙のあと、ジャックは言った。「つまり、この主題についてぼくと分かち合う術をご存知ではないと。」

「まあ、どうアプローチしたらいいか、ちょっと。君はキリスト教の真理に心をひらいているか？」

ジャックは笑った。「たしかに、それがのみこめたら、あとでありがたいと思えるんでしょう。そういうものですよね、わかっていますよ。」

ぼくは言った。「まあね、それじゃあぼくはあまり役に立たないんじゃないか。」

ジャックはしばらく黙りこみ、それから言った。「ぼくの友人、いや、友人じゃなく、テネシーで会った人が、この町のことをきいたことがある、おじさんのおじいさんのことも知っていると言って、昔のカンザスの話をいくつかしてくれました。父親からきいたんだそうです。その話によれば、南北戦争のとき、アイオワには黒人の連隊があった。」

「そうだ。それから老人たちの連隊もあった。それから『メソジストの連隊』も。世間はそう呼んでいた。禁酒主義者の連隊だったんだ。」

「黒人の連隊があったというのは興味を感じました。この州にそんなに黒人がいたなんて、夢にも思わなかったので。」

「うん。かなりの黒人が、ミズーリからやって来た。戦争がはじまる前にね。ミシシッピー川流域からものぼって来たと思う。」

「ぼくが子どもだったころ、この町には黒人の家族が何組か住んでいましたね。」

「うん。住んでいた。しかし何年か前に引っ越して行った。」

「黒人教会で火災があったと聞いたおぼえがありますが。」

「うん。ただしそれは遠い昔のこと、ぼくが子どものころの出来事だ。それに、小さな火事で、被害はほとんどなかった。」

「黒人の家族はいまはみんないなくなってしまった。」

「そう。残念だ。いま、ここにはリトアニア系《リトアニアン》の人々がいる。もちろん、ルター派《ルーセラアン》だ。」

ジャックは笑った。「黒人たちがいなくなったのは残念です。」そう言うと、しばらく考えている様子だった。

それから口をひらいた。「おじさんは、カール・バルトにぞっこんですよね。」思うにこの時点からだった、ジャックが例の怒りをこめて話しだしたのは。あの、内にかくした苦々しい怒り。ぼくはそれにはまったくなす術がない。ジャックはいつも悪魔のように賢く、また悪魔のように真剣だった。彼がカール・バルトを読んでいるのを知らなかったのはうかつだった。

ぼくは答えた。「うん。バルトにぞっこん、べた惚れだよ。」

「ですが、バルトのほうでは、アメリカのキリスト教に相当つれないみたいですね。そう思いませんか？　彼は露骨にそれを表していますよ。」

「バルトはヨーロッパのキリスト教に対しても手厳しい」とぼくは言葉を返した。じっさいそのとおりだ。しかし、なにか遁辞のようにひびいた。ジャックの顔には、ほほえみとは似て非なるものがありありと浮かんでいた。

「バルトはキリスト教を真摯に受けとめ、だから『否』を語るのは意味があると考える」とジャックが言った。

これもそのとおりだ。「たしかにそうだ……」

するとジャックは言った。「おじさんは考えたことはありませんか？　アメリカのキリスト教はいつも、本質に迫る思索はよその国の人に期待しているみたいですが、それはどうしてなのか。」

だったからだ。

「いや、とくに」と返したぼくは、おどろいていた。それこそ幾度となく自問してきたことだったからだ。

この刹那、ぼくはジャックが「勝利」した、とはっきり感じた。しかも、ぼくよりすこしも幸福ではない、いやそれどころか、吐き気をもよおしているんじゃないかと。ぼくは劣勢にある自分を如実に示された。まただ。いっそ老いのせいにしたかった。だが、教会のいつもの場所にいて、快い、否定できない日の光が窓から差し込んでいた。すると日頃親しんでいる思想が脳裏に浮かんだ。ぼくがしくじったくらいで、真理それ自体はびくともしない。ぼくが、またほかの人間が、いかなる意味においても支えているわけではないのだから。体の内部で心臓が弾む、まさにそんな感じがした。ぼくは言った。「ぼくはこれまで、すばらしい説教をたくさんきいてきたし、たくさんの誠実な人物に出会った。そりゃ、他人の欠点は目につく。でも、自己批判なしで他人の信仰の良しあしをうんぬんするのは傲慢だと思う。そういうのはじっさい傲慢だ。」

そして言葉をつづけた。「この古い礼拝室には、静けさと、祈りが充満している。これと比べるなら、カール・バルトの全著作は深さの点で羽毛ほどの重みも持たないだろう。彼は神の真理を知り、受け入れ、崇めているとぼくは思う。そうでないなら、彼が書くものは信頼するに足りないと考えるだろう。」

ぼくはくたくたになり、自分の年齢が耐えうる以上に打ち叩かれているように感じた。このほかに、突然の涙を説明できるものはない。ジャックに劣らず、ぼく自身がおどろいていた。

「ごめんなさい、なんとお詫びすればいいか」とジャックが言った。偽りのない気持ちがこもっていた。

ぼくは座ったまま、涙を袖でぬぐい取った。君がするのとまったくおなじようにね。穴があれば入りたかった。冗談じゃなく。ジャックが何か言った。「ゆるしてください」と言ったようにきこえた。そして出ていった。

どうしたらいいだろう？　今、ジャックに手紙を書こうと考えている。しかし何を書いたらいいかぜんぜん思い浮かばない。

この町には、英雄や、聖者や、殉教者がいた。それを君にも知ってもらいたいと思っている。事実だからね、たとえ世間がすっかり忘れてしまっても。この場所の外観は貧しい。わずかな数の通り沿いに、肩を寄せ合う住宅。商店が入るレンガ造りの建物が少し。大穀物倉庫が一つ。「ギレアド」と大文字で記されている給水塔が一つ。郵便局。学校。運動場。昔の駅。いまは雑草が生い茂っている。しかし、ガリラヤはどんなふうに見えただろう？　見た目で中身はわからないものだ。

聖者たちは年を取り、時代は変わった。彼らは瘋癲《ふうてん》老人、疫病神、と思われた。迫力のある説教も、波乱万丈の昔話も、もう結構。自分自身を恥じてそう言っている。じっさい、そうだった。ぼくはおじいちゃんのそばにいたくなかった。ほんとうに。みすぼらしい身なりだったからだけじゃなく、また、見当たらなくなった物について、来客から思いがけなくその存在を知らされることがあるからだけじゃなく。おじいちゃんのあの目は、期待と失望をいつも同時に湛えているように見え、あの目に睨まれる瞬間を思うだけでこわかったんだ。老人たちは、大義に対して優柔不断な人々のことを「生煮え」と言っていた。この呼び名には深い蔑みがこめられていた。彼らの見方は厳しかったが、それももっともなことだったと思う。

よくおぼえている出来事がある。いちど、おじいちゃんが七月四日の祝典でスピーチをするよう頼まれたことがあった。よくおぼえているのは、ぼくら家族はどうなることだろうとハラハラしたからだ。そして案の定、ぼくらはきまり悪い思いをすることになった。事の発端は、おじいちゃんはこの町のいわゆる創立者で、多くの経験を積んだ人だから、この役割にふさわしいとみなされたんだ。当時の町長は、ギレアドに住むようになってやっと二十年、しかもスウェーデン系で、ルター派教会の会員だったから、どうやら昔の逸話を知らなかったらしい。それに、おじいちゃんは自分の家以外で「強奪」をすることはめったになかった。少々の例外も、おおむね教会の人々の範囲内に限られていた。長老派や、メソジストの人々のなかにもわずかながら被害者がいたが、みな思いやり深く、おじいちゃんの年齢と、動機の純粋さへの敬意から内聞にしてくれた。おふくろが言っていた。「会衆派の人の家はすぐわかるよ。物置小屋に南京錠を掛けているからね。」あれは一理あったな。ともかく、町長は老人の前科についてなにも知らなかったにちがいない。それで招待状を送ったんだろう。

招待状を読んだときから、おじいちゃんの目に艶やかな輝きが生まれた。おやじとおふくろは、式のためにできるだけのことをしたよ。おふくろはおじいちゃんの軍服を家じゅう探してみた。しかし、やっぱり影も形もない。山高帽子が出てきたが、残っていたのは無用の長物だったからだろう。軟骨、ひづめ、鼻。おじいちゃんが手元に残していたものについて、おふくろはよくそう言っていた。クローゼットのなかに軍帽をみつけると、いくらか形を整えようとあの手この手を尽くした。ところが老人は、「いま説教をつくっているんだ」と言って、それをまたクローゼットに戻してしまった。ぼくはそのときの原稿を持っている。あの日、おやじが庭に埋め、ふたたび掘り起こしたもののなかにあったからだ。とても短いものだから、以下に書き写しておこう。おやじはおじいちゃんを口説いて、全文をきちんと書かせた。話が冗漫になるのを防ぐためということもあっただろうが、いちばん考えられるのは、原稿をちょっとみせてもらい、必要があれば苦言しようと思ったからだろう。だが、おじいちゃんは説教の内容を極秘にし、下書きはキッチンストーブに捨てた。そして原稿は肌身離さず持ち歩いた。ナジルびとのような、近寄り難い雰囲気を漂わせて。

おじいちゃんが書き、語った言葉

みなさん
私は若い頃、主にお会いしました。主はこの右肩に手をおいてくださった。その感触はいまも私のうちに残っています。そして語りかけてくださった。非常にはっきりと。それは私の心に染み込みました。主はこうおっしゃいました。「囚われ人を解放しなさい。貧しい人に福音を説教しなさい。国じゅうに自由を告げなさい。」これは、もちろん、聖書のなかの言葉であり、当時の私がすでに知っていた言葉です。しかし、なぜ主はこの言葉をとくに示されたのか、なぜ、そうすることが必要と考えられたのか、その理由は明らかです。誰もこの言葉に従って生活していないからです。主ご自身がぐいと押してくださらないかぎり。ほんとうに、あの日、主がかたわらに立ち、みずから語ってくださることで、私ははじめてこの言葉に従う者となったのです。
私はこの体験を「ビジョン」と名づけようと思います。私たちはビジョンを持っていました。当時、多くの者たちが。「若者はビジョンを持ち、老人は夢を見る。」しかし今、かつての若者はみんな老人になっています。まだ生きているなら。そして、かつて与えられたビジョンは、もう夢でしかない。古い時代は忘れられてしまいました。われらは夢のように去りゆく、そう古い賛美歌にあるように。そして、私たちの夢は、私たち自身が忘れられるよりも、ずっと早く忘れられてしまった。

大統領、グラント将軍が、かつてアイオワをこう呼んでいます。ラディカリズムの輝く星、と。しかし、このアイオワに何が残っている？　ギレアドに何が残っている？　塵です。塵と、灰です。聖書は言っています。民は滅びると。そのとおりです。驚くべきことです。神の怒りは去っていません。しかし、いまなお御手がさし出されています。

主があなたがたを祝福し、守られるように。……

わずかな人たちだけが耳を傾けていたようだった。その人たちは「滅び」のイメージに気を悪くする寸前だった。ひどい日照りがはじまっていて、やがて実に多くの家族が行き詰まり、ばらばらになり、町全体が衰退してゆくことになったわけだが。席上にちいさな失笑が漏れた。ばかげている、とおおかたが感じているとき、そんな反応がみられるね。しかし、最悪だったのは、おじいちゃんの様子だった。舞台のうえに立ちつくしていた。黒いカラスみたいな牧師用ガウンをまとって。じっと、死のように烈しく、冷たいまなざしを聴衆にむけて。すると音楽隊が演奏をはじめた。おやじが舞台にのぼり、おじいちゃんの左肩に腕を回していっしょに降りてきた。おふくろが、お疲れさま、と声をかけた。おじいちゃんは首を振って言った。「手ごたえは感じないな。」

あのときのことをよく思いめぐらしてきたよ。なんと時代は変わることだろう。そしてある世代の多くの人々を荒野へと駆り立てた言葉が、次の世代の人々には耳障りな、つまらないものになってしまう。君は、ぼくがジャックを「救わなければ」という一種の責任をしょいこんでいると思っているかもしれない。ジャックの問いによってこの責任を負わせられていると。なんと言おうか。ぼくは、懐疑の心、また、そこから生まれるおしゃべりにいくらかつきあってきた。そのような会話は空しさがつきまとう。破壊的でさえある。ぼくの教会で育った青年たちが、『嘔吐』や『背徳者』を手にして町に帰ってくる。不信仰の可能性にまごついて。それについてはもう何度もぼくから聞いていたのにね。そして、彼らは不信仰な生き方に魅力を感じている。それこそ、不信仰であることはどんなに悲惨なことかを鋭く語る書物によって。彼らは、ぼくがキリスト教を擁護し、いろいろな「証拠」をあげてみせるのを願う。ぼくはそれに応える気はぜんぜんない。そういうことをすれば、彼らの懐疑を強めるだけだ。守りの姿勢からは、神について真実な言葉を語ることは決してできないからだ。

ドイツから長文の手紙が来るようになって以来、あるいはほかに原因があったのか、いずれにせよ、おやじはぼくに対して以前よりも目を光らせるようになった。ぼくらのあいだに、おやじとぼくのあいだに、生まれて初めて不協和音が生じた。おやじに何か言うときは気をつけなければならなくなった。非正統的なほんのわずかな芽さえ見逃さず、そのつど、ぼくが陥りかねない危険性についてきまじめな講義を受けさせられたからだ。数日後には、あらたな論駁を加えにきた。ぼくが言いもしなかったことに対して。きっと、おやじはエドワードにむかって話していたんだろう。たしかにそうとしか思えない。第二のエドワードとしてぼくに話していた。また、自分に言い聞かせようとしていたにちがいない。ぼくはあのときはじめて、おやじの信仰は鉄壁ではないという印象を受けた。おそらくおやじ自身もそう感じていたんじゃないかな。

やがておやじは、ぼくが家に持ちこんだ一連の本を読みだした。まるで説得されたいかのようだった。それらにたいするぼくのコメントはすべて、石頭の理屈以外の何ものでもない、そんな具合だったよ。おやじは「進歩的」というような表現を口にした。新奇な装いをしているからといって、まちがっていると決めつけられるだろうか。しかもこれら新思想の新しさの大部分は古く、ルクレティウスのころから存在している。それはおやじもぼくも理解していた。おやじが送ってきた手紙、焼いてしまった手紙のなかに、「真理を抱擁するには勇気が必要」とあった。決して忘れない言葉だ。カチンときたからだ。おやじは、問題にたいする自分の姿勢こそが「真理」だと思い込み、ぼくがおなじようにしないのは臆病のせいだと考えていた。しかしぼくは思う。あの当時、おやじはエドワードとの接点をなんとかみつけようとしていた。それを悪く思うことはとてもできない。そしておやじは、ぼくの手を引いていっしょに進んでゆきたかったんだ。

信仰の事柄にかんしてぼくがいつも感じてきたのは、弁証的態度は見当ちがい、議論の相手である批判的態度と同類だということだ。信仰を守ろうとする企ては、じっさいには信仰を不確かなものにしてしまうことがある。究極のことについての議論には、つねに不十分さがつきまとうからだ。ぼくらは例外なく絶対者とかかわっている。一回一回の呼吸も、ひとつひとつの思いも、一個のいぼや、ひげ一本さえ、絶対者の内部に深く深く包み込まれている。しかし、それにもかかわらず、この存在を定義することは誰にもできない。ひとつの思いと、一本のひげの共通点、あるいは台風と、株式相場の上昇の共通点を、「存在」という観点をはずして述べるとすれば、「それらはわれわれに既知の、名づけられるもののカタログの中にある」という事実を表現するにすぎない。（その結果、カタログの中に在ることが、存在することになる！）大向こうをうならせることができたとしても、きわめて不十分で、真の説明にはならない。

脱線した。言いたかったのはつまり、絶対者が現実に存在していると断言できるということだ。それがどのようなものか、さっぱりわからなくてもね。神にはまったく手が届かない。そもそも、存在するものの作者が神であるとすれば、「神が存在する」と言うことにどんな意味があるのか？　ぼくらの語彙の問題がここにある。神は、神として存在する以前から神であったにちがいない。しかし、ぼくらの貧しい頭は、それを「存在する」としか言えない。このことが混乱のひとつの原因になっているのはあきらかだ。ぼくらには体験できないこと

——ぼくらがよく知っている事物が、あるかなきかの類似、ほのかなつながりを示しうるにすぎないことのたたずまいや、特色を言いあらわすには、別の言葉が必要なのだろう。そんなわけだから、自分の体験から論証することは、月にむかってはしごを立てようとするようなことだ。そんなことが可能だとぼくらは思っている。あるとき立ちどまり、この問題の性質をゆっくり考えてみて、ようやく、それが不可能な企てだと悟るのさ。

だから、これがぼくのアドバイスだ。すなわち、論証を求めるな。論証に一切心を煩わせるな。いろいろな証明は、この問題に対してまったく不十分、そしていつもすこし厚かましい、とぼくは思っている。神をぼくら人間の概念のなかに閉じ込められると思い込んでいるからだ。神についての証明によって、たとえ誰かを説得できたとしても、君自身が違和感をおぼえるだろう。ながく落ち着かない状態がつづくだろう。「あなたの行いを人々のまえで輝かせよ」……コールリッジだったな、キリスト教は生きかたであって、教えではない、そんな意味のことを言ったのは。一切問いを持つなと言っているんじゃないよ。神から賜った知性は誠実に用いるべきだ。ただし、問いは君自身のものだが、口ひげやステッキはそうではない。この区別を押さえておいてほしい。口ひげやステッキは時代の流行だ。

昨夜は一睡もできなかった。心臓が締めつけられている。ふしぎだよ、体の不快感と悲しみをひとつの器官のうちに感じるなんて。このふたつは完全に溶け合っている。いつも悲しみに沈潜するのがぼくの習慣だ。つまり、悲しみの潜伏先をつきとめようとして、心室と大動脈のなかを追跡するのさ。胸のなかの重荷は、ぼくに言う。「お前さん、ようく考えてみなきゃならないことがあるぜ。ほんとはわかっているんだから。自分の胸に手を当てて聞きな。」このいいヤツが、このごろぼくを不安にさせるんだ。

しかし実際、ほかの方法はみつからない。自分のみじめさと対話すること、訴える者、非難する者と対話することが、自分に正直であるための唯一の道だ。コイツに神の祝福があるように。コイツがぼくを即死させない限り、という条件づきでね。ほんとうに、おだやかな胸の鼓動とともに死にたいものだ。非現実的な願いなのはよくわかっているよ。

瞼を閉じると、ジャック・バウトンの姿が浮かぶ。大人になり、年齢を重ねたという以上に、疲れ切っているようにみえる。ぼくは考え込んでしまう。この悲しげな、老いた青年に対して、どうしていつも身構えてしまうのだろう？　なにを恐れているのか？　彼がどんな危害を加えてくると思うのか？

これは決して言葉だけの問いではない。けさ、ママがジャックからの短信をくれた。こう書いてあった。「ごめんなさい。きのうはお心を傷つけてしまい、ほんとうに申しわけなく思っています。もう決しておじさんを困らせません。」ジャックはなかなかの達筆だ。それはともかく、ぼくはママの様子をみて、なにがあったか知っているなと感じた。手紙はきれいに折りたたんであった。ジャックがみせていなければ、ママが覗くはずはない。ジャックが内容についてふれたか、あるいはお詫びの言葉を添えて渡したのかもしれない。ママがこれをぼくのところに持ってくる前に、外のベランダでふたりの話し声がきこえたんだ。ママは同情し、心配しているようだった。ぼくに対してか、ジャックに対してか。たぶん、両者に対して。ママとジャックはおしゃべりできる関係だ。こちらはちゃんと気づいている。そんな折りは多くはない。しょっちゅうではない。でも、ふたりのあいだに通い合うものがあるのをぼくはみとめている。

「通い合うもの」と言ったのは適当でなかったかもしれない。ママにはまだジャックのことをきちんと話していないのだから。そしてママがジャックのことをほとんど知らないということこそ、ぼくの心配の種になっているのだから。あるいは、「通い合うもの」と言ったのは、ママに知識があるないにかかわりなく、どんぴしゃりの表現だったのかもしれない。心の波立ちの源として、いずれが大きいか見分けがつかない。おそらく、いずれも大きいんじゃないか。

ぼくはジャックに返信を書いた。「こちらこそ悪かった。最近、健康状態が万全ではないんだ……　近いうちにまたおしゃべりできるときがあるといいね。」そしてこれをママが届けた。

ジャックが十歳だったか十二歳ごろのことを思いめぐらしている。あのとき、ジャックは郵便受けに木の削りくずを詰め込んで、火をつけた。灯油に浸した紐を導火線がわりにして。当時、郵便受けは門の横の支柱にとりつけてあった。長いパンの形をしていて、田舎で愛用されているタイプだった。冬の夕方、ぼくは教会の集会から歩いて戻ってきたところだった。パッという音がした。目を上げると、炎が郵便受けの口からまさにこぼれ出てくるところだった。ギクッとしたよ。しかし、誰のしわざか、一瞬たりとも迷わなかった。

少年はいつもひとりぼっちで、いつもにっこり笑った。そしていつもいたずらに夢中だった。まだ十歳を越えないころ、彼はT型フォードとともに姿を消した。町の中心部で車がアイドリングしているのが目にとまったんだ。当時、このあたりでは、自動車はまだ非常にめずらしかったから、興味をもったことは理解できる。彼はその車を運転して、まっすぐ西へ、何マイルも走らせた。ガソリンが切れると、そこから歩いて帰ってきた。馬車に乗った若い連中がフォードに出くわして、ウィルキンスバーグまで牽引してゆき、一丁の猟銃と交換した。車が行方不明の数カ月のあいだ、たぶんかなりの人々があのフォードの所有者になった。一日とか、二日。最後に、大所帯の家族が若い雌牛で車を買い、意気揚々とギレアドにやってきた。七月四日のお祭りに参加するつもりだったんだ。しかしその場で逮捕された。当局は、多数の交換物や、借用書を調べ、ポーカー仲間を装って、それまでの過程をたどった。けれども、事の原因になった泥棒はみつけられなかった。捜査の結果、フォードを売り買いしたかなりの人が軽犯罪にかかわっていて、とても警察の手に負えないことが判明した。それで、事件の全貌は公的には闇に葬られた。でもおもしろい話だったから、長く世間の記憶に残った。フォードが盗難車なのははっきりわかっていたが、人々はちょっとのあいだそれを所有する喜びに打ち勝てなかった。ずうっと持ちつづける度胸こそなかったにせよ。値段は手ごろだったから、それだけ誘惑も大きかったんだ。

やったのは自分だと、ジャック自身が打ち明けた。車のグローブボックスにあった取っ手をおみやげにしていて、ぼくに見せてくれた。しかしこちらは彼の告白をきちんと受けとめてやれなかった。ジャックは小さいときから鋭敏で、ぼくが口外しないと読んでいた。じっさいひと言もしゃべらなかった。たしかに、両親には知らせたほうがいいと考えはした。でもとてもできなかった。こういう内緒事を秘めている子どもに、いつもぼくはいささかの畏怖の念を抱いたものだ。まあ、十歳の少年がその一帯の人々を犯罪に巻き込んだことを世間に知らせたら、未完の物語のすばらしいクライマックスになっただろう。

しかし、全体に悲哀のようなものがみちている。それをぼかしたくない。つまり、悲しみが少年の内面に巣食っている。ある朝、ぼくが出かけようとすると、玄関前の階段に糖蜜が塗ってあった。そこに蟻の群れがたかって、黒い塊をなしていた。こういういたずらをする子どもはどんなに孤独か、よく考えてやらないといけない。また、ぼくの書斎の窓を壊すなんらかの方法を編みだして、窓枠一枚分のガラスを粉々にした。鮮やかな腕前だったよ。どうやったのか、きいてみたい。いつか、ぼくとジャックが打ちとけて、それについて笑って話せる日が来たら。

小さなジャックはそういったことをやらかしていた。総じて、犯罪と紙一重のいたずらを。そうぼくは思っている。犯罪といえる出来事もいくつかあった。ぼくはそれらを彼が起こしたとは絶対に考えたくなかった。しかし、内心ではいつも疑っていた。たとえば、ある家畜小屋から火があがり、動物たちが悶死したことがあった。あれを彼がやったと考えるのはもしかするとまちがっているのかもしれないが。

ジャックの逸脱は、いつも孤独に、ずる賢くなされた。このことは、彼が成長するにつれてますます顕著になっていった。さきに、彼は世間的な意味で盗みをしなかったと言ったが、それは、彼が盗んだのはとくに値打ちのないものだったということだ。盗まれた物の持ち主は別にしてね。彼がすることはナンセンスなことだった。唯一、最大限の困惑を生みだすことと、罰を受けるリスクは最小限におさえることをねらっていた。彼は十五、十六歳のころになると、ぼくが教会にいるとき、しょっちゅう家に上がり、品物をポケットに入れた。とてもいやらしい。あるときは、ぼくの机上から古いギリシャ語新約聖書を持っていった。世の中でこれ以上に盗みがいのないものもないだろう。あるときは、老眼鏡を盗んだ。あるとき、ぼくが帰宅すると、彼が居間のまんなかに立っていた。彼は笑い声をあげ、こんにちはおじさん、と言った。平静に、とても感じよく。それからひとくさり語った。ませた態度を身につけていたよ。まるで愉快な話でもしているみたいに、ほほえみを浮かべていた。それからしばらくして、失ったものに気づいてはっとした。ルイーザの少女時代の写真を納めたベルベット製の小さな写真立てがない。カアッと血が上った。あんなに激怒したことはないよ。じつに狡猾なしわざだ。それをどうしてバウトンに知らせられるだろう。どんな言葉にできるだろう。

なくなったものは、じきに現れた。ギリシャ語新約聖書は玄関のドアマットのうえに置かれていた。写真立ては、バウトン家の玄関広間の卓上に不意に現れた。ミステリーのように。そうしてぼくの手元に戻ってきた。例のペンナイフ、貝殻でできた柄に Chartres という文字の彫り込みのあるペンナイフは、キッチンテーブルのうえにあった。リンゴに突き刺さって。ぼくは胸さわぎがした。

それからだ、彼は無軌道ぶりを発揮しはじめ、彼の名が新聞に登場するまでになった。酒をくすね、盗んだ車を無謀に乗り回し……　おなじぐらいの非行で、しばらく監獄に入れられたり、海軍に送られたりした若者たちをぼくはみてきた。けれども、家族の名声のゆえに、ジャックは咎めを受けなかった。言いかえれば、家族を悩ませつづける許可を得た。

ジャックは淋しそうだったと言ったんだったね。どうしてそう見えるのか、まったく理解できなかった。前にも言ったように、バウトン家の人たちは、心から彼を愛していたからだ。一家全員が彼を愛していた。兄弟たちはどんなときもジャックに味方した。幼いジャックは、よくするりと抜けだして、どこかへ駆けていった。すると兄弟たちがジャックを探しにぼくの家に来たものだ。子どもに見合ったレベルを超えてジャックのことを心配していた。大きな問題をひき起こす前に見つけ、心の向きを変えてやりたいと思っていた。ある夏、ぼくは裏のフェンス沿いにヒマワリを植えた。一列に並べて、たしか二十株だった。ある日の午後、バウトンの子どもたちがジャックを探しにやってきて、ジョニーを知りませんか、と玄関口で尋ねた。当時、彼らはジャックをそう呼んでいたんだ。ぼくは表に出ていっしょに探し回った。そしたら、なんということだ、うしろから引っ張られたのは明白だ。ヒマワリがみんなのけぞる格好で折れ曲がり、花がフェンスのむこう側に垂れていた。風のせいかもしれない、とグローリーが言った。ああ、風かもな、とぼくは言った。

現在のジャックをひと言で言いあらわすとすれば、ぼくは「ひとりぼっち」と言うだろう。「疲れ切っている」とか、「怒っている」という言葉もたしかに浮かぶけれども。ルイーザの写真がなくなっていたとき、ぼくはバウトンの家に本を返しに行った。ぼくらはベランダで腰かけ、しばらくおしゃべりしていた。少年は階段の所に座って、パチンコをいじくっていた。そしてぼくらのひと言ひと言に耳を傾けていた。そしてときどき目を上げ、ぼくの顔を見てほほえんだ。まるで、おもしろいいたずらを共謀しているみたいに。ぼくは胸のうちに怒りがこみあげてくるのを感じた。ぼくがその場でルイーザの写真について口にするよう、ほとんど挑発していたんだ。感情を抑えるには席を立つしかなかった。ジャックは、おじさん、またね！　と言った。ぼくは文字どおり震えながら帰った。あの少女との事が持ち上がったとき、なぜ、ずる賢い、とまっさきに思ったか、おそらく君に理解してもらえるだろう。

これらの回想は心臓によくないだろう。言いたいのは、ジャックはつねに謎の人だったということだ。だから、ぼくはジャックを不安な気持ちでながめている。だからまた、ほかの人を判断するように判断できない。つまり、こちらに見せる彼の態度から善悪の評価を下せない。ジャックはとてもずる賢い。まあ、今のジャックはどうか、なんとも言えない。だが、想像してしまう。ジャックが何をするか、こちらがどんな痛手を受けることになるのか、ありありと見えるようだ。日曜日に、説教壇でふとこんな思いがよぎった。ぼくが墓の中からしきりに覗いていると、君の横にジャックが座っている。そしてこちらに目を上げ、にっこり笑う……

こんな想像は自分にとってなんの益にもならない。むしろ祈るべきだ。

けさ、ホットケーキのにおいで目がさめた。ぼくの大好物だ。心臓は、食道のなかほどでつかえている粘土状の塊みたいだ。一所懸命祈ったんだが。ぼくが自分の椅子で寝ているのをママが見かけて、靴を脱がせ、キルトを掛けてくれた。最近は、座った姿勢のほうがよく眠れるときがある。そのほうが呼吸が楽になるんだ。ぼくは昨晩、明かりを消す前に、念の

ために この日記を元の場所に納めた。ジャックを警戒しているのを認めるよ。

きょうはぼくの誕生日だ。それで食卓はマリーゴールドの花々で飾られ、ぼくが食べるホットケーキのひと山にはろうそくが立てられた。また、かわいらしいソーセージが添えられていた。君は、主の「八つの幸い」の言葉を、ほとんどつっかえずに朗読した。二回くりかえして。大成功に君は喜色満面だった。むべなるかな。ママはソーピーにソーセージをやった。老猫はそろりと動いて、どこか秘密の場所へソーセージを持っていった。たしかにこいつは、脈々として絶えない、小動物キラーの末裔だよ。ぽっちゃりして、それなりに飼いならされてはいるが。

こんな朝を千回ほしいと思うのは欲だ。二千回、三千回もほしいと思うのは。君は赤いワイシャツ、ママは青いワンピースを着ていた。


ママはあの説教原稿を捜し出していた。どうなったかと心にかかっていた、ペンテコステの、ママとの出会いのときの説教原稿。それがぼくのお皿のわきに置いてあった。薄葉紙で包み、リボンを結んで。それでね、とママが言った。「直さないで。手直しする必要はないんだから。」ママはぼくの頭のてっぺんにキスした。ママに言わせると、炎のように波打つ髪のうえに。

そんなわけで、きょう、ぼくは七十七歳になった。

きのうはほんとうにすてきな一日だった。グローリーが車で来て、ぼくらを乗せて川べりのピクニックに連れて行ってくれた。トビアスもいっしょだった。いい少年だ。風船、爆竹、それとチョコレートをかぶせたケーキを持っていった。川は浅くなっていたが、心地よかった。最初の黄葉がさらさら散っていた。前日の夜よく眠れず、そのため心臓の具合が気になるのが残念だった。でも、みんなで楽しいときをすごした。グローリーとママは仲良しになっている。君とトビアスは、川に枯れ葉を放ってどっちがはやく沈むか競わせたり、川べりで水をはね飛ばしたりしていた。飽きずに、いつまでも……

昨夜はぐっすり眠れた。

ひどく悩まされることにならないか、という思いに悩まされている。何を言っているかわかってくれるね。ジャック・バウトンが帰郷した。それが彼の父、ぼくの親友の大きな喜びになっている。彼はなにも悪いことをしていないし、そんな気配もみせていない。しかし、彼がいるというそれだけの事実に心が騒ぐ。

誕生日のピクニックにジャックは来ないの？　と君はきいた。がっかりしていた。グローリーは、ごめんなさいねと言い訳をした。ママは黙っていた。ふたりのやさしい気づかいがひしひしと伝わってきた。彼女たちがどのように事情を把握し、どんな情報を交換し合っているのか、知りたくてならないよ。彼女たちがジャックを気の毒に思わないでいられるはずはない。ぼくもかわいそうだと思っている。ジャックと牧師らしくおしゃべりできないのがもどかしい。ジャックがどんなに寄る辺ない心の人か、よくわかっているのに。恥ずかしいことだ。

かわいそうだと思うと、その対象を愛するようになる。これは善良な人々の最大の美点のひとつだ。そしてこれは、男性よりも女性について当てはまる。女性はみずから危険な状況へ近づいてしまう。ぼくはそれを何回となく見てきた。しかも、どう警告してあげたらよいかいつも苦労する。なぜなら、ひと言でいえば、そういうときの女性たちの行動は、キリストがしてくれたことに似ているからだ。

書き付けへの返事はない。

もういちど短信をしたためた。非はすべて自分にあると深く感じている、等々。それからバウトンの家に持っていった。郵便箱に投げ入れようとしたとき、ジャックが庭に出ているのに気づいた。こちらを見ていた。ぼくは歩いてゆき、メッセージを手渡した。ジャックはちょっと戸惑う様子をみせた。もういちどお詫びの言葉を書いたんだ、と言った。前のものより吟味している、と。ジャックはありがとうと言った。ほんとうにほっとしているのが、はっきりわかった。たぶん、前の手紙は読まなかったのだろう、非難の言葉が記されていると思って。ジャックはさっと紙をひらき、丁寧に読んで、またお礼を言った。

ぼくは言った。「おしゃべりしたかったら、いつでも来なさい。よろこんでお相手するよ。」ジャックは答えた。「ほんとにお邪魔でなければ、ぜひまたお話ししたいです。」その結果どうなるかはやがてわかるだろう。

こんなにすっきりと事が運んだので、ぼくは満足していた。胸のつかえが取れたよ。でも、告白しよう。ジャックが打撃を受け、ジャックに第二の手紙を書いたのは、ママへの思いからでもある。このことでジャックが打撃を受け、そのために、ママの同情心がジャックに傾くことのないようにと思ったんだ。しかし、ぼくは明るい気持ちだった。ジャックの表情があんなふうに変わるのをみることができてうれしかった。彼は一瞬、若くみえた。

また一睡もできなかった。ジャックの洗礼式のことをとりとめなく考えていた。その朝、ぼくは執事のひとりに礼拝をゆだねてバウトンの教会に行った。打ち合わせはおわっていて、子どもの名は、セオドア・ドワイト・ウェルドに決まったはずだった。すばらしい名前だとぼくは思っていた。おじいちゃんはウェルドの説教をきいたことがある。ウェルドは毎晩、三週間にわたって熱弁をふるい、南部に共鳴していた開拓者の一集落を、そっくり奴隷制反対の立場に転向させた。おじいちゃんはそのときの体験を、みずからの人生の特別な体験のなかに数えていた。ところが、洗礼式のとき、この子の名を求めると、バウトンは「ジョン・エイムズ」と答えた。ぎょっとした。バウトンはもういちどこの名を言った。彼のほおのうえを涙がつたい落ちた。

こんな羽目に陥らすなんて、まったくバウトンらしくない。そもそもこういうハプニング的なやりかたは、長老派の流儀に反しているよ。会衆席から嗚咽の声が漏れた。しばらくのあいだ、ゆるせない気持ちだった。君にほんとうのことを書いている。

せめて一時間、考える余裕があったら、心持ちはずいぶんちがっていたと思う。あのときぼくは心を固くして、この子は自分の子ではない、と思った。じっさい、以前はどの子どもに対してもそう思っていたわけだがね。「むさぼり」を正確に定義するのはむずかしい。しかし経験からいえば、それは他人の長所や幸せをうらやましいと思う心よりも、はねつける心、それらのまばゆい輝きに侮辱を感じる心のうちにある。

なかなかおもしろい。ひとつの説教がつくれるね。「俺様の気に入らないことをしない奴は幸いだ」というのがその説教のテキストになるだろう。このテーマについて、じっくり考えるときがあるといいな。

とんでもなくバカなことを記そう。ぼくの頭のなかにこびりついた思いがある。あの子は、洗礼式をとりおこなうぼくの心がどんなに冷たかったか、祝福する心からどんなに遠かったか、感じていた……　愚にもつかない考え、不合理な固定観念だ。こんなことを語るのは恥ずかしい。でも正直でありたい。そして、ぼくはあの子に、自分と同名の子に対して、負い目をつよく感じている。一度も彼のことが好きになれなかったんだ。

書いてよかった。言葉にし、書き記し、読むことができてよかった。まちがっているのがわかったからだ。心がとても軽くなった。

ジャックの洗礼式をやり直すことができたら、どんなにいいか。なによりぼく自身のためにね。陰鬱な思いに引きずられて、自分の手の下にある神聖さをいつものように感じることができなかった。おさな子がぼくを祝福してくれるというあの感覚を。残念でならないよ。

ジョン・エイムズ・バウトンは、ぼくの子だ。ぼくが信じていることのうちに、仮にも真理が含まれているとすれば、このことも真理であるはずだ。「ぼくの子」。この言葉を、ぼくは「もうひとりの自分」「とても大切な者」という意味で使っている。完全ではないが、さしあたってこれより上手に言い表せない。

『綱要』のなかの一段落を思い出す。他者における神の像こそが、われわれが他者を愛する根拠であると語られている。そして、われわれの敵の罪は、神が厭うことなくすべて引き受けてくださると。すると、自分の敵に責任を帰するなら、恵みの現実を否定することになる。そうならざるをえない。敵を愛するのは、なんらかの道徳的規準を満たすためではなく、神が彼らの父でもあり、彼らを愛しておられるからだ。みんなこの点をおろそかにしがちだと思う。これについて、たぶん百回は説教したよ。

ジャックがぼくの敵だと言っているわけじゃない。そんなに大げさに考えてはいない。カルヴァンは、わかりやすく、極端な話をしている。ましてやだ。ぼくの場合は、総じて、不愉快な目に遭ったというだけのこと、その程度の悪はさらっと水に流すべきじゃないか。ジャックは父親をひどく悲しませてきたが、いつも即座にゆるされた。一方、ぼくはなかなか彼をゆるせない。それを感じとることがまた、バウトンの心を痛ませてきた。バウトンじいさんの悲しみはしかし、ジャックの孤独を思うところが大きかったと思う。ジャックは、バウトンにとっても、ぼくらみんなにとっても、異邦人だったんだ。

さて、ぜひ伝えたいことを記そう。なにしろ、神の前にすべてを包まず申し上げていたときにひらめいた考えだからね。生きているということは、きわめて意味深いこと、神聖なことだ。神が、ぼくらの数々の背信をものともされないのであれば、ぼくらの背信は重大ではない。ぼくらの背信に伴ういかなる現実も、生きているというこのうえなく貴い事実と比べるなら、取るに足りないものであり、カッコでくくられるものにすぎない。むろん、神はぼくらの背信をすべて拭き取ってくださる。ぼくが君の顔のよごれを拭き取ってあげるようにね。ともかく、ぼくらのしみや汚れが神の頭痛の種になるわけがない。しみや汚れは創造のみわざには含まれていないのだから。

たしかに、神の悩みになるはずの理由は事欠かない。ぼくら人間はメチャクチャなことをする。ぼくらの歴史は惨憺たるものだ……　思考の流れがもつれてきたね。疲れている。このことが、この行き詰まりの一因になっているのだろう。まあ、脂の乗り切った年頃でも、罪の底知れない力と、無条件のゆるしの恵みをつきあわせると、いつも渋滞したのを思い出すけれども。ジャックがぼくの息子であれば、おなじ道理によって、ジャックの娘もぼくの子孫ということになる。あの子の身に起きたことは本当に痛ましい。それはあれこれ言う余地のないことだ。ぼくはクリスチャンとしてほかに言いようがない。

昨夜書きとめた思考を読み直してみたら、自分にとっての中心問題を避けていたことに気づいた。すなわち、「胸のうちにある不安にどう対処したらいいのか？　ジャック・バウンは君とママに害を与えるんじゃないか？　ジャックにはそれだけの才略があるのだから。巧みに人目をあざむいているが、否定できない卑劣な根性を隠しているのだから。」君はけさ、ジャックはどうしているか、と、もう二回聞きに来た。

君とママに害を与える。厳密にいうなら、ぼくに害を与えるのとおなじではないということが、ぼくの悩みの核心にある。ジャックが階段からぼくを突き落とすなら、ぼくは下の床に激突するまでに、彼をゆるすための神学的根拠を思いめぐらすだろう。しかし、彼がほんのちょっとでも君たちに傷をつけるなら、ぼくのなかで神学はどっかにいってしまうんじゃないか。

考えてみると、ぼくがおそれているのはこのことが大きいかもしれない。

ベランダで、ジャックが君とママに話しかけているのがきこえる。笑っている。君たちみんなが。ああよかった、と思う。ぼくの目には、ジャックはいつも、火の間近に立っている人のようにみえる。肌がひりつくのを耐えている。もっと危険な所からわずか半歩の位置にあるのを承知して。笑っているときさえ、そんな印象を受ける。少なくともぼくと話すときには。彼の神経を逆なでしないよう、ほんとうにいつも気をつけているつもりだが。ああ、ぼくは愚かな人間で、年寄りだ。そして彼は、ぼくが塵になったあとも、不可解な、壊れやすい人としてなおも存在しつづけるだろう。

ぼくは幾度となく、自分の知識の限界地点までさまよい歩いた。境をふみ越えて、荒涼とした所へ、ホレブへ、カンザスへ出かけて、わざわざこわい思いをした。性懲りもなく。場所を示すすべての目印に、今生の別れを告げた。まあ、そう感じたわけだ。あのドキドキ感は、ぼくが人生で味わった真の愉悦のひとつだったよ。暗闇と光。静寂と、身に迫る危険。それはいつも強烈で、すばらしい体験だった。ぼくがあの冒険に魅かれたのはエドワードの感化があっただろう。それから、おじいちゃんの旅立ち、荒野への最後の飛翔があった。かつてのぼくは、自分をあの不屈の老人に重ね、いつでも地の底に飛び込もう、そして神の審判のときまで、ぶすっぶすっと煙を上げつづける存在になろう、と考えていたのかもしれない。まあ、今のぼくにはあんな計画に心を用いる余裕はない。現在の困惑状態が新しい荒野になっていて、自分はこれまでほんとうに道に迷ったことがあったのかと思うほどだ。

とはいえ、ぼくは荒地の冒険をとおして、この世の無常にたいする新しい目を養われた。われらは夢のように去りゆく。ほんとにそのとおりだ。そしてあとに残された、忘れっぽい世間は、ぼくらが大切にしたものをみな踏みにじり、ぶちこわす。それが世のきまりだ。驚嘆すべきことだよ。

ジャックはヒョウタンをもってきた。袋にいっぱい。ママはお返しにグリーントマトをあげた。晩夏の珍妙な実り！　ひょろながいカボチャやら、へんてこりんなズッキーニやら。風といっしょにドングリのあられが屋根に落ちてくる。しかし、おだやかだ。しばらく、あちこちでクモがせっせと巣をつくっていたが、今それらの巣は、吹きつける風でずたずたになっている。太ったクモたちは、枯れ葉にくるまって夢見心地なんじゃないかな。これまでの労苦をすべて忘れて。

ある日のことを思い出す。おやじとおじいちゃんがベランダで並んで椅子に座り、黒クルミの殻を割って実を取りわけていた。ふたりはいっしょに過ごすのが好きだった。言い争っていないときは。つまり黙っているときは。あのときのように。

おじいちゃんがぽつりと言った。「夏はおわったが、助かっちゃいない。」

おやじが言った。「主の真実だな。」

そしてまた沈黙。ふたりは下をむいたまま仕事に没頭していた。彼らの言葉は旱魃をさしていた。そのころすでに猛威をふるいはじめていて、数年つづいた。文字どおりの災いだった。あのとき、きょうとおなじような気持ちのいい、柔らかな風が吹いていたのをおぼえている。黒クルミを割る作業ほど退屈なものはない。ふたりはそれを毎年秋になるとしていた。おふくろが、ふたりは家具のにおいがするねと言っていたが、うまいこと言うと誰もが思ったんじゃないかな。おふくろはいつもふたりを上手に使っていたよ。


君とトビアスが、ベランダの階段のところで、ヒョウタンを大きさや、色、形で分け、好みのものを選んで名前をつけている。「潜水艦」とか「戦車」とか「爆弾」とか。トビアスのおやじさんがまたやってくるのを覚悟しておかなくちゃ。今の子どもたちはみんな戦争ごっこをする。戦闘機が飛び、爆撃する、墜落し、爆発する、その様子を音声で表現する。昔もおなじことをやったものだ。大砲の連続発射や、銃剣突撃。

こんな話をしたところで不安な心を落ち着かせることにはならない。

この世は、滝壺に落ちてゆく急流だ。そのなかで存続するものは何か。このことはじっくり考えてみる価値がある。

おやじのある説教を思い出した。エドワードとの断絶が明らかになり、しばらくのあいだ熟考してから語ったものだ。説教のなかで私的なこと、あるいは個人的なことに言及するのは、まったくおやじの流儀じゃなかった。言及するとすれば、そっと、写実的描写を伴わずに述べるだけだった。ところが、あの朝はちがった。おやじは神への感謝を表した。――「離反」とはどういうことか、ようやく、いくらか知ることができた。自分自身が父にしたこと、南北戦争のあと、クエーカーの集会に行き、父を独り、大きな心の痛みに耐えさせた、あの行動こそ離反だった、それを神様の恵みによってわからせていただいたと。そうして、ぼくがきいたことのない話をした。おやじの母親は、もう何カ月も重病に侵され、激しい苦痛に苛まれていて、教会に通えなくなっていたが、おやじが欠席しているのを知って礼拝にやってきた。いつも母親につきそっていた、おやじの姉妹たちが、順番に抱きかかえて道を進んできた。とても遠く感じただろう。彼女たちは礼拝がはじまる時刻に間に合わなかった。母親が連れていってほしいと言ったのがその日の朝だったからだ。そのうえ、母親が痛がるので乱暴に扱えず、なかなか進捗しない仕事に気ばかり急いて、カッカし、髪が乱れた。母親は青白い顔をしていた。髪の毛は切り取られていた。妹姉たちが苦労して着せたワンピースはぶかぶかだった。説教の最中に入ってきた彼女たちは、普段着のままで、汗だくだった。ボンネットもかぶっていなかった。長女のエミーが母親を抱えていた。大きな子どもを運ぶように。老牧師は話をいったん中断し、立ったまま彼女たちをみつめた。それからまた本題にもどった。それは、他者のための受苦に込められた深い神秘にかんするもので、当時、おじいちゃんの説教はすべてこの主題で貫かれていた。おじいちゃんは何分か説教し、何分か祈り、祝福の言葉を述べてからおばあちゃんのもとにゆき、抱いて額に接吻した。そして家にかかえて行った。教会員への配慮については、川辺でながい安息日をすごすメソジストたちにまかせて。

「あのときの恥ずかしさは言葉に表せません。」とおやじは言った。「彼女たちは、母がしたことを私に伝えました。私が礼拝に欠席しつづけるなら、母はまた教会にゆくと言いだすんじゃないかと心配したんです。エミーに言われてしまいました、こんなことをもう一回させたら、一生恕んでやると。もちろん、行動を改めました。」

おやじは、自分自身と、ぼくら家族に向かって話していた。エドワードの行動は、自分がやったことと比べればたいしたことじゃないと。そして以下のように語った。自分自身と、ぼくら家族の心にむかって。――いま自分が味わっている、やり場のない思いのなかにも、なにかしら時宜にかなったもの、価値あるもの、ためになるものが含まれている。つまり神の計画、それも、ほんとうに、神のご好意のあらわれとみなしうる計画が潜んでいる。あるいは、言わばたとえのようなもの、こちら側の認識が深まることをねらった霊的教訓が潜んでいる。このように理解するなら、エドワードを非難しようとする衝動に歯止めが掛かる。少なくとも抑制が生まれるはずだ。まわりへの気づかいを欠いた振る舞いも、それが神意に寄与していると思えるなら、憤慨するのは筋違いだ。

この考え方を、ぼく自身、幾度となく適用してみた。必要だと思うとき、また、今がそのタイミングだと思うときにね。じっさい、ぼくらが味わう苦難は、たいてい過去に自分がやらかしたこととどこか重なるものだ。しかし、げんに怒りを抑えるのがむつかしいとき、この方法がどれだけ有効か判然としない。ここぞというときにうまく適用できない。適用の努力をやめてはいないが。

きょうの午後、ぼくはがっかりして教会から帰ってきた。わずかな出席者、そしてまったく手ごたえのない集まりだった。こういうときは心底疲れてしまう。それで横になると、夕食のあいだも眠っていた。暗くなって、目がさめると、屋内に誰もいないので、ベランダに出た。君とママがブランコにすわっていた。キルトにくるまって。さわやかな夜は今晩でおわりじゃないかしら、とママは言い、自分の横にぼくが座れる場所をつくった。そしてキルトをひろげてぼくの膝に掛け、ぼくの肩に頭をもたせかけた。最高だったよ。この夏、ママはフクロウ・ガーデンに花々を植えた。フクロウ・ガーデンというのは、ママがつけた名称で、「フクロウ」はぼくのことだ。ママは何かの本に、夜、いちばんよく香るのは白い花、とあるのを読んで、玄関さきの小道沿いに自分が思いつく限りの白い花を植えた。今も咲いているのは、わずかなばら、それとアリッサム、ペチュニアだ。

ぼくらは暗がりのなか、しばらく座っていた。君はいつのまにか眠り、ママが君の髪をやさしく撫でていた。すると通りに足音がきこえた。思ったとおり、ジャックだった。彼は挨拶だけしてそのまま通りすぎるつもりだったのかもしれない。しかしママが、ちょっと寄っていってと言うと、彼はしたがい、門から中に入って来て、ベランダの階段に腰をおろした。ジャックはいつもママにはやさしい。

「ちょうどくつろいでいたところなの」とママが言った。

「こんなに心が落ち着く場所はないですね」とジャックは言った。それから、誤解されないだろうか、邪魔していないだろうか、と薄氷を踏むみたいに、「うれしいんです、しばらく生まれ故郷にいるのが」と言った。そして笑って言った。「もうぼくのことをぜんぜん知らない人たちがいる、それがありがたい。」

そうして片手を顔に当て、両目を覆ってみせた。暗かったが、そのジェスチャーはちゃんと見えた。思うに、ジャックはずっとそんなふうにしてきたんだろう。

ぼくは言った。「君が帰ってきて、おとうさんはとてもよろこんでいる。」

ジャックは言った。「あのひとは聖人です。」

「そうかもしれない。でも、君が帰ってきてよかった。」

ああ、とジャックは言った。足元に深淵がひらいているのに気づいた人のように。

それからしばらく無言がつづいた。ママが立って、キルトにくるんでいた君を抱き上げ、寝室に運んだ。

「また会えて、ぼくもうれしい」と言ってみた。嘘ではなく、バウトンのためにほんとうにそう思っていた。

ジャックは黙っていた。

ジャックは両足を前に投げだして、背をベランダの柱に寄せた。

「本当だよ。」

「そうでしょう」と彼は言った。

「聖書を山積みにして誓うよ。」

彼は笑った。「どのくらい高く積むんですか？」

「一キュビトかそこら。」

「じゅうぶんですね。」

「二キュビト積めば、安心かな？」

「申し分ないです。」ジャックはそう言うと、慇懃《いんぎん》な態度に戻った。「もういちどお会いできてよろこんでいます。奥さん、ご家族と知り合えたことも。」

それからまたしばらくぼくらは黙りこんだ。

ぼくは言った。「びっくりしたよ。君はカール・バルトを読んでいるんだね。」

「その、今もときどきトライしているんです。なんとか暗号を解いてみようと思って。」

「まあ、なかなか忍耐づよいと思うよ。」

「ぼくの動機がわかったら、褒めてくださらないでしょう。」

ジャックは世界でいちばん、おしゃべりするのが難しい相手だろう。

ぼくは言った。「いやいや、なんにせよ、たいしたものだ。」

ジャックは、どうも、と言った。

またしばらく会話が途切れた。

ママが温めたリンゴ汁の鍋とカップをもってきて、黙ってぼくらといっしょに座った。いとおしい人だ。ぼくは考えはじめた。ジャックがぼくの実の息子だったらどうだろう？ そして、世間でどんな年月をすごしたか知らないが、ひどく疲れて帰ってきたとしたら？ そしてこのおだやかな晩に、見たところ落ち着いた様子で、ここに座っているとしたら？ ここの想像のうちには満ち足らせるものがあった。神の恵みをしみじみ思った。輝かしい愉悦にみちた火のような、神の恵み。それは物事から本質以外のものを溶かしてくれる。静謐な闇のなかで、枝葉のことはぜんぶ忘れ、ただ、ここにいるジャック、死すべき存在であり、かつ不死の存在であるジャックを思うことができる、そんな気がした。すると不意に、快い不安のような感情に見舞われ、バウトンが天使に対して抱いたあの不安を思い起こした。

ぼくは眠りの穴に落ちてゆくところだった。しかし、このとき、ひとつの思いが生まれ、今もそれが心にある。ぼくは、かの永遠の霊から教えを受けたい、学びたい、と思った。その刹那、ジャックが彼に付き添う天使に変貌し、自らの死すべき命が指し示す秘義について、人間の深い事実について、沈思黙考しているようにみえた。もちろん、それはまぎれもなくジャックなのだが。「誰が人のことを知るのか、その人のうちにあるその人自身の霊以外に。」重要な特徴すべてにおいて、ぼくらはお互い、大きな謎だ。そして一人ひとり、異なる言葉を話している。また異なる美学、異なる法学をもっている。そうぼくはつよく思う。人はみな、小さな文明社会のようなものだ。それは先立つ無数の文明の廃墟のうえに築かれていて、ぼくらはバラバラに、自分の見方で、これはきれいだとか、これは許容できるとか判断している。しかし、ただちに言っておきたいと思う。ぼくらは大概、自分の基準を満たすことができずにもがいている。ぼくらは、まぐれ当たりの互いの類似点を、真の一致であると思い込んでいる。ともにおなじ社会的習慣を受け継いでいるし、おなじコインを使っているし、多少の幅はあっても共通の倫理観があるのだからと。しかし、こうしたことは、ぼくらのあいだにある不可侵の、横断できない、とてつもなく巨大な空間と共に生きるのをやっとこさ可能にしてくれるだけだ。

ぼくらは惑星のような存在だと言ったらいいのかもしれない。しかしそうすると、文明社会にたとえて言おうとした要点がいくつか抜け落ちてしまうだろう。惑星は、みなおなじ恒星に由来するのかもしれないが、それでもこちらのたとえは歴史的な面が欠ける。たしかに、ぼくらは幾世代もの生の廃墟のなかに生きている。だからつながりがあるようにみえる。ここが重要だ。ぼくらはこの見かけに騙されてしまう。ぼくは相当な年だから、山狩りの思い出がある。よく藪に入っていった。大勢でね。まず、大きな円陣を張り、そこからじわじわと包囲して、驚いたウサギをねやから狩り出す。そしてまん中に仕掛けた罠にかかったら、木切れやこん棒で叩き殺す。世界大恐慌のときの話だ。みんなお腹を空かしていて、ぼくらは必死だった。それについてとやかく言おうとしているんじゃない。(ジャックウサギは捕まえなかった。獲物はワタオウサギだけ。ジャックウサギには問題があるのをみんな知っていた。それが何か、きちんと教えてもらった記憶はないが。)そういえば、ウッドチャックを食べていた人たちもいた。学校にゆく子どもたちの弁当箱には、たいてい、ゆでジャガイモか、ラードを塗ったパンの耳しか入っていなかった。当時、教会の窓はほこりで覆われていた。よく梯子にのぼって、ほうきで払い落したものだよ。それで人々はどうにか賛美歌の歌詞を判読できた。

ひどい時代だった。しかしそれが現実だったし、なんとかやれた。あれがぼくらの「文明社会」だった。死の陰の谷だった。カルデアのウルもおなじだったんじゃないかな。現代の考古学的知識がどうであれ。ぼくは神に感謝している、もちろんさ。そしてあのような体験も意味があったのだから、この町に生きてきたことを後悔していない。物を見る目が変わるよ。あの窮乏生活のおかげで、人生には安穏とした暮らしや、物質的満足より大事なものがあることに気づいた、そう人々が言うのをぼくはきいている。もっとも、あの時代の貧しさの記憶から、わずかなお金さえ出し惜しむ老人がこの界隈にたくさんいる。批判はできない。教会はいまごろ大恐慌を抜け出そうとしているわけだがね。「散らしてなお、加えられる人もあり、締めすぎて欠乏する者もある。」この町の多くの事例が、この聖句の正しさを証明しているよ。まあ、おなじ理由で教会はみすぼらしい。でもともかく持ちこたえている。だから、不平は言うまい。貧しさを経験するのは幸いなこと、貧しさを他者と共にするなら、さらに幸いなことだ。

ふたりは、ぼくがうとうとして眠り込んだと思ったんだろう。たしかにぼくはよく居眠りする。ふたりは会話をはじめた。ママが小声で言った。「どのくらいいるつもりなの?」ジャックが言った。「すでに長居していないかな? ぼくだけがそう思うんじゃなく。」沈黙のあと、ママが言った。「セントルイスに戻るの?」

「その選択もあります。」

また沈黙があった。ジャックがマッチを擦った。タバコのにおいがしてきた。

「ひとつ吸いませんか?」

「ありがとう、でもいらない」と言ってママは笑った。「わたしも好きよ。でも、牧師の妻にはふさわしくないから。」

「ふさわしくない！　みんなに観察されているんですね。」

「気にしてない。いつもひと言いわれるけど。もうずいぶんフサワシクしてるわ、そうするのがたのしくなるくらい。」

ジャックは笑った。

「すぐにはこの町に慣れなかったわ、じっさい。」

「ぼくは大丈夫。この町のことは詳しいんです、まったく。犯人が犯行現場に戻るのにちょっと似た感じ。」

すこし間があってから、ママが言った。「ねえ、みんなあなたのことを心配しているわよ。」

「ほんとに？　どうも。まっ、信じましょう。」

ママは笑った。「わたし、ずっとうそはついてないの。」

「そう。骨の折れる話ですね。」

「人間はなんにでも慣れるものよ。」

「エイムズ先生は、あいつに気をつけろとまだ言ってませんか？」

ママはぼくの手をとり、温かい両手で包んだ。「このひとは心無いことは言わないわ。決して。」

沈黙。ぼくはかなり居心地が悪かった。想像できるだろう。それで、ちょうどからだをもぞもぞ動かそうとするところだった。みずから陥った不名誉な状況から、自分を救いだすためにね。スパイ行為とほとんどおなじことをしているみたいだったから。

するとママが口をひらいた。「セントルイスにいたことがあるわ。仕事を探しに行く人たちがいた。」ママは笑って、ぜんぜん駄目、と言った。

ジャックが言った。「素寒貧には酷な所だ。」

「素寒貧に酷じゃない所なんて、どこにもないわ。さんざん実験ずみ。」

ふたりは笑った。

ジャックが言った。「若いときは、気をつけていないと、落ち着いちまうぞって思っていたよ。」

ママが言った。「わたしはもっと大人だわ。それこそ、わたしが求めていた生活だった。夜、住宅のなかの様子を窓越しにみつめたものよ。どんなふうなんだろう、と思って。」

ジャックは笑った。「今晩、それをするつもりだったよ。」

沈黙。

ねえ、とママが言った。とてもやさしく落ちついた声だった。「ジャック、あなたの心を神様が守ってくださるように。」

「え？　ありがとう、ライラさん。」そう言ってジャックは立ち上がった。「先生におやすみなさいと伝えてください。」そして出ていった。

床に就いたまま、まんじりともしないで夜を明かした。これを書いているあいだだけ書き物机にむかってすごした。そして内容をじっくり吟味した。「心無いことを言わない」自分の持ち前を、ママがよろこんでくれている。もちろんそれにはじんときた。じっさい、いつも悪口を言わないよう努力している。でも、君には明らかなように、この場合はたいへんな骨折りをしている。

それにしても、ぼくがまだ、ジャックの言葉でいえば、「あいつに気をつけろと言っていない」ことにジャックが驚いたのにはギクリとした。ジャックはぼくのことを迂闊だとさえ思ったかのようだった。しかもジャック本人よりも正しく判断できる者はいないわけだ。おそらく、ジャックは、ぼくが実際以上に事情に通じているとみている。バウトンがしゃべっているだろうとか、うわさをきいているだろうとか考えて。バウトンはなんでも打ち明けてはいないし、ぼくの耳に届いた陰口はわずかだった。むしろ、ジャックのことが話題になるとき、人々は事実を思いやり深く包んでいるといつも感じた。

「犯行現場」。あれはジョークだった。そう受けとっているさ。しかし、考えさせられてしまう。彼のうちに感じられる心の痛み、それはどれほど「この町にいる」ということから生まれていることとか。過去のいくつもの出来事が、今も彼の心に痛みを与えているだろう。おそらく、みじめな思いを抱かせているだろう。

彼は、極端な、お門違いな罪悪感や後悔、いわゆるどうしようもないことに悩まされている。彼の額に手をおき、それをきれいに追い払ってあげられたら。そうしたら、問題は解決するんじゃないか。

神学的にみて、まったく不見識な考えだ。つまらない思いつきを記した。面目ない。

真実を語ろうと努力しているのだから、もうひとつ言っておかなければならないことがある。ママと話しているあいだ、ジャックの声からとがった感じが消えていた。リラックスしているようだったとさえ言いたいくらいだ。友だちとおしゃべりしているみたいだった。ママもそんなふうだった。

徐々に、この問題のなかに秘められている神の恵みがみえてきた気がしている。かなり祈った。そしてしばらく眠った。それでいくらか明晰になった。

ぼくはセントルイスに行ったことがない。残念に思うひとつのこと。

読み返してみたら、あるときから、中心が自分の不安についての独白になってしまっているのに気づいた。君と会話することが、そもそもの意図だったのに。ぼくは、まずまず正直な、良心の証しを君に残したいと思った。しかし、君がここにみるのは、もがいている老人の姿、それも、自分がなんでもがいているのか、わからなくてもがいている姿じゃないだろうか。
それでも、とめどなくつづく思考の洞窟から抜け出す方法をみつけたようだ。これは試し
てみる価値がある。こんなふうに――

昨晩、ベランダで座っていたとき、多少とも寝ているふりをしていたとき、そしてママが
ぼくの手をとり、両手で包んだとき、ぼくはとても大きな幸せを感じた。そのしるしがそれ
となく記してあるね。「温かい両手」。そして、ママがぼくについてとてもこまやかに、ぼく
がそれに値する以上の心をこめて語るのを、耳を大きくして聞いていた。もういちどふりか
えってみてはじめて気がついたよ、あのときママは、まさに落ち着いた生活、ママがいつも
求めていたと言った生活をしている人のようだった。その生活はもはや失われない、そんな
ふうだった。目にみえるところでは、また「物」の面では、その生活は失われる、それをマ
マはよく承知しているにもかかわらず。だから、よけいにうれしかったんだ。家々の窓を覗
き込み、人々の生活について思いめぐらすという話には、ほろりとした。ぼくも同類だ、そ
う言いたいくらいだった。主はご存知だ。長い年月、ぼくはまったくおなじことをしていた。
しかし、ママはあのとき、人生についてのすべての問いにたいする最終的解決を与えられて
いるようだった。この印象が正しいなら、ほんとうにすばらしいことだ。こう思うと平安な
気持ちになる。

前にこんな夢をみたことがある。バウトンとふたりで川辺にいて、浅瀬を見回して何かをさがしている。子どものころ、ぼくらはよくオタマジャクシを捕まえたものだ。するとおじいちゃんが木立から現れた。いつもの憤懣やるかたない様子で。そして帽子でなみなみと川の水をすくい取り、こちらにほうった。水の塊が飛んできて、空中でヴェールのように膨らんだかと思うと、ぼくらのうえにざばっと落ちた。おじいちゃんはふたたび帽子をかぶり、のしり、のしりと木立のなかに消えた。残されたぼくらは、きらきら光る川面に立って、自分の姿に驚いていた。ぼくらは使徒たちのように輝いていた。こんな話をするのは、まさにこれとおなじような不意の変容が、人生のなかでいくつも起こるからだ。それらは、こちらが求めていないとき、思いがけず起こる。しかもぼくらの期待や、ぼくら自身の資格を上回るしかたで起こる。ママと最初に出会ったあの日、あの幸いな、どしゃぶりのペンテコステのことを考えていたら、ふとこの夢を思いだした。

あの日の午前、何かがはじまった。まるで、魂がからだの中からおびきだされたみたいだったな、じっさい。すべてはどのようにして実現したか、どのようにしてぼくらは結婚するに至ったか、いちども話していなかったね。ぼくはあの体験からじつに多くのことを教えられた。ほんとうだよ。「望み」についての理解がひろがった。人生には変容が起こりうるということを学んだんだ。そして、死についてのぼくのイメージに甘美な味わいが加わった。

おかしな言い方かもしれないが。

どんな人かわからなかった、そう自分に言いきかせたものの、ぼくはその週のあいだじゅう、また来てくれたらと願いながら過ごした。教会から送り出すとき、名前をききそびれたのを悔やんだ。そして、牧師は「はぐれた羊」「迷える魂」への責任があるじゃないか、と自分を叱った。ぼくは平生、「はぐれた羊」とか、「迷える魂」とかいう言葉を口にすることは決してないし、そういう考え方をすることもない。そんなレッテル貼りは、ママに対しても断じてしなかったはずなのに。あの期間、ぼくは心のなかでとても奇妙な体験をしたよ。どうしても自分に正直になれず、しかも、自分をだまし込むこともできなかった。とても困った。なんて愚かしいんだ、と思った。でも、ママの若さ、そして自分の年齢が頭にあった。そのうえ、ママについてなんの知識もなく、ママが結婚しているのかいないのかもわからなかった。だから、ママにまた会いたい、あの声をもういちど聞きたい、という自分の強い思いを認めることができなかった。「こんにちは、先生。」ママが言ったのはそれだけだった。ぼくはそのひと言の響きをなんとか記憶にとどめよう、心のなかでもういちど聞こうと努力した。

告白しよう。いわば、預言者が後継者にしたように、おじいちゃんが自分のマントをぼくの肩に羽織らせたとすれば、それは、ぼくが生まれるはるか以前になされた。おじいちゃんの一生に刻まれた聖性は、ぼくの人生に、またぼくの牧師への召しにしみ込んでいる。ぼくはこの特質をできるかぎり保とうと努めた。世間の評判に心を配り、自分の人柄にも注意を払った。イエス・キリストによる神のみわざを、自分の生活、そして自分の説教を吟味する際の基準としていつもおぼえていようと努力してきた。それにもかかわらず、あのような精神状態で説教原稿をこしらえようとしていた。ぼくは、あの若い女性の顔を胸のうちに定着させようと、それればかり思っていた。

この体験をもっとはやくしていたら、ぼくはもっと賢明で、人の気持ちがわかる人間になっていただろう。相談に来る人々が、常識的な判断にどうして耳を貸さないのか、さっぱり理解できなかった。少し理性的に考えたらどうかと促すと、どうして彼らは、わかってます、わかってます、と言うのか、つまり、「構うもんか」と拒絶するのか、訳がわからなかった。「どうでもいい。」聖者や殉教者が言うような言葉だね。今になってよくわかったよ。情熱が人々を惜し気もない放棄へと駆り立てる。なんだか、偉大で神聖なものと見劣りする平凡なもの、つまり神の愛と人間の愛を一緒くたにしているみたいだが、ぼくはこのふたつを決して分けてとらえてはいない。一片のパンが神の養いになり、手のひと触れが神の祝福になるなら、ひとつの顔に浮かぶ切ない喜びも、最も偉大な愛がなんであるかを示しうるだろう。そう心から思う。あの時期ぼくは、忘れもしない、みじめさのどん底で、熱い思いと感謝にあふれて神を崇めた。ぼくはたくさんのことに目がひらかれたが、じゅうぶんに語りえない。もちろん、激しい感情は時とともに薄らいでゆく。それは幸いなことだ。

ルイーザとぼくは、まだ子どもといえる年頃から、将来は結婚するものとみられていた。だから、ママとの出会いは不意打ちの体験だった。ぼくは四六時中、ひとりの見ず知らずの人のことを考えていた。あまりに若い女性、おそらく夫のある女性のことを。こんなことははじめてだった。ぼくは自分の人柄や、牧師であることや、世間の評判が、乾いた殻のように割れて、裸にされたような気がした。こんな感じはいちども味わったことがなかった。これが自分だと思っていた一切のことが、身にまとっている服や、書棚の本と等しくなった。また、すでに果たしたことやこれからしなければならないことをぎっしり記したカレンダーとおなじものになった。さきに触れたが、それは死の前味だった。少なくとも、瀕死の状況の前味だった。特別かわった言い方をしているとは思わない。情熱 passion は、キリストの受難 Passion を指す言葉でもあるのだから。

ぼくのこの状態はいっそう甚だしくなった。ママは毎週、日曜日の礼拝に来た。ただいちどの欠席を除いて。そして告白するが、ぼくはママを喜ばせたい、ママの心に感動を与えたいという一心で説教原稿を準備した。説教の際には、ママの顔をやたらに見ないように、またジッと見つめすぎないように懸命に努力した。それにもかかわらず、ママの表情にはたしかに期待外れのしるしが浮かんでいたと勝手に考え、次の日曜日も来てくれるよう、一週間、跪いて祈った。なんてバカなことをしているんだと思ったさ。それでも、やっぱり願わずにいられなかった。どうか牧師としてのつとめを果たす力を与えてください、と主に申し上げた。しかしそれは本心じゃなかった。ぼくはほんとうに愚かしい老人でしかなかったんだ。全能の神に、自分の愚かしさを容赦してくださいと祈った。そのくせ、自分がしていることをちゃんと意識していた。ぼくの祈りはかなえられた。願いをはるかに超えるかたちでね。妻とひとりの子ども。夢にも思わなかったプレゼントが与えられた。

ただ一度、ママが礼拝に来なかったときがあった。とても不幸な日曜日だった。なんと空しい、悲しい、気の抜けた午前だったことか。自分たち、そして教会堂も、なんとみすぼらしくみえたことか。その日の説教の主題は、いかにもあのときのぼくが思いつきそうなものだった。「よその人を歓迎しよう。もしかすると、それと知らずに天使をお迎えしているのかもしれないのだから。」じつに嫌な気分だった。説教壇に立って、自分の馬鹿さ加減を披露している、会衆は全員それに気づいている、そんな感じがしていた。あのひとはもう来ない。そう思わずにいられなかった。陰鬱な一週のあいだ、ぼくは自分のつつましい日常、単調な日々を受け入れて過ごした。そして愚の骨頂を演じるに至らなかったことを神に感謝した。おしゃべりしようと、教会の玄関口でママの手をつかまえなかったことを。せりふを頭の中で下稽古し、紙にも記していた。ほんとうは、ママを引きとめず、言葉を掛けなかった自分を、このばか、と思っていた。その週、ぼくはこんなにはげしくママに引きつけられる理由を突きとめようとした。引きつける力が消えてくれるんじゃないかと考えたからだが、成功しなかった。ママの不在が身にしみた。まるで、この世でただひとりの友を失ったかのような気持ちだった。(そして、ママの名前と住所をどうしたら調べだせるだろうかと、頭を絞った。個人的事柄への牧師の関与、という口実のもとに。なんと恥ずかしいことだろう。)

次の日曜日、ママはふたたび教会に来た。情けないほどほっとしたよ。なんの理由もなくケタケタ笑いだしそうで不安だった。また、ついママの顔に視線が釘付けになりそうで不安だった。『何週間ものあいだ、この胸を焦がしてきた人だが、よそから来た人だ。不可解な馴れ馴れしい態度で戸惑わせちゃいけない』と自分に言い聞かせた。ぼくは床屋へゆき、新しいワイシャツを着ていた。執拗な、熱烈な、恥ずかしい願いだが、ひょっとするとかなえられるかもしれない、念のためそれを考えに入れておくべきだと思ったんだ。そのうえ、ためしにヘアトニックをつけてみた。バウトンと通りでばったり会った。あのころはよくそういうことがあった。するとやっこさん、こちらの顔をじっと見て、うふっと笑った。ぼくは思ったよ。なんて大バカなんだろう、もう外から丸見えだ。

その日曜日、ぼくは教会から出ようとするママの手を握り、ついにひと言いった。「先週はみんなさびしがっていました。また来てくださってうれしく思います。」

え、とママは言うと、すこし赤くなり、目をそらした。やさしくされて驚いたようだった。そのやさしさは、牧師が来会者に示すごくふつうの態度だった。しかしまた、その場にふさわしい節度を踏み越えない、精一杯の態度だった。

「私は恋わずらいにかかっています。」これは聖書の言葉だ。この言葉を思いだしたとき、笑わずにいられなかったよ。ぼくは危機に陥るときはいつもそうするように、聖書に助言を求めた。そこで雅歌を選んだ！　ぼくはその章句から、自分が味わっている苦しみは神の目には美しい、ということを知り得ただろう。ぼくがもっと若かったらね。そしてママが未婚なのを知っていたのだったらね。聖書のすばらしい詩句によって、ぼくの気持ちは苦しくなるばかりだった。

　だが、なんとその翌週の日曜日、ぼくはママの手を握って言った。夜に聖書研究会があります、大歓迎ですよ、と。ぼくは家に戻り、自分の狡知が実をむすぶよう祈った。それからもういちどひげを剃り、聖書研究会の準備に集中しようと骨折りながら、日が暮れるまでの時間を過ごした。教会に早めにゆくと、ママがいた。教会の表階段のところでぼくを待っていたんだ。伝えたいことがあったから。ぼくはこのとき、――ときおり、そんなふうに感じることがある――神の恵みの奥には哄笑がひそんでいるんじゃないかと思った。ヘアトニックの香りを漂わせる老人、不面目な恋狂いに、ママは心をひらいて、洗礼を受けたいと思って先生の教会に来ています、と言った。

「わたしが子どものとき、洗礼を考えてくれる人はいませんでした。自分にはこれがない、といつも思うんです。」ママの目は、なんといとおしい一途な心を映していたことか。

「そうですか、その準備をしましょう。」ぼくはそう言ってから、ほんの話のついでのように、この地域に家族がいるのか、と尋ねた。

ママは首を振り、とても静かな声で言った。「家族はいません。」ぼくは憐憫の情がこみ上げてくるのを感じた。しかし同時に、浅ましい心は神に感謝をささげていた。

そんなわけで、ぼくはママにキリスト教の教理の手ほどきをし、妥当な時に、洗礼を授けた。そして幸いにも、物静かなママの姿をみることに慣れていった。感謝の祈りをささげたよ。情熱の嵐をなんとか乗り切ることができたんだ。世間の信頼を失うまねをしでかすこともなかった。往来で追いかけるとか。いちど、もうすこしでそうするところだった。ママが食糧雑貨店から出てゆくのをみたとき。ぼくはギクッとし、汗がどっと噴きでた。それほど強い衝動に駆られたんだ。ぼくは六十七歳だったしね。それでも、ママの若さと孤独に対してつねに細心の注意を払って行動した、このことは君に断言できる。とても気を配った。ママの洗礼準備会には、ママより年上の、親切な女性数人に同席してもらうのが一番、と考えた。しかし、そのためにママは自由に話せなくなった。悪いことをしたと痛切に思った。

女性たちのなかに二、三人、教理のいくつかの要点、とくに罪と永遠の罰について、エキセントリックな考えをもっている人たちがいた。ぼくが教えたわけじゃない。神学的問題における混乱の多くはラジオに原因があると思う。それから、テレビはもっとひどい。四十年のあいだ、コツコツ教える。神秘が存在する事実に心の目をひらけと。そこに、神学についてジャックラビットほどの知識しかない連中が登場して、ラジオ説教をする。するとこれまでの苦労が水の泡になる。この現実はいかんともしがたい。

　しかし、このことも益とされた。ヴェーダ・ダイアーさんが、かなり興奮して、火について、すなわち永遠の滅びについてまくしたてはじめた。ぼくは『綱要』をもってきて、救い難い人々にかんするくだりを読んでやらなくちゃ、と思った。消せない火などのイメージは、彼らの苦悩の「比喩的な、この世の事物による表現」であり、「神との交わりが断たれることがいかに悲惨であるか」を述べるものだ、とカルヴァンは書いている。ぼくはこれらの言葉をいつも念頭に置いている。たしかにおそれを抱かせられることだ。しかし、荒唐無稽なことではない。ぼくは出席者に言った。「地獄の本質を知りたいと思うなら、ろうそくの火で手をあぶったりするんじゃなく、自分の心の奥にある最も汚い場所、最もさびしい場所について思いめぐらせばいいんです。」

　しばらくのあいだ、みんなそうした。ぼくもいっしょにした。夕べの風や、蝉の声に耳を澄ましながら。孤独について考えると、思わずたじろぎそうになった。それはぼくのまえに大きくひろがるようだった。そして改めて悲哀を噛みしめた。また心のうちを人に示さない自分の傾向や、克己を苦々しく思った。この持ち前が、ぼくを体面、体裁、良識に縛りつけようとする。ところが、目をあげると、ママがこちらをみつめていた。そっとほほえんで。

そしてぼくの手に触れて言った。「先生は大丈夫。」

ママの声はなんてソフトなんだろう。こういう声が世に存在する、それを聞くことができる、このことは計り知れない恵みだ。あのころも、今も、そう思う。

ママはほかの女性たちと一緒に牧師館を訪れ、洗濯をするためにカーテンを持ち帰ったり、冷蔵庫の霜を除いたりするようになった。次いで、ひとりで来て、庭の手入れをするようになった。そして庭をとても美しく、豊かにした。ある夕方、すばらしい薔薇の並びのかたわらで、ぼくはママに言った。「こんなにしてくれて、どうお礼したらいいか？」

するとママは言った。「わたしと結婚することよ。」そのとおりにしたんだ。

ぼくは思う。もし自分が完璧な神のしもべで、ママの額に手を置いて百パーセントの祝福を授けることができるなら、ぼくとおなじような体験をママもできるようにと願うだろう。ママが心からぼくを好いてくれているのはよくわかっている。でも、雅歌の言葉にドキッとする、まるで自分の胸の中から生まれたみたいだと思う、そういう体験をママにも願うことができたなら。ママの気持ちがぼくの気持ちとぴたり重なっていると考えるのは、じっさい無理な話だ。それに、お前はどうしてそんなにジャックのことを心配したりするのか？　愛は神聖なものだ。愛は恩寵に似ているのだから。すなわち、相手の値打ちを一切勘定に入れない。きっと、ぼくの死後には、ぼくが与えることができた以上の幸せがママを待っているだろう。たとえいろいろな苦労があるとしても。ときおりぼくは思う、ママのなかに幸せの芽が動き出しているのを自分は見ていると。神がママに恵みを与えようとしておられ、ぼくをしばしその目撃者にしてくださるのだとすれば、そのことのうちにぼく自身に対する大きないつくしみをみとめるべきだ。

けさ、壮麗な夜明けの光がぼくらの家をこえて、カンザスの方角まで達していた。カンザスも厳かな輝きに目ざめる。全天を鮮やかに染める曙に。この、昔ながらの大草原は、ごく限られたあいだ、カンザスとか、アイオワと呼ばれてきた。悠久の時を貫くひとつの日、最初の日があった。太陽の光は変わらず、ぼくらはその中で回転しているにすぎない。だから、どの日も根本的にはおなじ晩、おなじ朝だ。おじいちゃんのお墓も太陽の光を受ける。そして雑草だらけのあの小さな墓所の露がキラリと輝く。

「お前はエデンの園にいた。神の庭にいた。お前はあらゆる種類の宝石を衣としていた。ルビー、トパーズ、ダイヤモンドを。」

けれどもまた思う。ぼくとおなじぐらい年をとったら、君もぼくがしているような、自分についてのいわば報告書を書く気になるかもしれない。ぼく自身の経験から言って、加齢とともに自己認識はいろいろな意味であやふやになり、頼りなくなってゆく。

なぜぼくは、よりによって老いた君を想像したりするんだろう？　君のひざに、関節炎の最初の痛みが走る。抜け落ちた乳歯を君が見せにくるとき、ぼくはそんなことを思う。心からの哀惜の念とともに。老人よ、たゆまず祈れ。君はこの世界について、ぼくよりもひろい知識を持つといい。出不精だったのはぼくの弱みだ。それから、ぼくの蔵書のいくつかを読んでくれたらうれしい。君の視力と聴覚を神が守ってくださるように。それともちろん、心臓もね。君が老いの坂をのぼるのを容易にしてあげられたらと思う。しかし、それは神が父親として果たしてくださることだ。

きょうはめずらしい一日、そして心が波立つ一日だった。グローリーが電話をかけてきて、君とママを映画に誘った。迎えに来ると、バウトンもいっしょだった。グローリーは車から降りるバウトンを支え、彼が通路を進み、階段をのぼるのを手伝った。彼はめったに自宅から出なくなっていたから、ぼくは目を丸くして玄関で出迎えた。ぼくらは彼をキッチンテーブルの椅子に座らせ、水を一杯あげた。それから君たち三人は出発した。バウトンはひどく憔悴しているようだった。彼なりに愛想よく座っていたが、目をとじ、ときどき咳払いした。なにか話を切りだそうとしてはまた考え込むように。ぼくはラジオをつけ、適当な番組を選んでしばらくいっしょに聞いていた。バウトンは面白がっているかのように、低い声でうふふと笑った。一時間ちかくそうしていたと思う。それからようやく話しはじめた。

「なあ、ジャックは相変わらず落ち着かないよな。奴はうまくいってない。」バウトンは首を振った。

「まえにも話したね。」

バウトンは言った。「ああ、ジャックはいろいろ話してくれる。しかし、なぜ帰ってきたかについてはなにも言わないんだ。グローリーにもな。セントルイスで働いていたということだが、それがどうなったのか、俺は知らない。奴は結婚したんじゃないかと俺たちは思っている。たぶん、すこしのあいだ。でもその結果もわからない。お金はあんまりないみたいだ。なんにもわからないんだ。」バウトンは言葉を継いだ。「奴が君と話しているのは知ってるよ。それから、奥さんと。よく知ってるよ。」

そう言うと、バウトンはまた目をとじた。これだけ言うのに相当がんばったみたいだった。最後に言ったことは、口にするのをはばかっていたんだ。ぼくは、これは「気をつけろ」というメッセージだな、と思った。それ以外にはとれない。しかも、わざわざ訪れたのは、自分の言葉を真剣に受けとめてほしかったからにちがいない。きちんとママに話しておかなければならない、そうぼくは今、あらためてつよく思っている。

ぼくらが台所にいたとき、ジャックがベランダの階段をあがってきた。ぼくは、入っておいで、と言って、椅子をひとつ引いてやった。しかしジャックは戸口に立ったまま、一、二分、ぼくらをみつめていた。そしてなにやら判断を下した。彼の表情からまちがいないだろう。みんな、俺を否定することで団結しているんじゃないか、そういつも疑っているようにみえる。この印象は、たいてい当たっていると思う。このとき疑問の余地がなかったように。そして、絶えず人々の仮面の裏側を探っているような彼の目に、いらだちと困惑の色が浮かぶ。するとこちらは恥ずかしくなる。また彼を痛ましく思う気持ちになる。彼の目のなかには、ぼくに対する怒りも含まれている。

ジャックは言った。「帰宅したら誰もいないので、ちょっとびっくりしました。」

バウトンが言った。彼特有の誠実な声で。言葉に真実味を与えたいと思うとき、彼はいまもその声音を出すことができる。「悪かったな。女のひとたちが映画に行ってるあいだ、エイムズと俺は時間をつぶしていたんだ。お前はまだすこし外出しているだろうと思っていた。」

「まあ、大丈夫だよ」とジャックは言い、ぼくがもういちどすすめると椅子に腰をおろした。そしてじっとぼくを見つめた。どういう状況かわかっている、いくらだまそうとしたって無駄だよ、そう物語る薄笑いを浮かべて。バウトンは舟をこぎはじめた。話がむつかしくなるとそうなるんだ。それをとやかく言うことはできない。こちらも心臓をいたわらなきゃならないわけだがね。ジャックに何を言おうかあれこれ考えるのは、われながらかなりの負担だった。いつもそうだ。そしていつもそうだったと思う。ジャックにはすまない気持ちがしたが、それが事実だ。ジャックの、人の本心を見透かす力は、こちらにとってはまるで呪いのようだ。やはり彼に対して正直になれなかった。ぼくは猫をかぶり、彼はぼくをじっとみつめた。世界でいちばんのうそつきを見るように。そして、ぼくが彼を侮辱しているかのように。まさにそのとおりだったのだと思う。

「おとうさんは外の空気を吸いたくなったんだ。」

「そう思います。」

バカなことを口走った。バウトンはベッドから歩いて外のベランダの椅子までゆくことができるのだから。

「チャンスを生かしたかったんだろうね。この天気がつづくうちに。」

「ええ、たしかに。」

すこししてぼくは言った。「今年はドングリがたくさんとれるね。」正真正銘のナンセンスだ。ジャックはおおっぴらに笑い声をあげた。

「カラスたちはすばらしい成績を上げるでしょうね。それから、かたちのいいヒョウタンがたくさんとれるでしょう。」ジャックはずっとぼくの顔をみつめていた。五分でいいから正直に話をしましょうよ、そう語りかけるかのように。

まあ、言い訳はできる。じっさい、事情を把握しているわけではないのだから。バウトンが来たのは、ジャックに気をつけるよう警告するためだったにちがいないと思う。ぜったいそうだとは言い切れないが。いずれにせよ、友人の信頼、ことに、つつましい信頼を裏切るわけにはいかない。バウトンじいさんは二メートルも離れていない所に座っていて、おそらくぼくらの会話を聞いていた。しかし、偽りは偽りだ。ばれたら恥ずかしいことだ。とりわけ、途中でやめることができず、いわば義憤のまなざしの前で懸命に欺瞞を押し通そうとする場合には。

しかし、老人としてこうも感じている。それなりに元気ではあるが、バウトンよりすこし年長の者として、なんでこんなふうに苦しめられなければならないんだろう。ぼくを怒らせるのがねらいだったとしたら、まんまとやられた。これを書きながら、ぼくはムカついているのだからね。心臓がからだ全体に対して警報を出しはじめた。祈らなくては。ジャックはぼくの心臓のことを知っているのだろうか。

たしかに、ジャックはぼくの心臓の問題を知っている。ママはぼくの書斎を一階に移すとき、彼に手伝ってもらったのだから。

祈ると、彼の悲しみが心にしみてくる。彼は、その測りがたい苦難のゆえに大きなゆるしを受けるべき人だ。

君ら三人がわりとはやく戻ってくると、状況は回復した。グローリーはジャックが来ていたのですこし驚いたみたいだった。ママは喜んだ。ジャックに会うといつもそうだ。思いすごしでないなら。

君は映画が好きだ。トビアスは映画を観にゆくのが禁じられているので、君は映画館で買ってもらったキャラメルポップコーンを半分ほど分けにいった。こういうところが君のやさしいところだ。ぼくは君に映画をみせていいかどうか、はっきり決められないでいる。でも家でテレビを観るようになると、映画を禁じても意味がないように思う。もちろん、トビアスはテレビも禁じられている。彼が遊びに来ているときはテレビをつけない、とママは彼のお母さんに約束している。だから、君はシスコ・キッドを観るのをしょっちゅうあきらめなければならないが、いつもよろこんでそうするのはむずかしい。君は人づきあいがとびきり上手なほうではないから、ぼくはちょっと気をもんでいる。トビアスか、テレビか、どっちつかずでいるうちに、大の仲よしが離れていっちゃわないだろうか。しかし、トビアスは辛抱強くベランダで待ってくれる。以前、君はさびしそうだったが、今はトビアスがいる。いいやつ。ぼくらの祈りへの贈りものだ。君はアニメ番組がおわるまで彼を待たせる。でも、近頃ぼくはいろいろ禁止する気にならない。トビアスの父親は若いから、神の御心であれば自分の子どもとすごす時はたっぷりあるだろう。

そんなわけで、君ら三人が戻ってきた。満足気に。そしてポップコーンのにおいを漂わせて。心底からほっとした。言葉にできないほどだよ。それからすこしおしゃべりして、ママとグローリーがバウトンを外の車のところまで付き添い、家に連れていった。いまもバウトンがくつろげる唯一の場所に。それから彼女たちはいっしょに食べる夕食を準備した。君はトビアスをさがしに出かけた。ガンマンやら、北部連邦司令官やらのナンセンスな話が、善良なルター派少年の心によからぬ影響をおよぼすことになるかもしれないな。ぼくはジャックと食卓に座っていた。ジャックはひと言もしゃべらず、すこし躊躇したあと席を立って出ていった。父の家での夕食のあいだも帰ってこなかった。彼の不在を口にする者はいなかったが、みんな心配していた。テーブルのうえを片づけてから、ママとグローリーは散歩にいった。夜の道を楽しみたいと言って出たが、帰ってくるとグローリーが言った。ジャックに会った、帰りは遅くなるだろうと言っていた、と。ふたりは町のバーで彼をみつけたにちがいない。彼女たちは詳しいことは語らなかった。バウトンも何も尋ねなかった。

　ジャックには妻と子どもがいた。彼は写真をみせてくれた。だがわずか三十秒ほどでふたたびしまった。ぼくはちょっと言葉に詰まった。ジャックはそれをあらかじめ予期していたにちがいない。けれども、こちらの反応に傷つかないよう緊張しているのがわかった。妻である人は黒人だったんだ。まったく思いがけないことだった。

　きのうの午前中はずっと教会にいて、執務室で古い書類の整理をしていた。興味深い文書や、重要な記録を取り分けておけば、他の紙くずといっしょに捨てられはしないだろうと思ってね。メモやら、雑誌の論説やら、チラシやら、公共料金の請求書やらを納めた箱が山積みになっている。まるでなにひとつ処分しなかったかのようだ。なんだか心配だ、次に来る牧師はこの書類の山に取りくむ根気はないんじゃないか。その場合、責任はぼくにあるよ。

　まあ、そんな具合で、少々汚れ、クモの巣をかぶって、少々ムッツリしていた。そして、正直言って、邪魔が入るのをおそれていた。こんな大仕事をする気力はすぐにも挫けてしまいそうだったからだ。取りかかってまだ三十分もたっていないのに、もう疲れていた。

　するとジャックが来た。ふたたびスーツを着て、ネクタイをしめて。ふたたび髪を整え、ひげを剃って。しかし、それにもかかわらず、ややややつれた印象で、目のふちに疲労がにじみ出ていた。神が守ってくださるように。ぼくはまじまじと彼をみつめた。たしかに好奇の目線をむけた。喜んで迎える以上に。おしゃべりするのに顔と手が汚れていては具合が悪いので、失礼して洗いに行った。戻ると、ジャックはまだ戸口に立っていた。ぼくが椅子をすすめるのを忘れたので立ちつづけていたんだ。彼の顔は青ざめているようにみえた。気がきかず恥ずかしく思ったよ。しかし彼は彼で、うっかり不躾なことをしてしまうんじゃないかと心配するあまり、世間が問題にしない作法を窮屈に守っている。そのために、かえって、恥ずかしい思いをさせようと企んだかのような印象を相手に与えてしまうのかもしれない。まあぼくはそんな気分になった。だが、もちろんこれはこちらの勝手な言い草だ。

ジャックが腰をおろすと、ぼくは箱をいくつか机からどけようとした。するとまた立ちあがって、ぼくの手からさっと箱を受けとった。ジャックのいいところだ。にもかかわらず、ぼくはいささかいらだった。なにもできなくなって、なおわずかな日を重ねるより、自分のことは自分でやれるあいだにポックリゆきたいものだ。しかしジャックに悪気はなかった。彼は箱をふたつ床に移し、両手と上着が汚れたのでハンカチを取りだして手早くふいた。礼拝室で話そうか、と言ったが、ここでいいと答えた。それでぼくらは座り、しばらくだまっていた。

するとと彼が切りだした。「ながいあいだこの町から遠ざかっていたのは、なにより、おやじのためを思ったからです。もう戻ることはなかったかもしれません。」

どうして考えが変わったのか、と聞いてみた。やや間があってから、彼は答えた。「いろいろ訳があって、話をしないといけないと思ったんです、おやじと。でも、帰ってみたら……あんなに衰弱しているとは思いませんでした。」

「この二、三年、おとうさんはかなりつらいときをすごしている。」

ジャックは片手でそっと両目を覆った。

ぼくは言った。「君が戻ってきたのは、おとうさんにとってよかったよ。」

ジャックは首を振った。「きのう、おやじとおしゃべりされましたね。」

「ああ。おとうさんは、すこし君のことを心配しているみたいだった。」

ジャックは笑った。「このまえ、グローリーが言ったんです。パパはあぶなくなっている、わたしたち、パパを殺したくない、と。『わたしたち』！ たしかにそうです、おやじを殺したくはありません。ですから、おじさんとお話しできたらと考えたんです。今回が最後です。ほんとうです。」

こちらの健康状態も万全じゃないよ、と喉元まで出かかった。だが、ばかげていた。ジャックがぼくを殺すようなことを言うなんて、どう考えてもありえない。

ジャックは胸ポケットから革製の小さなケースを取りだし、ひらいてぼくのまえにさしだした。その手はふるえていた。ぼくは老眼鏡をかける必要があったが、おおよそは識別できた。ポートレイト写真みたいに家族が映っている。――彼自身と、若い女性と、五歳か六歳ぐらいの少年が。女性は椅子に腰かけ、その横に子どもが立っている。そしてバウトンの息子がふたりの後ろにいる。ジャック・バウトンと、黒人の女性と、褐色の肌の少年。

ジャックはケースの写真をみつめると、ぱたんと閉じ、さっとポケットに戻した。じつは、と彼は言った。その声はつよく抑制が掛かるあまり、痛切にひびいた。「じつは、ぼくにも妻と子どもがいるんです。」そう言って、こちらの顔色をじっとうかがった。一分か、二分。あきらかに、どうか気まずい状況に陥らせないでくれ、と思って。

「なかなかすてきな家族じゃないか」とぼくは言った。

ジャックはうなずいた。「彼女はすてきな女性です。息子もいい子です。ぼくは幸運な男ですよ。」そう言ってほほえんだ。

「けれども、おとうさんを殺すかもしれない、と思っているわけ?」

ジャックは肩をすくめた。「彼女の父親を殺しそうになりました。また、彼女の母親を。彼らはぼくが生まれた日を呪っています。」ジャックは笑い声をあげ、自分の顔を片手で軽くたたいた。「ご存知のように、ずいぶん人様に憎まれることをしてきました。でも、これはぜんぜんわけがちがいます。」

ぼくが考え込むのをみて、彼は言葉を継いだ。「いや、そうじゃないかもしれません。ぼく自身にはそう思える、というだけなのかもしれません。」そして、自分の手をじっとみつめていた。

「まあ、それで、結婚してどのくらいになるの？」そう言って、しまった、と思った。

彼は咳払いした。「ぼくらは、その、いわゆる神の立ち会いのもとで結婚したんです。証明書は発行してくれないけれど、異人種間の結婚を禁じる法律を押し付けない方の前で。このうえなくやさしく、紳士的な、『隠れた神』の前で。ごめんなさい。」彼はほほえんだ。「神様の前でだいたい八年間、夫婦として歩んでいます。夫婦として、ぜんぶで十七カ月と二週間、プラス一日、いっしょに暮らしました。」

ここアイオワには、異人種間の結婚を禁じる法律は、いちども存在していない、とぼくは言った。「そうですね。アイオワ。ラディカリズムの輝く星。」

そうすると、正式に結婚するためにここに来たのか、とぼくはたずねた。

ジャックは首を振った。「彼女の父親が、結婚に反対しています。ちなみに彼女の父親も牧師です。彼が反対するのは当然だと思ってます。それに、敬虔なクリスチャンで、彼女の家族と親しい人がテネシーにいて、彼女と結婚し、息子を養子にしてもいい、と言っているんです。彼女の家族はありがたい話だと思っています、おそらく。みんなにとってそれがいちばんいい、と。」じっさい、と彼はつづけた。「ぼくは家庭の責任を果たすのが、かなりむずかしくなってしまって。ときどき、妻と息子は、テネシーの実家に戻るようになっています。むずかしい状況のとき。今も、ふたりはそちらにいます。じっさい、この状況では、実家と縁を切れとは言えません。」ジャックは咳払いした。

ぼくらは黙りこんだ。するとジャックが口をひらいた。「彼女の父親が反対するいちばん大きな理由は、なんだと思いますか？　ぼくのことを無神論者だと思っているんです！　デラが言うには、父は、白人はみんな無神論者だ、なかにはそれを自覚している者もいるが、自覚のあるなしのちがいがあるだけだ、と考えている。デラというのは、ぼくの妻のことです。」

ぼくは言った。「君のいろいろな言葉を照らし合わせると、そんな感じがあるよ。」

ジャックはうなずいた。「たぶん、こう言ったら真実に近いと思います。つまり、ぼくは『不信心』というカテゴリーのなかにある。神はいないと考えているわけじゃないんです。わかってくださいますね。ぼくの妻もさかんに心配しています。ぼくのために、また子どものために。ぼくはすこしのあいだ、彼女を欺いていました。本当のことを話したとき、彼女はぼくを救ってあげたいと思ったようです。つまりその、最初に会ったとき、彼女はぼくのことを聖職者だと思ったんです。そう勘違いする人がけっこういます。」彼は笑った。「たいていの場合は、ちがうと言ってあげますけどね。彼女にも言いましたよ。」

実際のところ、この問題をバウトンがどう思っているか、自分は知らない。そう思い当たると、ぼくは愕然とした。ずっと、なんでも話してきた仲なのに、ジャックの信仰のことをいちども話したおぼえがない。ほんとになかった。

ぼくは言った。「グローリーには話しているんだろう。」

「いいえ。無理です。そんなことしたら、妹をひどく悲しませることになるでしょう。あいつは、何かあるな、と感づいていています。おそらく、兄貴はまずいことになっている、と思っているでしょう。きっとおやじもそう思っています。」

「そう思っているだろう。」

ジャックはうなずいた。「きのう、おやじは泣いていました。」ジャックはぼくの顔をみつめた。「またがっかりさせてしまったんです。」そして、感情を抑えた声で言った。「セントルイスを去ってから、妻から便りがありません。連絡をずっと待っているんです。何回か手紙も書いて……箴言には、なんとありましたっけ。『待ち続けるだけでは心が病む。』」彼はほほえんだ。「酒になぐさめを求めているのをみとめなくちゃ。」

ぼくは言った。「わかっているよ。」彼は笑った。

「『破滅のきわにある者に、強い酒をくれてやれ。憂いに沈む者に、与えてやれ。』このとおりでしたか?」

一語もまちがっていない。

ジャックは言った。「出会いのときの、彼女の最初の言葉はこうでした。『ありがとうございます、牧師さん。』彼女は暴風雨のなか、本や書類を腕一杯に抱えて、家に帰る途中でした。彼女は学校の先生でした。すると書類が何枚か道におちて、風で散らされそうになりました。ぼくは拾い集めるのを手伝い、彼女の自宅まで送ってあげたんです。傘をもっていましたから。とくに意識もせずにそうしました。非の打ち所がないですね。」

「君はよい躾を受けた。」

まったく、と彼は言った。「彼女の父親はこう言いました。もし君が紳士なら、娘をほうっておいてくれただろう。彼の気持ちはよくわかります。彼女は幸せな人生を送っていた。ぼくは紳士じゃない。」ジャックは、こちらが「いや」と言う余地をピシャリと閉じた。「わかってます、おじさん。妻の感化で、ぼくのなかに、いい方向にむかう変化が生まれた。少なくとも一時的に。それは言えますけれど。

とりとめないことばかり言って、おじさんを疲れさせたくありません。お邪魔しているのはわかってます。なんどもおじさんとおしゃべりしようとしていたのは、どうしてか、ちゃんと話します。」

話してくれ、とぼくは言った。ありがとう、と彼は言い、すこしのあいだ、黙っていた。

「いっしょにやってゆけるなら、彼女はぼくと結婚してくれるでしょう。そしてそれが、彼女の家族の猛反対にきちんと応える道になるんだと思います。彼らは言っています、娘と孫にまともな暮らしをさせる力はぼくにはないと。じっさい、そのとおりです。今も。」

ジャックは咳払いした。「ほんとに時間を割いてくださるなら、ちゃんとお話しします。ああ、どうも。まあその、デラと会ったとき、ぼくはどん底にいました。そのことに詳しく立ち入るつもりはありません。そんなぼくに、デラはとても気持ちよく、やさしく接してくれた。それで、ときどきその場所に、その時間に、自然に足が向くようになり、彼女に会うとおしゃべりするようになったんです。誓ってもいいですが、なんの思惑もありませんでした。きちんとお付き合いする気があったとか、べつの魂胆があったとか、ぜんぜん。彼女の顔をみるのがうれしかった、それだけでした。」ジャックは笑った。「彼女はいつもこう挨拶してくれました。『こんにちは、牧師さん。』そのころのぼくは、まともな人間として扱われていませんでしたから、そんなふうに挨拶されて、正直、まんざらでもなかったんです。ぼくは彼女が通る道をぶらつくようになりました。彼女に会いたいと思ってではなく、単純に、彼女のことを思うとたのしかったからです。ある晩、彼女に会い、すこし言葉を交わしました。彼女は、お茶を飲んでいかないか、と言いました。彼女はもうひとりの女性といっしょに住んでいて、その人も黒人学校の教師でした。たのしいひとときでした。三人でお茶を飲みました。ぼくは彼女に、自分は牧師じゃないと言いました。彼女はそれまで思い違いしていたんです。そもそも、お茶に誘ってくれたのは、ぼくを牧師だと思っていたからだと思います。でも、ぼくはごまかしませんでした。その点については。それはたいして重要じゃないと思ったので。

どうしてああなったんだろう。ある本を貸しに、彼女の家にちょっと立ち寄りました。そのためにほんとうは買ったんですが、自分の本棚から持ってきた、という感じで。また、何カ所かページのすみを折って。そしたら、感謝祭の夕食に来ないか、と言ってくれたんです。

彼女はぼくが自分の家族としっくりいっていないのを知っていたので、この祝日をひとりきりにさせたくない、と言いました。ぼくが、自分は人見知りするタイプだと言うと、そんなことはぜんぜんかまわない、と。けれども、ぼくは出かける前に一杯やって、予定の時刻に遅れてしまいました。すると、いろんな人が来ていると思っていたのに、いたのは彼女だけでした。とても悲しそうでした。

ぼくは心からあやまり、帰ります、と言いました。ところが彼女は、座って！　と言いました。それでぼくらは座り、食事をしました。ふたりとも、ひと言も口をきかずに。おいしい食事だと言うと、彼女はこう言いました。たぶん、最初で最後、と。そして、二時間遅れた、息が酒臭い、と。まるでぼくが……　いや、まさにそれがぼくなんです。ぼくは、自分はここにいる資格はない、彼女とまったく釣り合わない人間なんだという思いに襲われました。そしてものすごく悲しくて。ぼくは席を立ち、お礼を言い、失礼します、と言って外に出ました。

ところが、すこし行くと、彼女がうしろからついてくるのに気づきました。ぼくの横まで来ると、彼女は言いました。『あのね、あまり深刻に受けとらないで。』

ぼくは言いました。『それじゃ、お宅までお送りしないといけませんね。』

彼女は笑って、もちろん、と言ってくれました。

いっしょに戻ると、彼女と同居していたもうひとりの女性、ロレーヌが帰ってきました。

彼女たちの教会で夕食会があったんです。デラは、体調がよくないから欠席すると連絡していたんです。おいとますべき時刻はだいぶすぎていたけれど、ぼくらはいっしょにいて、パンプキンパイを食べた。じつにアブナイ状況ですね。」

ジャックは笑った。「ちゃんと節度を守っていました。しかし、なぜかうわさがテネシーに伝わり、彼女の妹がやってきました。疑いなく、ぼくを追い払う目的で。よく夕方、詩集を持ってゆき、ふたりで読んだものです。そのかたわらに彼女の妹が座っていて、ぼくをにらんでいました。なんだか滑稽で、愉快でしたね。しかし、学期がおわると、彼女の兄弟たちが来て、彼女を連れてゆきました。テネシーの実家へ。彼女はロレーヌにメモを託してゆきました。別れの言葉が記されていました。父親が牧師なら居場所を探すのはむずかしくないはずだと思い、ぼくはメンフィスへゆき、彼の教会をみつけました。とても大きな、アフリカ系メソジスト・エピスコパル教会でした。ちょうど翌日は日曜だったので、彼の説教をききに行きました。もちろん、デラも出席しているにちがいないと思って。それから、父親と話ができればと期待して。まあ、率直で男らしい印象を与えられれば、気に入ってもらえるかもしれない、そう思っていたんです。靴をきれいに磨き、髪を整えました。

教会は満員で、ぼくはうしろのほうに座りました。しかし、白人はぼくひとりでしたから、目立ちましたね。デラの妹は、聖歌隊の席にいたので、もちろんぼくに気づきました。父親もぼくのことを怪しんでいるのがわかりました。こちらをじっと観察していたので。彼は、羊を装って近づいてくる貪欲な狼について語りました。また、白く塗っているが内側は腐った骨がいっぱいの墓の話をしました。そのあいだ、もちろんずっとこちらを見ていました。

それでも、礼拝後、教会の玄関で、勇気をだして彼に話しかけました。お嬢さんとはなんらやましいことはありません。どうか、それだけはみとめてください。彼は言いました。『君がきちんとした男なら、娘をほうっておいてくれるはずだ。』

ぼくは言いました。『ええ、そうします。この点について安心していただきたくて来たんです。』もちろん嘘でした。もう彼女に会うまい、と思いました。でもそれはそのときはじめて決心したんです。悪い男じゃないようだと父親が思ってくれれば、家族のなかでデラの立場はよくなるかもしれない、けれども、そのためには立ち去るしかなかったんです。彼女がとても幸いな人生を送っていたのがよくわかりました。どうして訪ねたりしたんだろうと思っています。彼女にひと言も言葉をかけずに帰るなんて、考えてもみなかった。でもそうしました。その日の夕方、ぼくはふたたびセントルイスに出発しました。こんな騎士的態度に、彼女の父親が心を動かしてくれたかどうか。でも、たしかにデラの心には届いたんでしょう。秋になり、彼女が住んでいた界隈を、なんということもなく歩いていたら、――毎週、そんなふうにしていたんです――、そしたら、彼女が立っていたんです。ぼくは帽子に手をやって会釈しました。彼女はわっと泣きました。そのときから、ぼくらはお互いを夫、また妻とみなすようになりました。

話はまたテネシーに伝わって、彼女は勘当されたも同然になりました。それからみごもり、教師の職を失いました。ぼくは靴売りをしました。収入はいくらにもなりませんが、手がうしろに回る仕事じゃありませんね。出産予定日の二、三週まえ、彼女の母親がやってくると、ぼくらがいわゆる素寒貧なのを目の当たりにしたわけです。ぼくらは町のいかがわしい地区にある居住用ホテルで生活していました。屈辱的でした。でも、まともな宿泊所に住むのは無理でした。ホテルのフロント係は、大目に見てやるかわりにとか言って、結構な追加料金を要求しました。ぼくらの違反について、『有害な同棲生活』だったか、『淫らな同棲』だったか、そんな表現を用いて。『破廉恥な』だったか。法律用語はどうも苦手です。いや、ほんとうに、住みにくい世の中です。

すると、今度は父親と兄弟たちがやって来ました。男五人、デラの幸福についてまじめに話し合いました。父親はこう言って本題に入りました。『わたしがクリスチャンであるのをありがたく思え。』貫禄があるんです。そうしてデラに家に戻れと言うよう、こちらを説得しにかかりました。そうすれば娘は必要な世話を受けられると。ぼくは逆らわず、デラは彼らと行ってしまいました。じつにみじめでした。それでいてほっとしました。赤ん坊のことを思うととても不安だったんです。悲しい胸のうちにも認識していたんです、このままだと困ったことになり、自分はその責めを負わなければならなくなるだろうと。ほっとしているのを彼女に悟られないよう努力しましたけれど、ばれていたでしょう。彼女は気を悪くしたと思います。わかるんです。蓄えができたらすぐメンフィスに行く、とぼくは彼女に伝えました。何週間もかかりました。仲間に借金をしていて、居場所をみつけられてしまったんです。そうなるんじゃないかと思っていました。そのこともあって、彼女を帰らせたんです。もちろん、そんなこと、彼女には言えませんでした。結局、おやじに手紙を書いて、お金がいります、とお願いしました。少なくとも一年、なにも連絡していなかったのに、お願いした額より三倍も送金してくれました。おやじからの手紙には、おじさんが結婚したことも記されていました。

そのあいだ、リバイバル集会が、川辺でのテント集会が催されていて、ぼくは毎晩出かけました。人がたくさんいて、とてもにぎやかでしたから。それにアルコール抜きでしたからね。ある晩、ぼくのすぐ横、今おじさんがいるぐらいにまぢかにいた男が、ばったり倒れました。まるでピストルで撃たれたみたいに。それから起きあがると、だきついてきて、こう言いました。『からみついていた重荷から解放されました！　もういちど、小さな子どものようになりました！』ぼくは思いましたよ。もし、あと二歩左に立っていたら、自分がそうなったかもしれない。まあ、冗談です。でも、じっさい、彼と場所を交換できたとしたら、ぼくの人生はまるきりちがうものになったでしょう。つまり、デラの父親の顔をまっすぐ見ることができるようになったんじゃないか、おやじとも目を合わせることができるようになったんじゃないか、と思います。そして、もう赤ん坊の心に悪影響を与える人間だとは思われなくなったんじゃないか。あの男は、あごひげをおがくずだらけにして、『自分は罪人のかしらでした！』と言いました。ほんとにそんな感じでした。悔い改めと安堵の涙を流していました。その様子を、ぼくは両手をポケットにつっこんでじっと見ていました。とても不安な、また恥ずかしい気持ちで。不謹慎な言い方をゆるしていただければ、ショーを見ているような気もすこししていましたね。しかしその翌日、おやじから手紙が届いて、ぼくはきちんとしたコートを買い、バスの切符を手に入れました。もうケロリとしていました。

メンフィスに着くと、ちょうど前日に赤ん坊が生まれ、家は親戚のおばさんやら、教会のご婦人やらが大勢出入りしていました。人々はぼくを入れてくれ、隅に座らせました。どう応対したらいいか、デラの父親が帰宅するまでわからなかったんだと思います。みんな忙しくしていました。暖かい日だったら、ぼくは玄関口の階段に座らせられたでしょうね。ひとりの女性が、ふたりとも元気で、今は眠っている、と教えてくれました。そして新聞を持ってきてくれました。ありがたい心遣いでした。手元に見るものがあるおかげで間の悪さを和らげることができました。

ようやくデラの父親が戻ってくると、部屋は空っぽになり、しんとなりました。こちらは席を立ちましたが、彼は握手の手をさし出さなかった。彼が言った最初のせりふはこうです。『君は兵役を経験していないよな。』やれやれ、ぼくは自分の心臓の具合についていささかのデタラメを言い、口にしたそばから後悔しました。ひ弱な印象を与えてしまったと思って。

でも、案じる必要はなかったんです。彼がぼくの言葉をそのまま受けとっていないのはあきらかでしたから。たしか、申命記に、臆病者は軍に入れない、とある。『恐れて心ひるんでいる者はいないか。その人は家に帰りなさい。彼の心と同じように同胞の心が挫けるといけないから。』ですから、聖書的な根拠もあったわけですね。言わないでおきましたけれど。

するると彼が言いました。『君は、カンザスのジョン・エイムズの子孫に当たるんだろう。』そりゃちがいます、と言ってあげてもよかったんでしょうが、そう思われていれば、なにかしらメリットがあるかもしれないと思いました。もちろん、彼が言ったのは、おじさんのおじいさんのことです。これは、彼との会話のなかで、はじめて一縷《いちる》の望みを与えてくれた言葉でした。南北戦争の前、ミズーリから北へ移動した人々の親族たちを知っているよ、と彼は言いました。そしてジョン・エイムズの武勇伝をきいたようです。奇襲攻撃とか、待ち伏せとか。ぼくは言いました。子どものころ、自分もききましたと。まあ、そうです。洗濯物を持ち逃げするとか、たいていそんな話でしたがね、黙っていました。おやじからきいたこんな話を思い出します。おやじが小さかったとき、老エイムズが、ぼくらの教会の礼拝にやってきて、うしろのほうに座っていた。献金のとき、献金皿が回ってくると、そのうえのお金を自分の帽子のなかにザアッと空けた。」

たしかに、長老派の人たちはがっちり貯蓄しているにちがいない、とおじいちゃんはいつも思っていた。だから、まったくありそうにない話じゃない。おじいちゃんは帽子をじつに多様な用途に用いていたしね。

ジャックは言った。「数分間、会話と呼べるやりとりをしました。でも、用心して。昔の時代のことはじゅうぶんな知識がありませんから、うかつに作り話をするわけにはいきません。それで、ぼくの家族は南北戦争ののち、平和主義者に転向したんです、と言って、それ以上このテーマをふくらませないようにしました。正解でしょう？」

いやまったく。

「彼はぼくのフル・ネームを知っていました。というのも、デラがおなじ名前を赤ん坊につけたいと思ったからです。それをきいて、ほんとうに安心しました。彼は言いました。『娘は首を長くして君を待っている。』それでその日の午後は、ずっと彼女のベッドの横ですごしました。彼女が望むときにすこし会話もしました。ときどき、赤ん坊の顔をながめました。赤ん坊が泣きだすと、そのたびに女の人たちが外に連れ出してくれました。また簡単な夕食を持ってきてくれました。もしかすると、状況はよい方向に動いているのかもしれないと思いましたが、皆キリスト教的に行動していただけでした。日が暮れると、彼女の父親は、いちばんいいのは君が帰ってくれることだ、と言いました。『いまさら、君に誠意を期待してはいない』と。彼にはそう言う権利があると思います。彼女は家族の手厚い世話を受けていて、ぼくが何かする余地はありませんでした。セントルイスに戻ろう、堅い仕事に就いてお金をためよう、そうしてなんとか打開策をみいだそう、と思いました。デラが、赤ちゃんを家に連れてゆきたいと言ってくれたんです。それはセントルイスを意味していました。

ぼくは、おやじが送ってくれたお金から、あげられるだけ置いてゆきました。それから三カ月して、彼女がやってきました。妹と赤ん坊を連れて、前の場所に――ロレーヌの住まい、ぼくらが出会ったときの彼女の住まいに。ぼくはべつの新しいアパートに住んでいました。清潔で、家賃も安くて、まともな。つまり、黒人の妻と子といっしょに暮せば、追い出されるにちがいなかった。多少とも出費をおさえるためには、あのひどいホテルに住みつづけるわけにはいきませんでした。しかしおやじには一銭も返していません。

そんなわけで、ぼくらは振り子のように暮らしました。状況がむずかしくなると、彼女はメンフィスに帰りました。子どものことを考えてです。息子は、とてもいい子です。ほんとうに、完璧だと思います。おじやいとこが何人もいるし、おじいちゃん、デラの父親は、目に入れても痛くない。

息子の名は、ロバート・バウトン・マイルズといいます。とてもやさしくしてくれます。とても慕ってくれて、礼儀正しい。息子さんみたいに、のびのびと接してはくれませんね。

二年ぐらいかかって、ようやく仕事に就き、少々お金もできたので、頭金を払って家を買いました。白人と黒人が入り混じる地区に。そしてロバートとデラを迎えました。たいした家ではありませんでしたが、ペンキを塗ったり、絨毯やら、椅子やらをしつらえました。そうしてだいたい八カ月、ぼくらはそこに暮らしました。でも、うっかりしてしまったんですね、三人で公園に出かけたんです。すると、ちょうど社長が家族と来ていたのにばったり出会ったんです。翌日、社長室に呼ばれ、世間の信用を大切にしていると言われました。殴ってやった。バカなことをしました。二回、殴りました。社長はデスクに倒れ、肋骨を折りました。警察沙汰にならないようにと、治療代は払います、すべて弁償させていただきます、と言いました。しかしその日の夜、家に警官がやってきて、黒人との同棲は法律で禁止されているぞ。じつに屈辱的でした。でも冷静を保ちました。夫であり、父親である者は、なるたけムショは避けないと。ぼくはふたりをメンフィス行きのバスに乗せ、家は賃貸にし、犬は近所の人にあげました。

それからできるだけの処理をしたあと、ここに来たわけです。ここで家族と暮らせるかもしれない、と思って。家族と言うのは、妻と息子のことです。それにロバートに会ったら、おやじは喜んでくれるんじゃないかと。ぼくもついに自慢できるものを得た、それをおやじに知ってもらいたいと思っています。ロバートはいい子です。とても賢い子です。しかも、教会の一員として育っています。将来は牧師になりたいと言っています。でも、おやじは相当弱っていますね。パパを殺したくない。ほんとうに。それでなくてもこちらは難儀しているんですから。」

そして言った。「神さまの罰だ、なんて、おっしゃいませんよね。」

「思いもしないよ。」

「そう言ってくださるだろうと思っていました。」

ありがとう、とぼくは言った。

ジャックは深く息を吸い込んで、言った。「おじさんは、おやじのことはよくわかっている。」

「いや、なんともはっきりしたことは言えない。見当違いはしたくないんだ。すこし考えさせてくれないか。」

するとジャックは言った。「おじさんだったら……」

ジャックがぼくにたずねる気持ちはよくわかった。バウトンとぼくは、だいたいいつも考えが一致しているからだ。しかし、彼が当てにしているであろうほど簡単に答えられない。ぼくは口籠っていた。

ジャックはすこしのあいだ、こちらをみつめていたが、ほほえんで言った。「おじさんは、多少、……型破りの結婚をされたから、世間のゴシップ種になるってどういうことか、いくらかわかっていらっしゃる。不釣り合いな輒、とか。もちろん、デラは教養のある女性ですが。」文字どおり彼はそう言った。

じつにジャックらしい。ひどい。ジャックが言ったことは、まったくの筋違いだ。ぼくは自分の結婚にかんして、いちども、ほんのすこしも後ろめたい気持ちになったことはない。ママは、ママなりに、とても練られた女性だ。ひとにぎりの人たちがとやかく言っても、ぼくはすぐ水に流した。何も聞かなかったみたいにね。思いちがいだからだ。思いちがいだということをぼくは知っていた。また彼らも知るべきだった。

ジャックの顔にはしかし、もううんざりだという表情が浮かんだ。彼は両手で顔を覆った。ぼくは彼をゆるすしかなかった。

返答をためらったのは――、ぼくは久しく、ジャックがすることすべての根っこに、卑劣な本質を読みとってきた。だから、今回も疑うことができるんじゃないかという思いが心のうちに動いたからだ。ジャックがその女性と、結婚していないのに関わりつづけるのに、なにか隠れた動機はないだろうか。そして、子どもを連れてくることには？　おそらく邪推だったと思う。一方、ジャックは、のらりくらりされることではなく、ちゃんとした答えを求めていた。バウトンだったらぜんぜんちがうだろう。彼はジャックをはるかに信頼している。少なくとも、ぼくはずっとそう思っている。

ぼくは言った。「ぜひその子に会わせてほしいよ。これだけきかせてもらえたんだからね。」そして口をすべらした。「もちろん、おとうさんは今度の子も気に入るさ。」

ジャックは、ぼくがこれまで世で出会ったことのないような表情をこちらにむけた。まっさおだった。彼は微笑を浮かべて聖句を引用した。「孫は老人の冠。」

ぼくは言った。「わるかった。ばかな言い方をした。疲れているんだよ。年をとってしまって。」

いいえ、とジャックは言った。感情を強く抑えた声だった。「ずいぶんながくお時間を奪ってしまいました。ありがとうございました。お話ししたことはどこにも漏れないと思っています。牧師ですものね。」

ぼくは言った。「もっと話そう。」だが、ひどく消耗し、おちこんでいたので、椅子から身を起こすのが精一杯だった。ジャックはドアのところで立ちどまった。ぼくは近寄り、彼を抱きしめた。一瞬、ジャックはぼくの肩に頭をもたせかけた。「疲れました」と彼は言った。彼の孤独が胸にしみた。そして、いまこそ、第二の父親であることが求められていると思った。ぼくはこの役割にふさわしい言葉を探そうとした。しかし、事柄は複雑に思え、起こりうるさまざまな結果を熟考するだけのエネルギーはなかった。お互い様とか、そんな意味の言葉に聞こえたかもしれない。しかし、ぼくが思っていたより君はしっかりしていると言ってやりたかったんだ。「君は立派な男だよ」と言った。すると深く探るまなざしをむけ、それから笑って言った。「センセイ、冗談ではなく、ますます居心地が悪いですよ。」

ところが、彼はまた話しはじめた。「町はどうですか？　ぼくらが来て、結婚したら、ここで暮らせるでしょうか？　人々はそっとしておいてくれるでしょうか？」

これも難しい質問だ、と思った。

ジャックは言った。「黒人教会が火事になったことがありましたね。」

「ほんの小火だった。それにずいぶん昔のことだ。」

「そして、黒人教会があったのは、ずいぶん昔のこと。」

もちろん、それについてとくにコメントできることはなかった。

彼は言った。「おじさんはこの町の名士です。」

そうかもしれない、と答えた。しかし、長生きして君の後ろ盾になろう、とは言ってあげられなかった。ぼくは自分の心臓のことを話した。

彼は言った。「ぼくの問題でおじさんを煩わせてしまって。勝手でした。」この会話は無意味だった、そう言っているとぼくは解釈した。ぼく自身は、全体としてはよい会話だったと思い、そう彼に伝えた。彼はうなずいて、失礼します、と言った。それからちょっとして、付け足した。「たいしたことじゃないんです。ぼくは彼らを失ったんだと思います、いずれにしても。」

ぼくはひとり、椅子に座り、デスクを枕がわりにして、ジャックとの会話をもういちど反芻し、祈った。ママが探しに来たときまで。ママは、ぼくがいくぶん発作のような状態になったと考えた。ぼくはなにも言わなかった。ぼく自身、発作が起きたとしてもおかしくないと思ったからだ。それに守秘義務があった。

君は、それじゃ、どうして事細かに書いているのか、と思うかもしれないね。まあ、ひとつには、これがぼくの物を考える方法だからだ。また、ジャックは汚名ばかり着せられている。彼の内側にある美しさを君に伝えるには、ほかに方法がないからだ。

二日たった。ふたたび日曜日だ。牧師の仕事をしていると、いつも日曜日のようだ。あるいは、いつも土曜日の夜のようだよ。まる一週間かかって、ようやく説教の準備がおわる。するともう、次の一週間がはじまっている。けさの礼拝で、ぼくは昔した説教の原稿を用いた。ママがぼくのために手元に置いてくれているもののひとつだ。ローマの信徒への手紙第一章にもとづいている。「彼らはむなしい思いにふけり、心が鈍く暗くなった。自分では知恵があると吹聴しながら愚かになった。……」旧約聖書のテキストは、出エジプト記の、暗闇の災いの箇所だ。合理主義と非合理主義を、いわば批判する説教で、このふたつはいずれも創造主に代えて被造物を礼拝している、というのが主旨になっている。ざっと目を通していたが、説教壇で朗読してみると、びっくりした。あるところでは、悪くない、と思い、あるところでは、冷や汗が出るほど不適切だと思って。そして、他人が書いたものを読んでいるような気がたえずして。ジャック・バウトンが、くたびれたスーツにネクタイをしめて出席していた。君の隣に座ってね。君はとてもよろこんでいた。ママもおなじだったろう。

ぼくが持論とする説教のかたちとかけ離れていた。黄色く変色した原稿の束、昔の思索の堆積を朗読し、人生のなかばに、暗い夜、せっせと書きつけた確信を、なんとか無難に読みこなそうとしていた。二列目の会衆席にはジャックが。いつもこちらの心のうちを見透かしているようにみえる。ジャックは、懐疑的でありながらも、命ある真理に出会う期待を胸に礼拝に来るのかもしれない。最近、そう思う。それなのに、こちらはやむなく死んだ言葉を並べていた。彼は微笑を浮かべて見ていた。合理主義と非合理主義、つまり、物質主義と偶像崇拝を結びつけたのは、急所をさわっていると思う。もし文字から離れる力があれば、ここからなんらかの結論をみちびきだすことができただろう。しかし実際は、原稿の棒読みだった。手を震わせながらの。ぼくは帰宅するとソファーで昼寝した。ジャックは慰められたんじゃないか、そうしみじみ思った。さっぱり弾が命中しない長話、ぼくと彼とのこと、彼自身のことに、すこしもふれない説教をきかされて。かわいそうなあの子を神が守ってくださるように。真実はこうだった。ぼくは説教壇から語りながら、自分を悩ます不安の理由を探っていた。おどろいた。自分の死後に妻と子をジャックに譲ってあげてもいい、それで彼の心の穴がうまるなら。そんな気持ちがしたんだ。

けさ目ざめたとき、ぼくはこの町のことを考えた。この町は、宝を内に秘めているにもかかわらず、地獄の底に置かれるのにふさわしいだろう、そしてその責任は、ほかの人々に劣らず、自分にもあると。この町が体験してきたことを思い浮かべてみた。旱魃。インフルエンザ。世界大恐慌。それから三つの悲惨な戦争。ぼくらは、自分たちが抱える苦難から顔を上げたことはいちどもないように思われる。そして当然問うべき問いを発しなかった。すなわち、このことによって主はわれわれに何を悟らせようとしておられるのか？　そう尋ねなかった。牧師を意味するpreacherという言葉は、「預言者」を意味する古いフランス語のprédicateurに由来する。苦難のなかに秘められた意味をみつけることこそ、預言者の使命ではないか。

ぼくらはその問いを発することはなく、その問いは跡形もなくなってしまった。ぼくらは律法を持たない民のようになった。右も左もわからないようになった。ただ途方に暮れるだけだった。よそから来る人が質問するだろう。なぜこんなところに町があるのかと。ぼくら自身の子どもたちがきくだろう。誰が答えられるだろう。砂の丘陵地帯にある、頑固な、小さな、辺境の開拓地。カンザスからちょうどいい距離にある。それこそがこの町の取り柄だったわけだ。負傷したジョン・ブラウンや、ジム・レインが心身をいやす隠れ場所のひとつだった。おなじような小さな町が無数にあるだろう。それらは、今は忘れられた時代の衝迫によって建てられた。その小ささ、貧しさは、かつては開拓者たちの勇気と情熱を証しするものだったが、いまは野暮で、田舎くさく、ばかばかしくみえるだけだ。ここに長く暮らしている者にとってもだ。ぼく自身もばかばかしく感じるよ。自分が町を出なかったのは、出たら戻らなくなるのをおそれていたからじゃないか。まじめにそう思う。

両親がこの町を去ったことはさきに記したね。まさに去っていった。エドワードがメキシコ湾沿岸に土地を買い、彼自身の家族と両親のために小さな家を建てた。なにより、おふくろをここの苛烈な気候から逃れさせようとする、兄のやさしい心遣いだった。おふくろのリューマチは、加齢と共にますますひどくなっていったんだ。当初の計画では、まず一年住んでみて、土地になれたらギレアドに戻る、その後はおやじが引退するまで、冬のいちばんつらい時期だけそちらですごす、というものだった。それでぼくが一年間、おやじの代役を務めることになった。しかし、両親は戻らなかった。ただ二回、訪ねて来たきりだった。――ルイーザが亡くなったときに一回。そして、お前も来たらどうかと誘いに来たとき。この二回目の訪問時に、ぼくはおやじに説教をお願いした。するとおやじは首を振って、もうできない、と言った。

おやじは、お前をここに取り残そうとしたわけではない、と言った。じっさい、もっとひろい人生を手に入れてほしいと願っていた。おやじとエドワードは、見聞をひろめることがぼくにとって大きなプラスになると確信していたんだ。離れた所からギレアドを眺めると、時代おくれの遺物にみえるよ、とおやじは言った。ぼくらが共有するこの町の過去の出来事にふれると、おやじは笑って言った。「遠く、悲しい話だ。古くさい時代劇さ。」ぼくは嫌な気がした。おやじは言った。「ちょっと周りを観察すればいい。木は、いつもチマチマしたまんまだ。風が起こり、伸びようとする枝を折る。」おやじは広大な世界の驚くべきありさまをさかんに吹聴した。ぼくは、ぜったいに危険は冒すまい、と心のなかで誓っていた。おやじは言った。「悟ったんだ、ぼくらはこの土地で、窮屈な考えかたに縛られて生きてきたんだ。古くさく、この土地だけで通用する考えかたに。そんなものに責任を持たなきゃなんて思わないでくれよ。」

　おやじは、ぼくを忠誠心から解放してやろうと思っていた。ぼくの忠誠心を、おやじに対するものであると錯覚して、それは善意によるが誤りであり、正してあげられると思い込んでいた。せめて、息子は彼自身に誠実なのだろうとさえ考えることなく。そうして神を、いわば脇に置いていた。ぼくは当時、また早くからはっきり認識していた。神は、ぼくの神観を根本から打ち砕いてくださる。そしてこのことが、神に対する忠誠心と、伝統や、教理や、神にまつわる思い出に忠実であることとを峻別する。ぼくはそれを理解しているし、当時も理解していた。おやじはぼくを軽くみていたんじゃないかな。ぼくはオーエン、ジェームズ、ハクスリー、スウェーデンボルグを読んでいた。また、なんとブラヴァツキーも読んだ。おやじもそれらを知っていた。まあ、ぼくの肩越しに読んでいたのだからね。それから、ぼくは『ザ・ネイション』を購読していた。ぼくはにいさんとはちがうけれど、ばかでもない、そう喉元まで出かかったよ。

　じっさい何を口にしたか、おぼえていない。ぼくはショックを受けていた。おやじが熱を入れて話せば話すほど、ぼくはいちども離れたことのない土地への郷愁を募らせるばかりだった。全霊を捧げることが自分の本分だと考えていることについて、まるで、お前は役不足だと言うかのようにおやじがしゃべるのには、耳を疑った。そんなふうにみられて、はい、わかりました、なんて言えるもんか。当時はそう思っていたよ。ひどい一日だった。それから一週間ほどたって、おやじから例の手紙が届いた。孤独や、暗がりについて君に書いたね。それらは自分になじみのものだと思っていた。けれどもあの日は、冷たい風が吹きつけてくるかのようだった。それは生まれてはじめて体験する感情だった。そしてその風は長く吹きつづけた。おやじは、ぼくがひとりで立ち、神に頼らざるを得ないようにしてくれた。そういうことだったんだ。だからぼくは後悔していない。大きな悲しみを代償とした。けれども、このことから学んだんだ。

なぜこのことが頭に浮かんだんだろう。人生で味わう苦痛や、失望感について考えていた。じつにたくさんあるよ。書かないで胸の中にしまったままのものもある。

けさ銀行に行って、小切手を現金に替えてきた。すこしでもジャックをたすけてやらなければと思ってね。彼がメンフィスにゆくとき必要だろう。すぐでなくても、いつか。ぼくはバウトンの家に足を運び、とりとめのないおしゃべりをし、余命いくばくもない時をつぶしながら待った。ようやくジャックとふたりだけで話す折りをみつけると、お金を手渡した。彼は笑い、お金をぼくのポケットにつっこみ、「どうしたの、おじさん。お金がないのに」と言った。そして冷淡な目つきをして言った。「ぼくはいなくなります。心配しないでください。」ぼくは君のお金、ママのお金を引き出したんだ。それは雀の涙ほどだが、なんとか受けとらせた。

ぼくは言った。「それで、メンフィスにゆくつもりなの？」

「どこか、ほかの所へいきます。」ジャックは微笑し、咳払いしてから言った。「手紙が届いたんです、ずっと待っていたのが。」

心臓が重苦しかった。バウトンが、愛用のモリス式安楽椅子に身を埋めて、宙をみつめていた。パパはきょう一日、たったひと言口にしただけなの、「イエスは年寄りにならずにすんだんだ！」って、とグローリーが教えてくれた。彼女は動揺していた。ジャックは沈んでいた。彼らは儀礼的におしゃべりにつきあっていた。なぜ帰らないのか、と疑問に思っていただろう。こちらはこちらで、無事に帰宅したいものだと思っていた。すると、ささやかないたわりを示すタイミングが与えられた。それがこの訪問の目的だった。しかしぼくがしたことは、ただ彼を戸惑わせただけだった。

それから帰宅した。ママはぼくを寝かせ、君とトビアスを外に出した。そしてブラインドをおろし、ベッドの横にひざをついて、しばらくのあいだぼくの髪を撫でてくれた。すこし休んでから、起きてこれを記した。いま読み返したところだ。

ジャックは出発する。グローリーはそのことで混乱して、ぼくのところに思いをぶちまけに来た。彼女は兄弟たちに急信を送り、よりよい世界をつくる働きを中断して実家に集まるよう呼びかけていた。老バウトンはもうもたないと確信している。「なんでいま出ていけるのかわからない！」と彼女は訴えた。そう思うのは無理もない。しかし、ぼくはよくわかる気がする。彼らの家は、称賛すべき人たち、その夫や妻、そしてかわいらしい子どもたちでいっぱいになる。いとおしい、まぶしいような宝を心に抱えながら、そんななかにいられるだろうか？　――ぼくにも心の宝がある。

　はっきり言えることがある。仮に、ぼくが愛らしい淑女と結ばれ、十人の子どもを授かり、その子たちがそれぞれ十人の孫をもうけたとしても、ぼくは出かけるだろう。クリスマスイブに。この世でいちばん寒い夜に。そしてスタスタと千里の道を歩いてゆくよ。ただ君とママの顔を見たくてね。もし君に会えないなら、ぼくひとりの孤独な望みを慰めにする。それはこの世界のどこにも見いだせない望みで、ただぼくの心のうちに、そして神のお心のうちに存在する。いや、ほんとうに、どんなに神に感謝しても足りない。この世の人（もちろん、ママを除いて）には隠された高貴な美を、君の飾らない顔のなかに見せていただけたのだからね。バウトン家のやさしい兄弟たち、姉妹たちは、見た目は貧しいジャックの人生の傍にあって、自分たちの豊かさを恥ずかしく思うだろう。そしてジャックは、きっぱりと、しかし痛ましく、彼らが所有するどんなものより、自分が失ったもののほうが重要だ、と考えるだろう。それは耐え難い状況にちがいない。

　そして、バウトンじいさんは。もし、彼が安楽椅子から立ち上がることができたら。老衰、気難しさ、悲しみ、限界から解き放たれたら、彼は立派な子どもたちを――温かく、やさしく、自信にあふれている彼らを全員ほっぽらかして、ただひとりの息子のあとを追うだろう。

自分にとって謎でありつづける子、古傷のようにいとおしい子のあとを。そして、この子を手厚く保護するだろう。ひとりの父親がなしうる以上に。強力な盾になるだろう。自分の力以上の力を発揮して。圧倒的に支えてあげるだろう。みずから夢想しうるレベルをも超える富を、それこそ湯水のように注ぎこんで。バウトンが真の自分になったら、彼はすべての過ちを心からゆるすだろう。過去、現在、未来の、すべての過ちを。じっさいになされた過ちも、自分自身の過ちも。彼は惜しげもなく与える者になるだろう。ぜひそれを見たい。

これまでにも書いたように、ぼくはいわゆる「よい息子」だった。放蕩息子のたとえばなしに出てくる、父の家からいちども離れなかった長男のようだった。父自身が家を出ても自分は出なかった。この点でぼくはお墨付きといえるね。また、見失った羊のたとえばなしの、九十九人の正しい人に似ている。立ち帰ったひとりの罪人の場合にくらべて、天上の喜びはいまいちだろう。でも文句はないよ。「愛」には、公正さという考えかたは存在しない。バランスなど考慮の外だ。必要もない。どんなものであれ、そうした秤は、一切を包み込むふしぎな現実の、かすかなきらめき、不完全な比喩にすぎないからだ。「愛」は理解不能なものだ。なぜなら、それは、限りある人生のなかに雪崩れこんで来る永遠だからだ。因果関係から「愛」をとらえることはできない。

アンフェアだ、と君は思うかもしれないね。しかし、生きつづけてゆけば、その気持ちはなくなる。長生きには取り柄もある。健康に留意すべき理由はここにもあるよ。

この手紙もそろそろおわりにしよう。ざっと読みなおしたところだ。おもしろい話もある。また、読みながら、自分がもういちどこの世に連れ戻されるのに少なからず興味をおぼえた。近づく死を予期することは、なにか若々しいものを備えている。いま、そう実感している。その新鮮さに文字通り目をみはる。

けさ、ジャックがバス停へ歩いてゆくのが目にとまった。痩せて、服がだぶついてみえた。スーツケースを手にしていたが、中にはほとんど何もないみたいだった。若さはとうに消え去った人のように見えた。君に娘がいるなら、嫁がせたいとはあまり思わないだろうな。しかし、なにか凛々しい印象があった。

大声で呼ぶと、彼は足をとめ、ぼくを待った。それからいっしょにバス停まで歩いていった。ぼくは『キリスト教の本質』を持参していた。折をみて彼にあげようと思い、玄関のテーブルに置いていたんだ。彼は手に取り、ぱらぱらページをめくった。かなり擦り切れているので、ちょっと笑って。そして「忘れちゃいません、ずうっと！」と言った。昔、こっそり持ち出した品々のことを思いだしたのだろう。ふとそんな推測が頭をよぎると、なんだかこの本が彼の持ち物みたいな気がしたよ。彼は喜んで受けとってくれたと思う。ぼくは二十ページ目に耳折れをこしらえていた。「筆者は、自分の本質から離れているものだけを疑問視できる。とすれば、どうして神はいないと考えられるだろう。自分の本質である存在を。神を疑問視することは、自分自身を疑問視することだ。……」ぼくはこの言葉と、さらにいくらかの文を暗記して、エドワードと論争する備えをしていた。しかし、キャッチボールをしたあの日、たのしいときを台無しにしたくなかった。その後、機会は二度と訪れなかった。

ジャックとの会話をふりかえるとき、語ることができていたら、と思うポイントがふたつある。ひとつは、教理は信仰とおなじではないということ。教理は、信仰について語る一方法にすぎない。そしてもうひとつは、ギリシャ語のソーゾーという語について。この語はふつう「救う」と訳されるが、傷をいやす、回復する、という意味を含む。伝統的な翻訳は、この語の豊かな意味を狭め、見当違いの願望をかき立てるリスクを伴っている。神の恵みは、貧弱なものではない。それはじつに多様なしかたで訪れる。ジャックがこの事実に気づくことができたらと思う。まあ、おしゃべりはした。ぼくが考えるようなことは、父親のバウンからなんどもきかされたにちがいない。ジャックと肩を寄せ合って歩きながら、こんなに孤独なのはいけない、とまず思った。そして彼がこの同行をよろこんでくれていると感じた。彼はぼくの言葉にときどきうなずいた。非常に慇懃な表情をしていた。

ジャックはまわりのものに視線を走らせながら歩いた。それらはこの町の住民が気にもとめていないものだ。破風の格子。空き地につくられた小道。一本のコットンウッドと、洗濯物干しの柱のあいだに吊るされたハンモック。教会の横を通りすぎるとき、彼は言った。

「もうここに来ることはないでしょう。」その声のうちにつよい悲しみが伝わってきて、胸を突かれた。ぼくは言った。「からだを大切に。いつかこの町は君を必要とするようになる。」すこし間があってから、彼はうなずいて、まあ、そんなこともあるかもしれませんね、と言った。

するとと彼は立ちどまり、ぼくの顔をみつめて言った。「またとんでもないことをやらかしていますよね。出ていくんです。グローリーはぜったいゆるしてくれないと思います。言われちゃいました、『やっぱり。傑作だわ』って。」彼はほほえんでみせた。しかし彼の目には、真実なおそれ、心のおののきが映しだされていた。それはそうだろう。たしかにひどいふるまいだ。父親を置いて出てゆく。いまわの際に立ち会わない。これはおそらく、父親本人だけがゆるせる、そのような蛮行だ。

ぼくは言った。「グローリーからきいたよ。速断しないように、やむをえない事情があるんだろう、そう言っておいた。」

「ありがとう。」

「いや、わかってるよ。」真実味の薄いことばかり言う。しかし、自分でもふしぎに思ったことを記そう。ジャックにそう言ったとき、ぼくは自分が嘗めさせられた数々の苦杯についても感謝する気持ちになった。

ジャックは咳払いした。「それじゃ、おやじにさよならを伝えてくれますね。」

「もちろんだよ。」

ぼくはここからどう会話を進めたらいいかわからなかったが、彼をひとりにさせたくなかった。それに、いずれにせよ、心臓をいたわって、彼とならんでベンチに腰かける必要があった。そんなわけでぼくらは座っていた。ぼくは言った。「お金をすこし受けとってくれたらありがたいんだけどね。」

ジャックは笑って言った。「難しくないと思います。」

ぼくは四十ドル渡し、彼は二十ドル受けとった。ぼくらはしばらく黙っていた。

ぽつりと言ってみた。「じつはね、君を祝福させてもらいたいんだけど。」

ジャックは肩をすくめた。「どうするんです?」

「そうだなあ、ぼくの手を君の額に置く。そうして神様が君の歩みを守ってくれるようお願いする。でも、君がいやなら……」通りには人が数人いた。

「いいえ」と彼は言った。「構いません。」彼は帽子をとると、跪いて、目をとじ、深く頭を垂れた。ぼくの手にもたれかかってくるほど。ぼくは全霊をこめて祝福を述べた。こまかな点はともかく、もちろん民数記の祝福の言葉によって。「主がみ顔を照らし、あなたに恵みを賜るように。主がみ顔を向けて、平安を賜るように。」これ以上に美しい言葉はない。また、ぼくの気持ちをあらわすのにこれ以上の言葉はなかった。これ以上にじゅうぶんな言葉はなかった。そして彼がまだ目をあけず、顔を上げないでいるタイミングをとらえて、次のように加えた。「主よ、ジョン・エイムズ・バウトンをお守りください。この愛する息子、兄弟を。そして夫であり、父であるひとを。」言いおわると、彼は身を起してぼくの顔を見た。夢からさめたばかりのように。

「ありがとう、先生」とジャックは言った。しかしその声は、「愛する息子」も「兄弟」も「夫」も「父」も、いまの自分には当てはまらない、あなたはそう思っているはずです、そう物語るようだった。まったくちがう。ぼくの心はその正反対だった。それでも、祝福させてくれてとてもうれしいよ、と言った。これもまた真実だった。神学校で学び、牧師任職の按手を受け、さまざまな経験をしてきた、そのすべての年月は、ただこの瞬間のためだったんだ。ジャックは、例のじっと探る目をむけた。するとバスがやって来た。ぼくは言った。「みんな君のことを大切に思っているからね。」ジャックは笑って言った。「みなさん、聖人だから。」そしてバスのドアのむこうに立ち、帽子を上げた。そして行ってしまった。神が守ってくださるように。

ぼくはやっとの思いで教会までたどりつき、中に入ってながいあいだ休んだ。いっしょに歩いていたとき、ジャックの顔に幻滅の色が浮かぶのをみた気がする。このさびれた場所に注いだ望みと、それを断念するのに要したエネルギーへの苦い思いがあっただろう。彼がどういう望みを抱いていたか、よくわかる気がした。それこそ、故郷が与えてくれるはずのもの。世間に邪魔されず、平穏に暮らせるんじゃないかという期待。「エルサレムの広場には、再び、老爺、老婆が座すようになる。それぞれ、長寿のゆえに杖を手にして。都の広場はわらべとおとめに溢れ、彼らは広場で笑いさざめく。」預言者ゼカリヤの言葉のなかに、こんなビジョンが語られている。彼は、民の目にそれは麗しく映るだろうと言う。この悲しい世界のほぼすべての人にとっても同様ではないだろうか。夕方のキャッチボール。川から漂う香り。過ぎ去る電車の音。かつて、このような田舎の町は、まさにそんな平穏を守る、強固な防塞の役目を果たしていた。

毎日、夕食に大好物を食べさせてあげたい。ママはそう思っているみたいだ。よく、ミートローフが出てくる。それから、いつもデザートがついてくる。食卓にはろうそくを立てる。日が沈むのが早くなって来たからだ。ろうそくは教会から持ってきたんじゃないかな。でも問題ない。そして、ママはよく青いワンピースを着ている。君の赤いワイシャツは窮屈になってきた。バウトンじいさんの家族たちはすでに到着している。彼が切に心を寄せる一人を除いて。彼らは顔をみせに来て、ディナーに誘ってくれた。でも、いまぼくら三人は、水入らずで過ごすのがいちばんたのしい。君は、夕方のむっとする香気を漂わせて戻ってくる。キラキラ輝く目をして。ほおと手の指は赤く、冷たい。ろうそくの光に照らされて、ぼくの末期の目にとても美しくみえる。冷気に虫たちの鳴き声は絶えた。夕闇はぼくらの会話を静かな落ちついたものにするようだ。なんだか、紳士的な共謀者たちのようだな。ママが食前の感謝の祈りをささげ、君のパンにバターを塗る。ぼくはしみじみ思う、ジャックが祝福を受けた姿、頭を垂れた姿を、バウトンに見せてやりたい。そのときの様子を彼に話すことができ、彼が理解できるとしたら、自分が立ち会えず、自分の手で祝福を授けられなかったのを悔しがるだろう。それはもう、ジャックの額に手を置いたとき、うえからバウトンの手が重なるのを感じたほどだ。この世のむこう側にいるバウトンを思い浮かべることができる。やっこさんは、いまこそはっきりわかった、と驚きの目でこちらをふりむいて、こう言う。「だから、俺たちは生きてきたんだ！」この人生を生きる理由は、それこそ無数にある。そのひとつひとつにじゅうぶんな価値がある。

　別れの挨拶を伝える、とジャックに約束していたので、夕食後、バウトンが寝ているころを見計らって、ぶらぶら出かけた。二人だけの部屋で、ぼくはわずかな言葉を囁いた。旧友はもうなかばこの世から離れている。かりそめの理性の輝きは、黒雲に包まれてしまった。それに、彼の聴力は何年もまえから不確かだ。彼が目ざめていて、ジャックの名を耳にしたら、懸命に思いを集中し、理解しようと躍起になるにちがいない。そしてぼくにはとうてい静められない興奮をひき起こしてしまうだろう。ぼくの言葉がジャックについての大きな謎を、いささかなりとも解明してくれるかのように思って。ひどく悲しみ、うろたえるだろう。

ひとり孤独に。そんな彼を見るのは耐えられなかった。

バウトンが旧約聖書のヤコブのようになれたらどんなにすばらしいだろう、と思った。最愛の息子、失われていた息子が、素敵な小さなロバート・バウトン・マイルズを連れてくる。その子を祝福してもらおうと。――「お前の顔さえ見ることができようとは思わなかったのに、なんと、神はお前の子どもたちをも見せてくださった。」天使たちが示してくれるどんなビジョンにも劣らず素晴らしい。そう思って、ぼくは喜びを感じた。確かなものがあるとすれば、これこそ力ある真実に思える。そうしてふたたび天国について思うことへ誘われる。しょっちゅう、天国について思いめぐらしているわけだがね。

健気なグローリーが、ベッドの横に椅子を置いてくれて、ぼくはしばらくバウトンと共にいた。よくこの部屋に、窓から忍びこんだものだ。朝まだ暗いうちに。彼を起こして釣りに行くために。彼の母親を起こすとぶつぶつ言われるので、ぼくらはそおっと行動した。ときどき、彼は起きたがらなかった。ぼくは彼の髪の毛を引っぱり、耳をつかんで囁いた。なにかくだらないことを言うと、彼はがばと起きて吹き出した。ずいぶん昔のことだ。きのうの晩も彼はそこに寝ていた。昔とかわらず、からだの右側を下にして。そして主のふところに抱かれて。ぼくはそう確信している。しかし、もし起こしたら、彼はふたたびゲッセマネの苦しみを味わわなければならない。だから、寝ている彼に語りかけた。「君にかわってジャックを祝福したよ。いまも額の感触が手に残っている。ぼくはジャックを愛している、君が望んだように深く。なあ、老いた友よ、君の祈りは最終的にかなえられたんだ。ぼくの祈りもだ。ぼくの祈りも。ずいぶんながく待ったよな。」

部屋を出ると、グローリーが廊下に立っていて、居間を覗いていた。彼女の兄弟たち、姉妹たち、その妻や夫たち、大きな子どもたちや、まだ小さい子どもたちの静かな団欒があった。たがいの近況を伝えたり、政治の話をしたり、トランプをしたり。キッチンや二階にも交わりの輪があった。家を出しなに、散歩から戻ってきた五、六人に会った。このときになってようやくハッとし、恥ずかしくなった。ジャックが行ってしまい、有能で自信に溢れた人々の突然の賑わいのなかに捨ておかれて、どんなにつらいことだろう。彼らの優しい心遣いに耐えながら、彼女は孤立していた。果てしなくつづくかのようなこんな状況を、いっしょに微笑してくれる者もなく。彼女をかくまってくれる者がいない。――これは遺棄の最悪のかたちだ。ただ神おひとりが、痛みを和らげることができる。

よくこんなふうに思う。このあわれな灰の世界に、神が息を吹きかけてくださる。するとふたたび輝きだす。ひととき、あるいは一年、あるいは一生のあいだ。しかしまた、炎は消えてゆく。そしていくら眺めても、火や光の気配さえ感じられなくなる。例のペンテコステの説教のなかで、ぼくはそんなことを語った。あの説教をじっくり吟味してみたんだ。たしかに、いくらかの真理が含まれている。しかし神は、もっと根気のある方で、ぼくらが抱く印象よりもはるかに豊かに与えてくださる方だ。なんだっていい、目をむければ、世界のすべてのものがきらきら輝こうとしている。変容の奇跡が起こるようにね。特別な骨折りは必要ない。目をむけようとするほんの小さな心がけさえあればいい。だが、それには勇気がいる。

昔の説教を燃やすよう、ママに言わないと。下準備は教会の執事たちがしてくれる。ちょっとした焚き火ができるだろう。ホットドッグや、マシュマロ、そんなものを焼いて、最初の雪の日をお祝いしたらいいいんじゃないかな。もちろん、ママが取っておきたい説教は残せばいい。でも、選別にあまりエネルギーを費やしてほしくない。玉石混交。それ以上のものではない。

世界の神聖な美が、まばゆいばかりに立ち現れる、それが起こるのには二つきっかけがある。しかも両者は絡み合っている。ひとつは、世界にとって、ぼくら自身がはかなく、つまらない存在だと思うとき、もうひとつは、世界を無常な無価値なものだと思うときだ。アウグスティヌスが言っている。神はわれわれを、ご自身の独り子を愛するのとおなじように愛しておられると。たしかにそうにちがいない。「神は、すべての顔から涙をぬぐい取ってくだささる。」それは涙があるからじゃないか、そうぼくらがつぶやいても、この聖句の魅力はいささかも減じない。

神学者たちは「先行する恵み」ということを言う。それは、恵みに先だって与えられるものので、ぼくらはそのおかげで恵みを恵みとして受けとることができる。「先行する勇気」も必要だろう。それによって、ぼくらはものに動じないでいられる。つまり、ぼくらの視力を超える美が存在すること、高価な贈りものがすでにたくさん与えられていること、そして贈りものを尊ばないのは非常な損失であることを認める者になる。だからまた、先行する勇気によって、ぼくらは昔の人がよく口にしたように、お役に立つ者になる。別の言い方でいえば、惜しげもなく与える者になる。説教壇から話しているみたいになってしまったね。ぼくが君に残せるものは、ひびの入った骨董のような勇気、父祖たちの武勇伝、そして、望みだけだ。上述したように、そのすべては、今はわずかに火色を残す灰のようだ。けれども神が息を吹きかけてくださり、ふたたび燃え上がる時が必ず来る。

ぼくは大草原が大好きだ。何回となく日の出を見た。暁の光が射し初め、たちまちあたり一帯を照らす。すべてのものがいっせいに輝きだす。そのたびに、「よい」という言葉に深くうなずく思いがした。このような出来事に立ち会えるのは驚きだよ。もっとすばらしい、最初の一瞬が存在しただろう。「そのとき、夜明けの星はこぞって喜び歌い、神の子らは皆、喜びの声をあげた。」ぼくはこれと矛盾する状況をたくさん見てきたが、それにもかかわらず、世界はいまも歌い、喜びの声をあげている。そうするじゅうぶんな理由がある。ここ大草原では、日没と日の出を心おきなく観察できる。地平線上に日の姿をさえぎるものはない。この観点から眺めると、山岳はちょっと生意気な感じかな。

この場所のように、飾りが全くなく、人目を集めない。それはいくらかキリストの姿に似ているんじゃないか。いずれ、君はまちがいなくここを離れてゆく。君がそうしたのなら、あるいは、今そうしようと思っているなら、それでいいんだ。この町はこんなふうだ。――待ちに待って、くたくた。でも、ながく待たされていても、望みがあるのは変わらない。ぼくはこの町が大好きだ。ここの地べたに倒れ込む自分の姿を思う。それは、生涯のおわりの、熱烈な愛の証しだ。そして、ぼくもぶすっぶすっと煙を出しつづけるだろう。まばゆい光が世界を包むときまで。

君が、どこかの剛健な土地で、肝っ玉のすわった男になるよう祈ろう。君が人のためになる存在になれるよう、祈ろう。

祈るよ。それから眠るとしよう。

訳者あとがき

ある時期、天窓が二つある家に住んでいた。そのうちの一つが階段の踊り場の上に設置してあり、書斎が二階だったから、階段を昇り降りするたびに天窓をとおして空を眺めた。晴れた日は、光のシャワーを全身に浴びた。雨の日、天窓のガラスを流れ落ちる雨だれを眺めていると、ラヴェルのピアノ曲の水の精がふと現れては消えるようだった。今私が在職している教会の礼拝室にも天窓がある。天井は高い。築後十七年の会堂は、三番目の建物で、前の会堂は阪神淡路大震災のとき、地域の住宅と一緒に全壊した。夜、しんとした礼拝室に入り、暗がりから天窓を見上げると、そこからほのかな光の筋が流れている。日曜日には、午前の太陽が真上にさしかかると、室内は爽やかな明るさに満たされ、会衆一人一人を光の花が飾る。

小説の舞台は、実際には存在しない町であり、ギレアドの名は聖書に出てくる地名である。そこは乾燥したパレスチナでは比較的緑が豊かな山地に位置し、古代世界において、薬効のある乳香の産地として知られていた。創世記第三十七章に、ギレアドからエジプトへむかう隊商が樹脂、乳香、没薬を積んでいたという記述がある。聖書の別の箇所には、苦境にある心に語りかける次のような言葉が記されている。

ギレアドに乳香がないというのか
そこには医者がいないのか。
なぜ、娘なるわが民の傷はいえないのか。

エレミヤ書第八章二十二節

興味深いことに、アフリカ系アメリカ人の霊歌にギレアドが出てくるものがある。作中に明らかな言及こそないが、作者が知らないはずはない。苦難の歴史のなかで、人々はこの歌を歌った。前掲の聖書の修辞的な言い方が単純なかたちに変わって、静かに諭すように、また噛みしめるように繰りかえされる。

ギレアドに乳香がある
傷ついた人をいやす
ギレアドに乳香がある
罪に病む心をいやす

ギレアドは読者が住む場所でもある。祝福が存在している。私たちの苦しみ、悲しみ、怒り、後悔、絶望、にもかかわらず。

エイムズの教会はあちこちガタが来ていて、取り壊さなければならない。人々は新しい会堂について夢を語りはじめているが、彼は床がしなう古い会堂が好きだ。早朝、彼はまだ暗いうちに教会へ行き、静けさにみちた簡素な礼拝室で、窓から差し込む一日の最初の光を迎える。それは太初以来の変わらぬ輝きであり、世界に対する変わらぬ「然り」を告げる使者だ。振り返れば、彼の教会は多くの苦難を経てきた。旱魃、疫病、大恐慌、戦争、……だが、一旦苦難が過ぎ去ると、苦難をめぐる問いは絶え、困難なときの涙と汗も忘れられてゆく。そして今、ギレアドの町は、よりよい未来をつくろうという思いを失っているようにみえる。エイムズは自らの責任を問わずにおれない。苦難の意味を聖書に尋ねることが説教者の任務だからだ。それにもかかわらず、幼いときの映像が、たえず彼の思索に奥行を与えてくれる。雨のなか、黒焦げの教会を背景に、父がさしだす煤にまみれたビスケット。この鮮烈なイメージは、全篇に遍在する光と水のイメージと共に、読者の心にいつまでも残るだろう。

本書は、ファラー・ストラウス&ジルー社から二〇〇四年に刊行され、同年の全米批評家協会賞、二〇〇五年のピューリッツァー賞を得た。人間の霊的な次元を扱う小説がすぐれた小説であるのはきわめて稀だ。これらの受賞は『ギレアド』が卓越した文学作品であることを実証し、同時に、奇跡のような作品であることを示している。

作者マリリン・ロビンソンは、一九四三年にアイダホ州の小さな町サンドポイントに生まれた。処女作『ハウスキーピング』を一九八〇年に発表、PEN・ヘミングウェイ賞を受賞したが、本書が出るまでエッセーを二冊出しただけで、小説をおおやけにすることはなかった。長い沈黙を破って本書が出版されたのち、次に彼女は、エイムズの親友バウトンの娘グローリーの視点から、二〇〇八年にギレアド・シリーズ第二作『ホーム』を著し、さらに、本書から十年後の二〇一四年、エイムズの妻を主人公とする第三作『ライラ』を出した。

この翻訳の出版は新教出版社社長、小林望氏の英断による。最後になったが、心からの感謝を記しておきたい。

訳者

二〇一七年十月

著者　マリリン・ロビンソン（Marilynne Robinson）

1943年アイダホ州生まれ。ブラウン大学で学んだ後ワシントン大学で博士号取得（英文学）。これまで4冊の長編を発表、いずれも高い評価を受けた。うち3冊は「ギレアド三部作」と呼ばれる。またイギリスの原発問題を扱ったルポや近代思想に関するエッセイ集などがある。長老派の教会で育ったが、のち会衆派に転じた。

訳者　宇野　元（うの・はじめ）

1959年東京生まれ。日本大学芸術学部美術学科中退。東京基督教短期大学神学科、神戸改革派神学校卒業。日本キリスト改革派芦屋教会牧師。著書：『思い起こせ、キリストの真実を』（共著、1999年、教文館）。訳書：バルト／ツックマイアー『晩年に贈られた友情』（2006年）、ウィリモン『翼をもつ言葉』（2015年、いずれも新教出版社）ほか。

ギレアド

2017年10月31日　第1版第1刷発行

著　者……マリリン・ロビンソン
訳　者……宇野　元

発行者……小林　望
発行所……株式会社新教出版社
〒162-0814 東京都新宿区新小川町9-1
電話（代表）03 (3260) 6148
振替 00180-1-9991
印刷・製本……モリモト印刷株式会社

ISBN 978-4-400-64001-1　C1097